Un Pur Joyeux Noël

Également Par Keira Andrews

En Français

Un Pur Joyeux Noël
Rivalité sur glace
Vaillant en mouvement
À cœur vaillant
Kidnappé par un pirate
Un Daddy pour Noël
Un faux petit ami pour Noël
Lune de miel en solitaire
Huit Nuits en Décembre
Quand l'amour brille de mille feux…
Transfert à Ottawa
Au Pied du Sapin
Par-delà l'océan
Si ce n'est qu'un rêve
Rumspringa Interdit
Un Nouveau Départ
Trouver son Chez-soi
Le Voeu de Noël
Passion en Arctique
Vaincre les Ténèbres
Combattre la Marée

En Allemand

Santa Daddy (Deutsche Ausgabe)
Vermählt mit dem Barbaren: Band 1
Kalter Krieg
Im Notfall
Jenseits des Ozeans
Geisel des Piraten
Codename: Valor
Testphase Valor

En Italien

The Chimera Affair (Edizione italiana)
Corrente improvvisa
Fuoco nel ghiaccio

Luna Di Miele Per Single
Il Patto Di Natale
Rapito dal Pirata
Segni d'intesa
In Capo Al Mondo
Beyond the Sea (Italian Translation)
Sogno di Natale
The Next Competitor (Italian Translation)
Valor on the Move (Italian Translation)
Test of Valor (Italian Translation)
Contro La Tenebra
Contro La Marea
Rise: Una favola gay
Una Passione Proibita
Una Nuova Vita
La Strada Verso Casa
Semper Fi (Italian Translation)

En Anglais

Contemporary
The Spy and the Mobster's Son
Honeymoon for One
Beyond the Sea
Ends of the Earth
Arctic Fire

Holiday
The Christmas Deal
The Christmas Leap
The Christmas Veto
Only One Bed
Merry Cherry Christmas
Santa Daddy
In Case of Emergency
Eight Nights in December
If Only in My Dreams
Where the Lovelight Gleams
Gay Romance Holiday Collection
Lumberjack Under the Tree (free read!)

Sports
Kiss and Cry
Reading the Signs
Cold War
The Next Competitor
Love Match
Synchronicity (free read!)

Gay Amish Romance Series
A Forbidden Rumspringa
A Clean Break
A Way Home
A Very English Christmas

Valor Duology
Valor on the Move
Test of Valor
Complete Valor Duology

Lifeguards of Barking Beach
Flash Rip
Swept Away (free read!)

Historical
Kidnapped by the Pirate
Semper Fi
The Station
Voyageurs (free read!)

Paranormal
Kick at the Darkness Trilogy
Kick at the Darkness
Fight the Tide

Taste of Midnight (free read!)

Fantasy
Barbarian Duet
Wed to the Barbarian
The Barbarian's Vow

Un Pur Joyeux Noël

KEIRA ANDREWS

Un Pur Joyeux Noël
Écrit et publié par Keira Andrews
Couverture de Dar Albert
Mise en page par BB eBooks

ISBN : 978-1-998237-04-3

Remerciements

Un grand merci à Anara, DJ, Mary, Leta et Rai pour leur amitié et leur aide. <3

Chapitre un

À PLAT SUR le dos – et pas comme il l'aurait aimé –, Jeremy ne pouvait plus respirer.

Je vais mourir puceau.

Le béton glacé du sentier du campus était brutalement impitoyable. Des grêlons de pluie verglaçante percutaient son visage comme si Mère Nature avait ouvert le feu avec une mitrailleuse. Tomber lui avait carrément coupé le souffle et il cligna des yeux face au flou d'un lampadaire décoré avec des lumières de Noël. Sans ses lunettes, les étoiles bleues et blanches étaient massives dans l'obscurité.

Il pouvait entendre des rires et se demandait s'il avait prononcé son commentaire sur sa virginité à voix haute. Des voix masculines hululaient et hurlaient, et si Jeremy n'avait pas réussi à faire tomber ses lunettes quand il s'était agité sur la glace, il aurait probablement vu également les gars le pointer du doigt.

— Merde, mec, c'était épique !

— Cette gamelle !

— Dommage qu'on ne l'ait pas filmé.

— Arrêtez de faire les cons.

Ce baryton mit fin aux rires, s'approchant de Jeremy, et une silhouette sombre bloqua la lumière floue alors que la personne se penchait sur lui.

— Ça va, mec ? Tu es tombé durement.

Les poumons de Jeremy ne voulaient toujours pas fonctionner, alors quand il essaya de répondre, cela sortit comme un halètement couinant. D'autres rires résonnèrent dans la nuit glaciale. Il avait besoin de ses lunettes, mais n'arrivait pas à bouger son bras pour les chercher sur le trottoir dangereux. Son corps était figé, la douleur irradiant tout le long de son dos. Il n'allait probablement pas *mourir*, mais ça faisait un mal de chien. Son visage le piquait alors que la pluie verglaçante continuait de tomber.

— Tu t'es cogné la tête ? questionna la voix rauque et inquiète avant d'aboyer : les gars, fermez-la maintenant ! Ce n'est pas drôle à ce point !

— Mec, allez. Holiday Hootenanny n'attend personne. Si nous manquons le spectacle de strip-tease du père Noël et de ses petits assistants, je vais être en colère. Il va bien. Pas vrai, mon pote ?

Une autre silhouette se pencha sur Jeremy, un poing frappa son épaule d'une manière qui était probablement censée être encourageante, mais qui ne fit qu'ajouter à la douleur lancinante.

— C'est comme un tacle sévère. Ça secoue, mais tu vas bien.

Puis la main remit Jeremy sur ses pieds.

La voix grave protesta.

— Arrête ! Sérieusement, il pourrait s'être cogné la tête.

Les mains de ce type étaient douces, attrapant les épaules de Jeremy avec une force réconfortante. Sans ses lunettes, le visage de son sauveteur était encore flou, même à bout de bras.

Jeremy se força à prendre une inspiration, bien que l'air froid n'aidât pas ses poumons grippés. Il dit dans un grincement :

— Je pense que ma tête va bien. Merci.

— Tu es sûr ?

Son sauveteur tenait toujours les épaules de Jeremy, son souffle s'embuant dans l'air froid quand il demanda :

— Quel est ton nom ?

— Moi ? demanda Jeremy, parce qu'il n'avait jamais été autre chose qu'un foutu maladroit.

Il rougit, mais au moins ses joues pâles étaient probablement déjà roses à cause du froid. Comme la plupart des roux, ses rougissements pouvaient se voir depuis l'espace.

Le gars gloussa avec une autre bouffée d'haleine chaude.

— Oui, toi. Je m'appelle Max. Quel est ton nom ?

— Oh. Euh, Jeremy ?

— Tu n'as pas l'air très sûr.

Quelqu'un d'autre dit :

— Allez, il fait un temps pourri. Le gamin va bien. Il est debout et il parle.

— Compte tenu du nombre de commotions cérébrales que tu as probablement subies, tu devrais savoir que ça ne veut rien dire, déclara Max, son ton ressemblant à un roulement d'yeux.

— Je suis indéniablement Jeremy. Jeremy Rourke.

— OK, Jeremy Rourke. Je suppose que je n'ai aucun moyen de le confirmer à moins de vérifier ton portefeuille. Alors, quel jour sommes-nous ?

— Vendredi ?

Il y eut un froncement de sourcils dans la voix de Max.

— Tu n'as pas l'air trop sûr de ça non plus.

— J'ai étudié pour les examens toute la semaine. C'est un peu flou. Mon dernier était mercredi. Alors oui… nous sommes vendredi.

— D'accord. Quelle est la date ?

— Euh…

Jeremy réfléchit en recomptant à partir de la date de l'examen du mercredi.

— Le 13 décembre, répondit-il en gémissant. Un vendredi 13, ça explique tout. Vraiment, je ne me suis pas cogné la tête. Je vais bien. Merci.

Il frissonna, sa fine veste de pluie ne faisant pas grand-chose pour bloquer le vent et son jean était trempé à l'endroit où il s'était affalé sur le sol. La pluie glaciale fouettait autour d'eux.

— Pimenta, allons-y ! soupira quelqu'un. Le gamin n'a pas besoin d'un baby-sitter.

Ignorant ses amis, Max tapota l'arrière de la tête de Jeremy.

— Pas mal du tout ?

— Non !

Oh, Seigneur, ce Max le touchait. Jeremy gardait ses cheveux courts et soignés, mais il résista à peine à l'envie de les lisser, au cas où ils seraient devenus désordonnés durant l'automne.

— J'ai réussi à garder la tête relevée quand je suis tombé.

Max s'écarta, laissant retomber ses mains.

— OK, si tu es sûr.

Il y avait cinq silhouettes floues autour d'eux sur le chemin.

— Pouvez-vous juste trouver mes lunettes ? demanda Jeremy. Je ne vois vraiment rien.

— Tout à fait, accorda Max. Elles doivent être…

Le *crac* fut net dans la nuit et tout le monde sembla se figer.

— *Bordel de merde*, souffla Max.

Après un moment de silence, les amis de Max éclatèrent à nouveau de rire, l'un d'eux sifflant et s'exclamant :

— Putain de merde, mec. Elles sont foutues !

Max leur aboya de se taire en s'accroupissant. Puis, il se releva.

— Ouais, euh, j'ai marché sur tes lunettes. La monture est cassée en deux et les verres sont fissurés. Eh bien, l'un est fissuré et l'autre est, comme…

— Il est foutu, commenta quelqu'un.

Jeremy avait chaud et froid en même temps, il s'ordonna de ne pas paniquer. Comment allait-il traverser le campus jusqu'à son dortoir sans ses lunettes ? Il laissa échapper :

— Mais je ne peux rien voir !

Il frémit face à la terreur dans sa voix.

Il était douloureux de respirer. *Oh, mon Dieu, s'il vous plaît, faites que ce soit un mauvais rêve.* Mais il ne se réveillait pas. Il était seul dans le noir et aurait tout aussi bien pu avoir les yeux bandés. Le campus de l'université de Toronto était immense, s'étendant sur des dizaines de pâtés de maisons du centre-ville. L'idée d'essayer de traverser des rues animées sans être capable de voir lui nouait le ventre. Même en plein jour, il se serait senti horriblement exposé et en danger, mais de nuit ?

Il attrapa aveuglément le bras de Max, le suppliant presque. *Ne m'abandonne pas !* Il réussit à se mordre la langue pour ne pas paraître encore plus pathétique.

Max sembla entendre les mots non exprimés à voix haute. Il reprit les épaules de Jeremy.

— Tout va bien, Jeremy. Je vais t'aider à rentrer chez toi.

— On va à cette fête ou quoi ? demanda quelqu'un. Ces saloperies de grêlons me fouettent le visage.

— Je vous retrouverai là-bas, déclara Max. J'ai cassé ses lunettes. Je ne vais pas le laisser seul ici.

Il y a eu quelques grognements, mais aussi de l'acception. Une voix dit :

— J'espère que ta nuit s'améliorera, gamin.

— Hé, tu devrais venir à la fête ! lança le gars qui lui avait donné un coup de poing dans l'épaule. Récupère tes lentilles de contacts ou autre et viens te bourrer la gueule. Je parie que tu as besoin d'un verre.

Un autre ajouta :

— C'est pour ça que tu es capitaine de l'équipe, Maxwell : tu prends le petit première année désemparé sous ton aile. Toujours aussi responsable.

Max souffla.

— Peu importe, Honey.

Honey ? Comme le petit surnom pour dire chéri ? Jeremy plissa les yeux, souhaitant voir davantage cet homme. Avait-il bien entendu ? Max l'avait-il appelé ainsi ? Peut-être qu'il avait une commotion cérébrale après tout.

Alors qu'elle devenait plus distante, une autre voix lança :

— On va descendre quelques bières pour toi, mon frère ! Dépêche-toi !

Jeremy essaya de se stabiliser sur le trottoir glissant, ses baskets ne faisaient pas le poids face à la glace, le mélange de neige et de pluie – presque de la grêle maintenant – ne s'arrêtait pas.

— Je suis sûr que ça ira, déclara-t-il. Tu devrais aller à ta fête.

Pourtant, il voulait désespérément que ce Max reste avec lui.

— Je vais d'abord te ramener chez toi. Tu vis en résidence ?

— Ouais, sur Saint George.

Le pic d'adrénaline lié à la perte de ses lunettes semblait au moins atténuer la douleur dans son dos.

— Je suis vraiment aveugle sans mes lunettes. Désolé.

— C'est bon. Vraiment. Je n'ai pas franchement envie d'aller à cette fête. Mon ex y sera. Tu peux marcher ? Ce temps est pourri. Je suppose qu'ils n'ont pas encore eu l'occasion de saler les chemins. Il faut que je sorte mes vraies bottes d'hiver.

— Moi aussi. Eh bien, je dois en acheter.

— Ouais, ces Chucks ne vont pas suffire.

D'une main douce sur l'épaule de Jeremy, Max le guida hors du chemin.

— Il vaut mieux marcher sur l'herbe. Il y a plus d'adhérence.

Elle crissa sous les baskets de Jeremy, recouverte d'une fine couche de glace. Jeremy cligna des yeux en discernant les vieux bâtiments qui s'élevaient autour de la pelouse. C'étaient des formes brunes imposantes et les réverbères du chemin étaient de grosses gerbes de lumière en forme de moulin à vent. Les décorations et les lumières de Noël ne faisaient qu'ajouter à la confusion.

— Euh, peux-tu me prévenir quand nous arrivons à un trottoir ou un truc du genre ? demanda Jeremy. Sans mes lunettes, le monde est comme une version merdique d'une peinture de Monet.

Max éclata de rire.

— Je te comprends. Des étangs de nénuphars flous et autres conneries.

— Ouais. Je suis vraiment myope. Ma prescription est moins neuf si ça te dit quelque chose.

— Pas vraiment. C'est combien pour la plupart des gens ?

— Zéro, c'est bien. Vingt sur vingt, je suppose. J'ai lu quelque part qu'une prescription de moins trois est la moyenne pour les personnes qui portent des lunettes.

— Waouh. Tu ne portes pas de lentilles ?

— Mes yeux sont trop secs. Je suis un veinard.

— Ça craint. Tu as une paire de lunettes de rechange dans ta chambre, n'est-ce pas ?

— Mes anciennes. Elles feront l'affaire pour ce soir.

Il lui faudrait obtenir une copie de sa prescription et…

Jeremy se raidit avec le serrement désormais familier de la douleur et de l'angoisse. Sa mère avait toujours géré ce genre de choses, mais leur dernier échange de textos avait été, au mieux, gênant, et ses parents étaient les dernières personnes avec lesquelles il voulait avoir affaire. Que le sentiment semble être réciproque n'aidait pas. Pas du tout.

— Ça va ? On dirait que tu vas vomir. Merde, si finalement tu as une commotion, on devrait aller aux urgences.

Max se pencha plus près, mais il devait être à moins de quinze centimètres de son visage pour que Jeremy le voie vraiment, et il demeura flou.

— Je vais bien. Je réfléchissais juste à ma prescription. Je ne sais pas où elle est. Ma mère doit probablement l'avoir.

— Dis-lui juste de la prendre en photo avec son téléphone.

— Bonne idée.

Jeremy hocha la tête, repoussant les pensées de sa maison et marchant prudemment sur l'herbe craquante qui paraissait maintenant légèrement blanche. Le vent souffla, la pluie verglaçante se transformant en neige.

— Pourquoi n'as-tu pas de bottes ? Je suppose que tu es en première année. Tu n'es pas d'ici ?

— De Victoria.

— Oh, cool. J'aime la Colombie-Britannique. L'île de Vancouver est magnifique.

— Ouais, je suppose ? Nous n'avons pas souvent de la neige. Habituellement, juste de la pluie. J'avais des vêtements d'hiver, mais ils sont devenus trop petits.

— Tu vas vraiment avoir besoin de bottes à Toronto.

Max saisit la main nue de Jeremy, le cuir de ses gants était frais et doux.

— Et tu auras besoin de gants. Mec, tu dois être gelé !

Le cœur de Jeremy fit *BOUM*, et il espérait qu'il faisait trop sombre pour qu'on voie son visage rougir. Max n'avait tenu sa main que pendant une seconde – et il ne l'avait pas vraiment *tenue* –, mais c'était un frisson. Un petit frisson triste et pathétique.

— Ouais, j'ai oublié d'apporter mes gants de chez moi, et je comptais faire du shopping. Il faisait encore doux et maintenant, tout d'un coup, l'hiver est arrivé, je suppose.

— Prends les miens pendant que nous retournons chez toi.

Max pressa le cuir dans la main de Jeremy.

— Non, ce n'est pas juste.

— Je suis habitué au froid. En plus, je crois que tu pourrais être un peu sous le choc, alors mets-les.

Son ton était autoritaire, mais gentil.

— D'accord, mais je vais bien.

Jeremy dut admettre que ce fut un soulagement de glisser ses mains engourdies dans la doublure chaude et duveteuse des gants. Ils étaient trop grands pour lui, alors il serra les doigts pour les empêcher de tomber.

— Merci.

C'était un soulagement encore plus grand d'avoir quelqu'un pour prendre les choses en main. Qu'on prenne soin de lui.

— Pas de problème. Bon, nous allons devoir traverser la rue dans une minute.

Les éclats des lampadaires remplissaient le ciel sombre alors qu'ils arrivaient au bout de la zone herbeuse. Les voitures passaient en trombe, les phares et les feux arrière rouges énormes, elles roulaient vite malgré les conditions. Jeremy baissa les yeux vers le trottoir glissant et flou, marchant avec précaution. Ses baskets n'adhéraient pas du tout à la couche de glace, il gesticula et s'agrippa à Max.

Max rit de bon cœur.

— Je te tiens.

Il passa un bras épais autour de ses épaules.

Le souffle de Jeremy devint saccadé, et pas seulement parce que ses côtes lui faisaient mal, là où il avait heurté le trottoir. Il était collé contre le flanc de Max, et celui-ci mesurait bien trente centimètres de plus que lui. Et *costaud*. Et c'était sexy comme un câlin. Jeremy n'avait pas été étreint depuis des mois, pas depuis…

— Mets ton bras autour de ma taille, conseilla Max.

— OK.

Jeremy obéit, adorant la sensation de s'accrocher à un autre homme comme ça. Comme s'ils étaient des petits amis ou quelque chose dans le genre. Un autre frisson pathétique parcourut sa colonne vertébrale meurtrie.

— Nous avons environ trois mètres, puis il y aura un trottoir. Je te préviendrai.

Max marchait lentement, à pas prudents. Jeremy ne pouvait pas vraiment voir ses pieds, mais il supposait que Max portait des chaussures plus solides que des baskets, puisqu'il semblait capable de mieux s'agripper que lui. Ils se dirigèrent vers le trottoir, où ils s'arrêtèrent pour le feu.

— Merci pour ton aide, dit Jeremy.

Il cligna des yeux devant les énormes boules de lumière tout autour. Il se rendit compte à quel point il tenait pour acquis de voir le monde nettement.

— C'est un peu effrayant quand on ne peut pas voir, expliqua-t-il.

— Mec, je me chierais dessus.

Max lui serra l'épaule là où il le tenait solidement.

— D'accord, on descend sur la route. Ce n'est pas encore salé non plus.

Ils traversèrent en traînant les pieds et Max le guida jusqu'au trottoir de l'autre côté. Ils continuèrent le long du trottoir en se tenant accrochés l'un à l'autre.

Est-ce que les gens pensent que nous sommes des petits amis ?

Malgré tout, c'était excitant. Cela le fit grincer des dents et expliquait probablement pourquoi Jeremy n'avait jamais eu de petit ami dans la vraie vie. Parce qu'il était le plus grand loser du campus.

— As-tu décidé quelle sera ta matière principale ? questionna Max.

— La biochimie.

— Waouh. Tu dois être intelligent.

— Je suppose.

Il l'était, mais il n'allait évidemment pas le dire.

— Je m'intéresse vraiment à l'expression et au développement des gènes.

Max siffla.

— Cela semble très scientifique.

— C'est ce qu'ils disent dans la brochure.

Jeremy fut stupidement fier quand Max gloussa à sa faible plaisanterie. Il demanda :

— Quelle est ta matière principale ?

— La sociologie. J'ai toujours voulu aller à l'école de droit. En supposant que je n'ai pas raté mes tests d'admission le mois dernier.

La voix de Max s'était tendue, Jeremy lui tapota maladroitement la taille.

— Je suis sûr que tu as réussi.

— Merci. Encore quelques jours pour les résultats. Attendre, c'est le pire.

— Totalement. Je...

Le pied de Jeremy glissa et il s'accrocha à Max, agitant sauvagement son bras gauche. Max dérapa et ils luttèrent pour garder l'équilibre.

— C'était moins une, déclara Max, une bouffée chaude de son souffle riant effleurant la joue de Jeremy. Encore une rue à traverser, pas vrai ?

Le cœur de Jeremy s'emballa alors qu'il regardait autour de lui.

— Euh, je pense que oui ?

Les précipitations n'étaient plus que de la neige à présent, et le monde se limitait à des bâtiments ombragés, des lumières aveuglantes et blanches. Il frissonna à l'idée de se déplacer seul.

— Merci de m'avoir aidé.

— C'est rien. Il y a un autre trottoir devant nous.

Ils arrivèrent au bâtiment de la résidence, un vent soudain rabattit la porte extérieure derrière eux, la vitre claquant. Ils tapèrent leurs pieds sur le tapis et Jeremy retira les gants de Max, ils se détachèrent facilement, parce qu'ils étaient tellement grands.

Il les rendit.

— Encore merci. Je suis sûr que je suis en sécurité maintenant. Il sortit son portefeuille et le tint près de son visage, cherchant sa carte d'accès.

— Mec, tu ne peux vraiment rien voir, hein ?

Il grimaça.

— Non. Mais je vais bien. J'ai assez abusé de ton vendredi soir.

— Je t'ai amené jusqu'ici. Je ne veux pas que tu prennes la grosse tête maintenant que nous sommes dans la dernière ligne droite. D'ailleurs, je préfère attendre qu'ils salent avant de repartir. Si ça ne te dérange pas que je traîne un peu ici ?

Le cœur de Jeremy s'emballa. Traîner ? Avec *lui* ?

— Bien sûr.

Il repêcha la carte, la laissa tomber immédiatement, puis les fit finalement entrer.

— Je suis au quatrième étage.

Max actionna les boutons de l'ascenseur. Sous l'éclat des lumières fluorescentes, Jeremy put voir qu'il avait la peau légèrement mate et qu'il était effectivement grand, ce qui était logique, vu la façon dont il avait glissé Jeremy sous son bras. Les détails de ses traits restaient flous sous un bonnet bleu et blanc – probablement une toque de l'université de Toronto – et il avait hâte de voir son sauveur dans toute sa splendeur. Quand ils atteignirent son étage, il déverrouilla rapidement sa porte, faisant presque tomber à nouveau la carte-clé.

Maintenant, il n'avait plus qu'à retrouver ses vieilles lunettes.

— Euh, désolé pour le désordre.

Son drap et sa couette formaient une pile chiffonnée sur son lit, ce qu'il ne savait pas parce qu'il pouvait les voir clairement, mais parce qu'ils l'étaient toujours. Il n'avait jamais été du genre à faire son lit, ce pour quoi sa mère l'avait toujours harcelé.

La douleur fut un bref coup de poing à la gorge, et il l'étouffa.

Max rit.

— Ouais, ce n'est pas un foutoir, crois-moi. Puis-je t'aider à trouver tes lunettes ?

— J'ai juste besoin de réfléchir à l'endroit où j'ai pu les mettre, avoua-t-il avec un soupir. Je suis sûr que c'était dans un endroit très logique et sûr.

Max gloussa.

— J'en suis sûr. Ce n'est pas une grande pièce. D'ailleurs, as-tu un colocataire ? Ce côté semble à peine habité.

— Ouais, Doug. Il vient de Hamilton et rentre chez lui tous les week-ends pour voir sa petite amie. Il n'est ici que du lundi au jeudi, et il est déjà parti, puisque son programme ne fait pas d'examens en décembre.

— Le sacré chanceux.

Max songeait-il au fait d'avoir une petite amie ou de ne pas passer d'examens ? Jeremy émit un murmure en signe d'acquiescement.

— Oh ! Je pense que je sais où elles sont.

Il sortit une boîte de rangement en plastique de sous son lit et tâtonna pour défaire le couvercle. Enfonçant pratiquement la tête dans la boîte, il en parcourut le contenu au hasard – papiers d'assurance maladie, câble d'alimentation de rechange pour son ordinateur portable, piles AA pour sa souris, préservatifs…

Réprimant un glapissement embarrassé, il repoussa la boîte de préservatifs – non ouverte – au fond du conteneur, espérant qu'il bloquait la vue de Max. Le mince tapis sur le sol ne faisait pas grand-chose pour amortir ses genoux, et il tâtonnait avec une frustration croissante.

— Elles doivent être ici !

— C'est bon. Nous les trouverons.

Max avait l'air totalement confiant, et d'une manière ou d'une autre, cela l'aidait, même s'il n'avait aucun moyen de savoir si c'était vrai.

Les doigts de Jeremy se refermèrent sur l'étui en cuir dur et il le sortit avec un cri de triomphe. Max applaudit et Jeremy ne put se retenir de rire. Il ouvrit rapidement l'étui, les charnières grinçant, et enfila les lunettes à monture métallique.

Sa prescription avait empiré, de sorte que l'affiche du tableau périodique qu'il avait collée au-dessus de son lit était un peu floue. Mais les vieux verres étaient toujours bien mieux que rien. Il regarda Max derrière lui.

Bordel. De. Merde.

Les courts cheveux brun foncé de Max étaient ondulés et un peu plus longs sur le dessus, en désordre à cause du bonnet en laine qui était posé à côté de lui sur le lit de Doug. Il avait des yeux d'un brun riche, des lèvres pleines rouges et une mâchoire forte et rugueuse avec une petite fossette dans le menton que Jeremy eut envie de lécher.

Il avait enlevé des bottines en cuir et les avait laissées à côté des baskets de Jeremy, son manteau était accroché à la poignée de la porte. Il y avait un trou dans le gros orteil de sa chaussette rouge, et son jean collait à ses cuisses musclées, un genou levé alors qu'il se prélassait sur le lit de Doug, appuyé contre le mur. Le vert forêt de son chandail fin dessinait des bras fins et une taille étroite.

Max fit un signe de la main.

— Tu peux me voir maintenant ?

Le pourrait-il *un jour* ?

— Ouais !

Jeremy se redressa d'un coup, étouffant le sursaut d'attirance avant de s'humilier avec une érection. Qu'allait-il faire maintenant ? Max avait l'air de vouloir rester un peu. Bon, d'accord, juste pour attendre que le temps s'améliore.

Jeremy ôta son imperméable à retardement. Son jean était inconfortablement humide, mais il n'allait pas l'enlever devant un gars qu'il venait de rencontrer. Surtout que le mec en question était complètement *affalé* et menaçait de le faire bander. Ses chaussettes patinèrent, alors il les enleva, les laissant tomber avec un son mouillé près de ses chaussures.

— Tu veux boire quelque chose ?

Jeremy ouvrit le réfrigérateur du bar dans le coin. Doug l'avait apporté et avait affirmé que Jeremy pouvait l'utiliser autant qu'il le voulait tant qu'il y avait toujours assez de place pour un pack de six.

— Je veux bien.

Jeremy s'accroupit et remonta ses vieilles lunettes sur son nez. C'était bizarrement familier et étranger de les porter à nouveau, comme d'essayer de vieux vêtements qui ne lui allaient pas tout à fait.

— J'ai de l'eau, de la Moosehead et… du lait.

Max rit.

— Hé, le calcium est important, n'est-ce pas ? Mais je vais prendre une bière.

En se relevant, Jeremy essaya de cacher sa grimace. Il donna une bouteille à Max et en garda une pour lui, notant mentalement de remplacer la réserve de Doug. Il marcha avec précaution jusqu'à son propre lit et se percha sur le côté. Ses pieds humides étaient nus et il froissa le mince tapis avec ses orteils.

— Tu es sûr que tu n'as pas besoin d'un médecin ?

Max fronça les sourcils en dévissant le bouchon de sa bouteille. Sa jambe étirée était si longue – et l'espace entre les lits si étroit – que Jeremy aurait pu se pencher en avant et toucher cet orteil exposé en bougeant à peine.

— J'ai mal au bas du dos, mais j'y mettrai de la glace. Mes fesses ont encaissé la majeure partie de la chute.

— Fais attention à ton coccyx, cela dit. Si ton cul te fait mal demain, fais-le examiner.

— Ouais. Ça marche.

Parlons juste d'un cul endolori, comme tu le fais. Rien de grave.

— Euh, je suis sûr que ça va, assura Jeremy.

Il avala une gorgée de sa bouteille et fixa l'orteil de Max qui dépassait de la chaussette rouge. Sans quoi, il regarderait Max et aurait probablement l'air d'un sale type.

Il y eut un *ping* électronique. Max sortit son téléphone de sa poche et gémit.

— Je n'irai définitivement pas à cette fête. Mon ex me demande où je suis. Comme si je lui devais quelque chose après qu'il m'a largué.

Jeremy faillit s'étouffer. *Il* ? L'ex de Max était un *il* ?

Max se moqua, marmonnant plus pour lui-même que pour Jeremy.

— Nous ne sommes sortis ensemble que pendant plus ou moins un mois en septembre. Ce n'était pas du tout sérieux. Je suis trop jeune pour ça. En plus, je pensais déjà à y mettre fin quand il l'a fait.

Il haussa les épaules. Il s'arrêta et lut un autre message.

— Maintenant, il agit comme si nous avions des *projets*. C'est quoi ce bordel ? Non. Putain, non.

— Exact. Alors tu es…

Max tapota sur son téléphone en répondant :

— Gay. Ouais, ouais.

— Oh.

La tête de Jeremy tourna à la façon décontractée dont Max l'avait dit. Sans peur, comme si de rien n'était.

À présent, Max fronçait les sourcils, tenant toujours son téléphone.

— Quoi ? questionna-t-il.

— Rien ! Je ne suis pas… ça me va tout à fait. Je ne m'attendais tout simplement pas à ce que quelqu'un comme toi soit…

Comme moi.

Max haussa un sourcil épais.

— Quelqu'un comme moi ?

Oh, mon Dieu, Jeremy foutait tout en l'air de manière épique. *Voilà pourquoi je ne parle pas aux gens !* Il agita la main.

— Tu as l'air d'être le stéréotype d'un capitaine de l'équipe de football. Ou peut-être de soccer ? De base-ball ? De hockey ? De lacrosse ? Mais je suppose que c'est le football parce que tu es si grand.

Son visage devint brûlant.

Heureusement, Max éclata de rire.

— Oui, l'équipe de football. La saison est terminée, et ce n'est pas comme si nous étions aux États-Unis. Il n'y a pas une tonne de gens à l'université de Toronto qui s'intéressent au football. On était deuxième et sixième, donc je ne peux pas leur en vouloir.

— Exact. Ce n'est pas aussi important que d'être capitaine de l'équipe de hockey.

Il ajouta rapidement :

— Non pas que ce ne soit pas impressionnant ! Je ne suis capitaine de rien.

Pitié, tais-toi maintenant.

Max gloussa.

— C'est bon.

La sueur piquait la nuque de Jeremy et au lieu de se taire, il lâcha :

— Et c'est bien que tu sois, euh… gay.

Il se leva et alla à son bureau dans son coin dans la pièce, soudain incapable de rester assis bien qu'il ait mal. Il posa sa bière et avala le verre d'eau tiède laissé plus tôt sur son bureau.

— Je veux dire, pas *bien*. Pas que ce soit mauvais !

— Mec, détends-toi. Je ne vais pas te sauter dessus.

— Je sais !

Arg, il ne voulait pas que Max pense qu'il était un homophobe.

— Est-ce que l'un de ces gars est ton petit ami actuel ?

— Hein ?

Max souleva ses hanches et glissa son téléphone dans sa poche.

— Pourquoi dis-tu ça ?

Jeremy arracha son regard de l'entrejambe de Max.

— Tu as appelé l'un d'eux Sugar ou quelque chose comme ça.

— Quoi ? Il faut qu'on reprenne la discussion sur les commotions cérébrales, parce que… oh ! Tu veux dire Honey. C'est mon colocataire, nous avons un appartement au sous-sol dans l'annexe. Son vrai nom est Cédric, mais il y a bien longtemps, pendant la semaine d'intégration, il a remporté un concours de mangeurs d'ailes de poulet. Il en a avalé cinquante en quelques minutes.

Jeremy grimaça en avouant :

— Je me sens malade rien que d'y penser.

— Il s'est senti malade de le faire, reconnut Max en souriant. Il a vomi avant même d'avoir obtenu son trophée du magasin à un dollar. La sauce était étiquetée « Honey galic » et ça s'est transformé en surnom. C'est normal pour nous, alors j'oublie de quoi ça a l'air pour les autres.

— Est-il aussi un footballeur ?

— Oui, c'est notre quarterback. Nous sommes tous très unis.

— Et ça ne les dérange pas que tu sois…

Le cœur de Jeremy s'emballa. C'était surréaliste d'en parler. Surréaliste qu'il parle à quelqu'un ! Que ce type soit dans sa chambre. Que ce mec magnifique soit *comme lui*. En plus d'être un milliard de fois plus confiant et plus beau. Il était sûrement également intelligent s'il postulait à la faculté de droit. Comme tout le monde à l'école, Max semblait bien se débrouiller.

— Que je sois queer ? Non, mec. Ce n'est pas un problème. Je suis sûr qu'il y a encore des connards ignorants, mais on n'a généralement pas à s'en soucier ici sur le campus ou au centre-ville. Je n'ai jamais eu de problèmes.

Il marqua une pause et lança à Jeremy un regard entendu.

— Si tu es nerveux ou curieux ou quoi que ce soit…

Maintenant, le cœur de Jeremy battait si fort qu'il pouvait l'entendre.

— Je ne le suis pas. Je veux dire, je sais que je suis gay. Je suis définitivement gay. Je le sais depuis aussi longtemps que je m'en souviens. Ce n'est pas la partie la plus difficile.

Il se força à continuer à regarder Max. Il l'avait dit à haute voix pour la première fois depuis des mois. Les mots flottaient dans l'air. Dans le monde.

Max hocha la tête.

— Cool.

Jeremy vida le verre d'eau et s'agita. Voilà, il en avait parlé à quelqu'un à l'école. Ce n'était pas si grave. Même s'il risquait de vomir, il l'avait fait.

— Tu sors avec quelqu'un ? Tu t'amuses ?

Il secoua rapidement la tête et ouvrit le tiroir de son bureau pour réorganiser les trombones.

— Pourquoi pas ? Tu es vraiment mignon.

Jeremy se moqua :

— Tu es simplement gentil.

Il poussait des trombones, ses oreilles devenaient brûlantes. Il pouvait imaginer à quel point les taches de rousseur sur ses joues semblaient flagrantes alors qu'il rougissait. C'était moche.

— Alors c'est la partie qui est une lutte ?

— En partie, je suppose.

— Mec, tu es vraiment mignon. Tout le monde aime les roux. As-tu rejoint le club queer sur le campus ? Tu rencontrerais une tonne de gens. As-tu dix-neuf ans ?

Au hochement de tête positif de Jeremy, il poursuivit :

— Va dans les bars de Church Street et traîne dans le Village. Sinon, il y a beaucoup d'autres espaces queers dans la ville. Tu n'as pas à être angoissé.

Éclatant de rire, Jeremy ferma le tiroir avec un bruit sourd.

— Tu ignores à qui tu as affaire. Être angoissé est mon état habituel. Je ne l'ai dit à voix haute que deux fois jusqu'à présent.

Les sourcils de Max se froncèrent.

— Attends, quelle partie ?

— Que je suis… tu sais. Gay.

Il fallait déjà qu'il s'y habitue. Il devait arrêter d'hésiter quand il le disait, de s'attendre à être rejeté. Il avait besoin de se mettre au diapason comme tout le monde sur le campus. Tout le monde à Toronto, semblait-il. Les trottoirs et les métros étaient bondés de gens qui se précipitaient, et ils semblaient tous savoir exactement où ils allaient.

Trop agité pour s'asseoir, il se posta à la fenêtre entre les lits, dans la boîte à chaussures qui servait de chambre, et tira le rideau.

— Il continue à neiger, commenta-t-il.

— Je ne resterai pas trop longtemps, ne t'inquiète pas.

— Non, je ne veux pas dire que tu devrais partir !

Maintenant, il était grossier alors que Max s'était plié en quatre pour l'aider. Alors qu'il avait été un *héros*.

— Vraiment, ajouta-t-il.

Jeremy se dirigea vers le bureau pour récupérer sa bière avant de s'asseoir à nouveau sur le côté de son lit, face à Max.

— Super, affirma Max en sirotant sa bière. Donc, tu n'as pas encore fait ton coming out avec beaucoup de gens ?

— Juste mes parents. Je n'ai pas encore le droit d'en parler à mon petit frère ni à personne d'autre dans la famille. Je pense qu'ils espèrent que c'est une phase. Ou ils ont juste complètement honte de moi. Ou les deux.

— Merde. C'est dur. Je suis désolé.

Jeremy haussa les épaules.

— Peu importe.

La dernière chose qu'il désirait était de fondre en larmes.

— Mon colocataire Doug est au courant. Même si je ne lui ai jamais dit de vive voix, nous devions remplir les formulaires d'information avec nos allergies, nos goûts et nos aversions. Je l'ai écrit dessus.

Il s'éclaircit la gorge, adoptant une voix d'annonceur :

— Salut, je suis Jeremy. Je viens de la côte ouest, j'ai une allergie à l'ananas, je réchauffe toujours les pizzas froides et j'aime vraiment les mecs. Ravi de te rencontrer. Peut-être pas exactement avec ces mots.

Max plissa les yeux.

— Attends, tu réchauffes une pizza froide ? Au micro-ondes ou au four ?

Jeremy fut soulagé que Max laisse tomber l'histoire sur ses parents.

— Au four de préférence, mais un micro-ondes peut faire l'affaire.

— Waouh. Je suis choqué. Une pizza froide laissée toute la nuit dans sa boîte est pratiquement un groupe alimentaire chez moi. Je ne sais pas si on peut être amis.

— Oh. Amis ? C'était sur la table ?

Jeremy savait que Max plaisantait, mais l'idée de devenir ami avec ce magnifique étudiant plus âgé et confiant avait apparemment grillé son cerveau, ce qu'il manifesta avec un :

— Euh…

Max lui fit un clin d'œil, et Seigneur, cette fossette au menton devrait être illégale.

— Je suppose que je vais autoriser la pizza réchauffée. Donc, ton colocataire est cool avec toi ?

— Ouais. Il ne semble pas s'en soucier. Il est sympa. Il arrive chaque semaine, va en classe et fait ses devoirs. Puis il retourne chez lui pour trois jours. La colocation parfaite, je suppose.

— Pas tellement quand tu essayes de te faire des amis.

Jeremy haussa les épaules.

— C'est mon problème.

— Hum. Et qu'est-ce qu'il se passe avec tes parents ?

Il essaya d'ignorer aussi cela.

— C'est… Ça ne s'est pas bien passé. Mon coming out, je veux dire.

L'euphémisme de l'année. La douleur enfla, si énorme et terriblement creuse à la fois.

— Je ne veux pas en parler.

— Désolé. C'est difficile.

Hochant la tête, Jeremy prit une autre gorgée de la bouteille de bière froide. Ses doigts étaient humides de condensation et il gratta l'étiquette verte.

— Pas d'amis de lycée ici ?

— Non. Kara est à McGill, et on s'est dit qu'on se retrouverait puisque Montréal n'est qu'à six heures de route, non pas que j'ai une voiture, mais il y a le train.

Il soupira, essayant d'afficher un sourire insouciant.

— Nous avons été occupés, je suppose. Elle a un nouveau copain. Tous mes amis du secondaire semblent s'amuser comme des fous à l'université. Ils s'éclatent. C'est génial ! Je suis vraiment heureux pour eux.

— Sauf que ça craint de perdre le contact. Ça m'est arrivé aussi. Est-ce que Kara est ta meilleure amie ?

— Pas vraiment. Je n'ai jamais eu de meilleur ami, même quand j'étais petit. Les gens avec qui je traînais sont à présent dispersés partout et… ils passent à autre chose. Je les vois sur Insta ou ailleurs, mais je n'ai rien à poster, moi.

— Tu as toute une ville devant ta porte. Je parie que les gens aimeraient voir tes photos.

— Peut-être.

Jeremy gémit.

— Tu parles d'un bureau des pleurs. Je vais me taire maintenant.

Max n'eut pas l'air gêné.

— Nan, c'est bon. Alors, quel est le problème ? Tu es trop nerveux pour te faire des amis ?

— C'est idiot, je sais. Je vis au centre-ville de Toronto avec un million de personnes et je ne parviens à rencontrer personne.

Max remua sur le lit de Doug, croisant les jambes. Son orteil exposé sortait encore de sa chaussette rouge.

— Je comprends, mec. La ville peut être vraiment solitaire. Tant de gens autour, mais ce sont des étrangers.

— Ouais. Mais ce n'est pas comme si je n'étais jamais allé en ville auparavant. Victoria n'est pas énorme, mais j'ai pris le ferry pour Vancouver assez de fois. Toronto ne devrait pas être si intimidant.

— Cet endroit est impressionnant. L'université, c'est impressionnant. Partir de chez soi, c'est impressionnant. Surtout si c'est tendu avec tes parents.

Jeremy expira longuement. Il n'était pas sûr de savoir comment le capitaine de l'équipe de football pouvait même imaginer à quel point il ne s'intégrait pas, mais d'une manière ou d'une autre, Max paraissait le comprendre.

— Je suis arrivé ici juste avant la semaine d'intégration et j'ai essayé de m'amuser. De rencontrer des gens et de me faire des amis. Mais après quelques soirées, c'était juste...

Il secoua la tête.

— Je n'arrêtais pas de penser à la maison et à mes parents. Mon frère à qui je ne peux même pas parler à part par e-mails sur son compte scolaire surveillé. Il est en cinquième et nos parents ne lui permettront pas encore d'avoir un téléphone portable. En fait, il m'a envoyé une carte postale dans le cadre d'un projet scolaire, mais il est occupé à être un enfant.

— Le projet était-il sur les anciennes communications ?

Max désigna de la tête le tableau d'affichage cloué au-dessus du bureau de Jeremy.

— Est-ce que c'est ça ?

— Quelque chose comme ça, et ouais.

Jeremy s'approcha et détacha la carte postale brillante des Rocheuses dans le coin supérieur. La seule autre chose qu'il avait affiché était ses horaires de cours, ce qui était stupide parce qu'il l'avait mémorisé dès le deuxième jour. Il tendit la carte postale à Max.

— Attends, il t'appelle Cherry ? s'étonna Max en souriant. Et tu pensais que « Honey » était bizarre !

— Non, pas bizarre !

Je pensais juste que c'était ton petit ami, mais apparemment tu n'en as pas, ce qui ne devrait pas être aussi excitant.

— Je te taquine.

— Effectivement. Et oui, Sean ne parvenait pas à prononcer « Jeremy » quand il était petit. Je m'appelais Cherry, et avec mes cheveux, ça collait.

Max sourit en lisant la carte postale. Elle ne contenait que quelques lignes disant qu'il manquait à Sean et qu'il lui botterait les fesses à Super Mario quand Jeremy rentrerait à la maison. Jeremy avait lu cent fois le gribouillage désordonné de mots. Il souhaitait savoir exactement quand il rentrerait chez lui. On ne l'avait pas mis à la porte, mais...

— Ça doit être amusant d'avoir un petit frère.

— Ouais.

Jeremy reprit la carte postale et la replaça soigneusement avant de s'asseoir à nouveau en face de Max.

Max dit prudemment :

— Ça a dû être difficile de le quitter, de venir ici sans y connaître personne et d'avoir des problèmes avec tes parents en plus.

— Ouais, répéta Jeremy. La semaine d'intégration était comme une torture, alors que j'essayais d'être social et de sourire alors que je voulais juste pleurer.

Le front de Max se plissa, sa bouche se tordit de sympathie, et *merde*, les yeux de Jeremy le brûlèrent. Non. Il ne pleurerait pas maintenant. Il refusa, se forçant à rire.

— Mec, ce bureau des pleurs se transforme en rage. Tu es sûr que tu ne préférerais pas braver les trottoirs glacés et ton ex collant ?

Max rit doucement.

— Je vais bien. Et je ne te blâme pas. Tout ça craint. Terriblement.

La sympathie et la gentillesse de cet inconnu lui serrèrent la gorge, mais il parvint à respirer. Pas de larmes versées.

— Merci.

— Et les cours ? Il doit y avoir des jeunes dans ta matière principale que tu pourrais apprendre à connaître.

— La première année, il n'y a que des prérequis dans ces immenses amphithéâtres. En septembre, j'aurais dû parler aux gens, mais j'étais tellement…

Il arracha une bande d'étiquette de bière mouillée, ne sachant pas le mot juste. Pathétique ? Lâche ?

À vif. Fragile.

C'était trop… réel pour être prononcé à voix haute. À la place, il déclara :

— Ça semble si facile pour tout le monde. J'ai juste envie de me cacher. Comme si… je ne le fais pas, mais en réalité si. Tu comprends ?

— Ouais. Et ne sois pas si sûr que les autres s'en sortent aussi bien. Ils pourraient juste être meilleurs pour faire semblant.

Jeremy sourit.

— Peut-être.

— Je te le dis, toutes les personnes confiantes que tu vois se précipiter sur le campus sont probablement aussi bousillées que toi.

— Impossible. Je ne me suis fait aucun ami, je décharge tout mon traumatisme sur un étranger qui est bien trop gentil, je vais rester seul pour Noël et je vais définitivement mourir vierge.

Oh merde. Il l'avait *dit* à voix haute. C'était sûr, cette fois. Il était si rouge que sa tête lui tournait et qu'il avait le goût de la bile.

— Ha, mon pote.

Max rit, un grondement profond et sexy, mais qui n'était pas méchant.

— Tu es vraiment en train de passer un moment merdique.

— Je suis désolé. Tu n'es pas mon thérapeute. Je ne te connais même pas ! Je ne sais plus ce que je dis. Ignore-moi.

— Et tu n'es même pas ivre, enchaîna Max en souriant – seigneur, les fossettes. Du moins, je ne crois pas.

— Définitivement pas. Puis-je accuser une commotion cérébrale pour ces confessions ?

— Absolument.

Pourtant, le sourire de Max disparut et il déplia son grand corps, bougeant avec fluidité pour s'agenouiller aux pieds de Jeremy. Il leva son index.

— Suis mon doigt avec tes yeux.

— Je plaisantais. Je ne me suis vraiment pas cogné la tête.

Jeremy fut très conscient de l'autre main de Max posée à quelques centimètres de sa hanche sur la couette froissée.

— Je le jure, assura-t-il.

— Fais-moi plaisir. Les commotions ne sont pas une blague. Honey a continué à jouer une fois, alors qu'il aurait dû aller à l'hôpital.

Il frissonna en ajoutant :

— C'était grave.

Alors Jeremy se soumit aux tests de Max, se tenant finalement debout et fermant les yeux pour tester son équilibre. Lorsqu'il rouvrit les yeux, son regard se posa sur la pomme d'Adam de Max. Une ombre de chaume de cinq heures était visible sur sa peau brune et lisse, et Jeremy suivit l'ombre jusqu'à la fente du menton et ses lèvres pleines et souriantes. Puis il croisa ses yeux bruns à travers des cils si épais que, de si près, Max avait l'air de porter de l'eye-liner sur ses paupières inférieures.

Jeremy n'avait jamais autant désiré de sa vie grimper sur une autre personne comme à un arbre.

— J'ai réussi ? croassa-t-il.

Souriant, Max se laissa retomber sur le lit de Doug et vida sa bière.

— Tu as réussi. OK, qu'est-ce que tu fais demain ?

— Je vais en cours.

Jeremy se percha à nouveau sur le côté de son lit, parcourant le tableau périodique dans sa tête pour éviter une érection humiliante.

— Des cours le matin, puis nous éliminerons notre liste de choses à faire, décréta Max.

Il énuméra en comptant sur ses longs doigts.

— Un : faire remplacer tes lunettes. Deux : de nouvelles bottes. Il y a un bon magasin sur Queen West qui fait généralement des soldes. Trois : te procurer un manteau d'hiver, des gants et tout le reste. On peut aller à Winners.

Pendant un instant, Jeremy ne put que le fixer.

— Tu… tu n'as pas à faire ça. Je peux me débrouiller tout seul.

Max l'ignora, tapant un autre doigt.

— Quatre : tu t'envoies en l'air. Nous irons au Village.

L'excitation et la peur traversèrent Jeremy.

— Quoi ? Moi ? Demain ? C'est… *demain* ?

— Pourquoi attendre ?

Max le dit comme si c'était une véritable question, comme s'il faisait tout le temps des choses sans les analyser pendant des jours. Des semaines. Des mois. Des *années*.

Max se leva et il devait faire un mètre quatre-vingt-dix. Jeremy ne faisant qu'un mètre soixante-dix, Max le dominait, ce qui était étrangement agréable. Il aurait aimé être blotti sous ses bras. Max attrapa son manteau sur la poignée de porte et sortit quelque chose de sa poche.

— Je suppose que celles-ci ne sont plus très utiles maintenant, mais ça ne me semblait pas bien de les laisser assassinées là-bas sur le trottoir.

Il déposa les restes métalliques tordus des lunettes de Jeremy sur le bureau.

— Désolé, je les ai bousillées.

— C'était un accident. Tu as déjà fait bien plus que la plupart des gens ne le feraient.

Max haussa les épaules.

— C'est la saison des cadeaux, tu te souviens ? Considère ça comme un cadeau en avance. En plus, j'ai besoin d'une distraction pour attendre mes résultats aux tests d'admission. Ce sera amusant. Je serai ton parrain fée.

Jeremy aurait probablement dû protester davantage, mais sa poitrine était étrangement chaude et nouée. L'ami de Max avait dit quelque chose à propos de lui prenant un première année sous son aile, alors apparemment c'était quelque chose qu'il faisait. Cela ne voulait pas dire que Jeremy était spécial, juste que Max était généreux.

— Je vais préparer mes pantoufles de verre, plaisanta Jeremy, puis son sourire s'estompa. Merci. Vraiment.

— Pas de problème, assura Max en sortant son téléphone. Donne-moi ton numéro.

Jeremy le fit, puis Max partit avec un geste de la main.

Honnêtement, Jeremy aurait pu croire que tout cela n'était que le fruit de son esprit solitaire, mais il restait le bonnet bleu et blanc, oublié sur le lit de Doug. Laissant son sexe durcir librement – ce qui prit environ trois secondes –, Jeremy ramassa le bonnet par son pompon moelleux. La laine avait une douce doublure en polaire, il enfouit son visage à l'intérieur, inspirant profondément.

Il sentait comme n'importe quel bonnet : du tissu étouffant et de la sueur séchée avec un soupçon de noix de coco, peut-être ? Probablement le shampoing de Max. Si Jeremy pressait son visage contre la tête de

Max, plongeant son nez dans cet ébouriffage de cheveux presque bouclés, la noix de coco remplirait-elle ses sens ?

Jeremy plia soigneusement le bonnet dans la poche de son manteau pour ne pas l'oublier le lendemain. *Demain*, quand il reverrait Max. Le moment où il avait prévu de traîner avec quelqu'un. Et pas n'importe qui. Max avait passé du temps avec lui, l'avait écouté et semblait vraiment en avoir quelque chose à faire.

Même si Max était juste gentil avec le pathétique puceau de première année, Jeremy ne pouvait pas nier que c'était vraiment, vraiment bien d'avoir quelqu'un pour s'occuper de lui. D'avoir quelqu'un d'assez attentionné pour renoncer à son samedi afin de traîner avec *lui*. C'était le meilleur cadeau de Noël qu'il pouvait espérer, même si ce n'était que pour une journée.

Chapitre deux

LORSQUE L'ALARME DE Max sonna, il repoussa machinalement les couvertures, se mit debout et glapit à la sensation de froid sous ses pieds nus. Ayant laissé son téléphone branché sur son bureau, il franchit les quelques pas pour taper sur l'écran avant que Honey ne frappe au mur et renverse à nouveau son affiche des Maple Leafs encadrée à bas prix.

Max connaissait bien la tyrannie du bouton snooze, et il devait garder son alarme hors de portée s'il voulait avoir la moindre chance de se rendre à la salle de sport pour le jour de session des jambes. Comme d'habitude, sa première pensée après *trop froid* et *fais cesser ce bruit* fut au sujet des résultats de l'école de droit qui se rapprochait, accompagnée de la pointe acide familière dans son estomac.

Mais aujourd'hui, cela fut suivi d'une vague de souvenir qui le fit sourire. Il enfreignit la règle cardinale du matin et se laissa retomber sur son lit en remontant sa couette. Juste une minute. Son cerveau tournait trop vite pour qu'il se rendorme de toute façon, rejouant l'étrange soirée qu'il avait passée.

Peut-être pas étrange, plutôt… inattendue. Il avait prévu de se bourrer la gueule et de s'amuser avec les gars, mais il n'était pas désolé d'avoir raté la fête. Passer du temps avec un petit première année triste ayant une conversation étrangement intense sur son anxiété avait été…

Quoi ? Pas *amusante*, pas exactement. Le père de Max dirait que le pauvre Jeremy avait plus de problèmes que *TV Guide*. Ensuite, Max et sa sœur demanderaient : « *Qu'est-ce que c'est, TV Guide ?* » pour être des connards, et papa lèverait les mains de manière théâtrale et beuglerait : « *Les enfants de nos jours !* ».

Max rit, son père lui manquait tout d'un coup. Au moins, il le verrait bien assez tôt pour les vacances. Et d'ici là, il aurait les résultats du test d'admission.

Son estomac se nouant, il rejeta la couette et se força à se lever, enfilant son pantalon de survêtement. Il se traîna dans le couloir et ferma la porte de la salle de bain derrière lui, s'ordonnant d'arrêter d'y penser. Hé, peut-être qu'il cartonnerait aux tests d'admission et que la décision serait prise pour lui.

Il ne savait plus ce qu'il pouvait espérer ces derniers temps.

Bâillant largement en pissant, il se souvint de ses plans pour la journée et retrouva le sourire, reportant le fil de ses pensées sur Jeremy. Ce n'était pas qu'il *aimait* que Jeremy soit si perdu. Mais il aimait passer du temps avec lui. Il avait aimé le ramener chez lui en toute sécurité.

Peut-être que Honey avait raison, il avait un faible pour aider les nouveaux venus désemparés. Cela lui faisait du bien. Tout comme faire un don à un organisme de bienfaisance ou laisser tomber un dollar dans un chapeau lorsque quelqu'un demandait une pièce. Il n'y avait rien de mal à cela.

Le mignon gamin gay avait définitivement besoin d'un coup de pouce dans la bonne direction. Ce serait amusant de l'emmener faire du shopping et de l'aider à trouver son chemin dans le Village.

Se brossant les dents, la hanche appuyée contre le comptoir, Max se demanda s'il avait déjà été aussi ignorant. Peut-être que oui, mais de toute évidence, il n'avait jamais été aussi anxieux que Jeremy semblait l'être à l'idée de rencontrer des gens et de s'envoyer en l'air. Merde, c'était la meilleure partie de l'université.

Mais Max s'occuperait de lui. En un rien de temps, Jeremy se pavanerait avec confiance sur le campus, sa virginité n'étant plus qu'un lointain souvenir. Visiblement, le gamin ignorait totalement à quel point il était sexy comme l'enfer. En d'autres circonstances, Max aurait été tenté de faire éclater lui-même cette cerise.

Cherry est un surnom approprié, pensa-t-il, se souvenant de la carte postale. Il sourit autour de sa brosse à dents électrique. Hum, les cheveux roux et les adorables taches de rousseur. La façon dont Jeremy mordait sa lèvre inférieure et rougissait. Ce sérieux, comme un chiot incapable de se détendre. Un chiot triste qui avait besoin d'un os.

Riant à sa propre blague stupide, il cracha du dentifrice dans l'évier. Une pellicule blanche d'écume de savon s'était accumulée et c'était probablement à son tour de nettoyer la salle de bain, mais il s'en occuperait plus tard. Il reposa sa brosse à dents sur son chargeur, ignorant l'anneau dégoûtant sur le fond qui avait également besoin d'être frotté.

Son esprit s'éloignant facilement de toute autre idée de corvée, il alla enfiler ses vêtements de sport, repensant à Jeremy avec un sourire. Jeremy avait besoin d'un ami, raison pour laquelle Max était parti avant qu'il ne soit davantage tenté de voir à quel point il pouvait le faire rougir.

Il serait le parrain fée de tout ça. Renforcer la confiance de Jeremy et l'amener à se détendre et à s'amuser. Il serait de l'herbe à chat pour tant de mecs. Bon sang, ils feraient certainement la queue pour être le premier de Jeremy.

Max fronça les sourcils en fouillant dans son sac à dos à la recherche de ses écouteurs. Il y avait beaucoup de crétins dehors. Il devrait garder un œil sur Jeremy et s'assurer que sa première fois ne serait pas avec un connard qui l'utiliserait et le jetterait.

Dans la cuisine, il attrapa une banane trop mûre, grimaçant en la mangeant. Les yeux troubles et gémissant, Honey traîna son cul devant lui jusqu'à la machine à café, y fourrant une dosette à l'aveuglette. Il passa sa main sur ses cheveux tressés. Son tee-shirt Raptors était déchiré au col, révélant un suçon frais sur sa peau foncée.

— 'jour ! cria pratiquement Max parce qu'il était un salaud.

Honey grogna.

— Bonne soirée ?

Il grogna de nouveau.

— Tu aurais dû te montrer. Les strip-teaseuses étaient épiques.

Il siffla doucement en signe d'appréciation avant d'ajouter :

— Il y avait une nana avec les plus gros seins que j'aie jamais vus. Et tu aurais adoré le mec en père Noël.

Honey fléchit ses bras musclés en guise de démonstration.

— Où es-tu allé d'ailleurs ? Tu t'es envoyé en l'air ?

— Nan. J'ai traîné avec le jeune étudiant. Jeremy. Le temps était pourri et je n'avais pas envie de retraverser le campus.

Honey tapota la machine à café comme si cela la rendrait plus rapide.

— Je l'avais oublié, admit-il en fronçant les sourcils. Le gamin va bien, pas vrai ?

— Ouais. Pas grâce à vous, bande de connards.

— Eh, qui a besoin de nous quand Saint Maxwell est sur l'affaire ?

Max lui fit un doigt d'honneur avant de remplir sa bouteille d'eau avec la vieille Brita du réfrigérateur.

— Il avait besoin d'un coup de main. En fait, c'est toujours le cas. Je vais l'aider à choisir de nouvelles lunettes.

— Oh. D'accord.

— Et je l'emmène au Village après, alors ne compte pas sur moi pour le poker.

— Mec, c'est la dernière séance avant les vacances. Ty sera en colère si tu ne lui donnes pas une chance d'égaliser le score avant que nous payions.

— Il survivra. J'ai dit à Jeremy que nous sortirions.

Après avoir pris une gorgée bruyante et reconnaissante de son café, les mains tenant la tasse avec révérence, Honey demanda :

— Tu ne peux pas l'emmener au Village demain ?

— Peut-être. Je peux lui poser la question.

Jeremy n'avait probablement aucun plan, donc Max pouvait le laisser décider.

— Tu vas te le taper ?

— Quoi ? Non !

Malgré sa rapide dénégation, une faible pulsation de désir à cette idée tirailla le ventre de Max.

— Je ne fais que lui donner un coup de main. Il est nerveux.

— Le petit oiseau a une aile cassée ?

— Quelque chose comme ça. Il vient juste de faire son coming out et ses parents ne lui parlent plus vraiment.

— Oh, merde, s'exclama Honey en secouant la tête. Ça craint.

— Ouais. Il n'a pas d'amis. Je me sens mal pour lui.

— Tu peux toujours l'amener ce soir. Si tu n'es pas attiré par lui et qu'il sait jouer, il est le bienvenu.

Ils avaient une politique stricte d'absence de rencards depuis la première année, après que Tyler avait amené une nouvelle fille chaque semaine et était plus intéressé par ses seins que par le jeu.

— D'accord. Peut-être. Tu viens à la salle de sport ?

— Est-ce que j'ai l'air d'aller à cette putain de salle de sport ?

Max rit et attrapa une banane en sortant, s'assurant de claquer la porte aussi bruyamment que possible.

Quelques heures plus tard, les quadriceps endoloris, Max repéra Jeremy qui faisait les cent pas devant le magasin d'optique de Bloor West. Alors que Max s'approchait avec un salut de la main, Jeremy se détendit de manière visible.

— Salut ! lança Max. Excuse mon retard. Retard du métro. Tu sais, comme d'habitude avec la TTC.[1]

Jeremy sourit, mais semblait nerveux.

— C'est vrai. Je croyais que tu avais peut-être changé d'avis.

— Nan, mec. Je ne t'aurais pas laissé en plan. Pas de réseau dans le tunnel ou j'aurais envoyé un texto.

— Aucun problème, dit-il en secouant la tête. Désolé. Je suis com-

---

[1] La Toronto Transit Commission (TTC) est l'organisme chargé de la gestion des transports en commun à Toronto : métro, bus et tramway.

plètement…

Il agita les mains.

Jeremy avait de sérieux problèmes d'anxiété. Une partie de Max souhaitait lui faire un câlin et lui dire que tout irait bien, mais ce serait probablement bizarre, alors à la place, il dit :

— C'est bon. Allons-y.

Il ouvrit la voie dans le magasin, une cloche sonnant au-dessus de sa tête. Les lumières du plafond étaient complétées par des guirlandes blanches et des rubans de lumière en haut des rangées de montures et de miroirs sur trois des murs du magasin. « Santa Claus is Coming to Town » résonnait.

— Y a-t-il des marques que tu préfères ? demanda Max.

Le magasin était bondé et les vendeurs étaient tous occupés.

— Pas vraiment. Tout ce qui semble correct.

— Tu veux dire tout ce qui a l'air *spectaculaire*, corrigea-t-il en lui faisant un clin d'œil. Regarde, qu'est-ce que je fais là ?

— Ouais, ouais.

Jeremy sourit, l'air un peu troublé, ses joues devenant roses.

— J'aimerais avoir des lentilles de contact. C'est tellement difficile de me voir dans les nouvelles montures. Peut-être que je devrais simplement leur demander de remplacer les verres de celles-ci.

Il remonta les lunettes à monture métallique sur son nez.

— Je les ai eues pendant la majeure partie du lycée. Je sais qu'elles vont bien à mon visage.

— Ouais, mais « bien » n'est pas ce que nous recherchons. Jetons un œil.

Ils parcoururent les étagères et Jeremy en trouva quelques-unes à essayer. Max pensait que Jeremy connaissait son style, bien qu'elles aient toutes tendance à être de fines montures en métal. Jeremy rangea soigneusement ses lunettes dans la poche de son imperméable. L'autre poche était bombée.

Max demanda :

— Tu es content de me voir, ou quoi ?

Jeremy cligna des yeux d'un air de chouette.

— Pardon ?

Il donna un coup de coude dans la poche rembourrée de Jeremy.

— Mauvaise blague.

— Oh ! C'est ton bonnet. Tu l'as oublié.

Il sortit la toque et la lui tendit.

— Merde, merci. Je n'ai pas pris la peine de porter un bonnet aujourd'hui, car il fait plus de zéro. Mais j'en aurai certainement besoin à Pinevale à Noël. Non pas que je n'ai pas d'autres bonnets, mais celui-ci est mon préféré.

Il le jeta dans son sac.

— Pas de soucis.

Debout tout près d'un miroir, Jeremy essaya les montures.

Max élimina une paire qui était trop étroite, mais les deux autres convenaient. Il demanda :

— As-tu déjà essayé des montures en plastique ? Quelque chose d'un peu plus audacieux ?

— Non. Ma mère dit que les montures plus sombres surchargent mon visage.

— Ah. Je suppose que c'est elle qui t'a envoyé l'ordonnance.

— Ouais.

Jeremy remit ses vieilles lunettes.

— Nous avons échangé des textos. C'était sympa.

Il attrapa l'une des montures potentielles. Je vais prendre ça.

— Je ne pense pas que celles-ci entrent dans la catégorie *spectaculaire*. Viens, tu devrais être enthousiasmé par ce que tu choisis.

Il observa l'étagère la plus proche d'eux et en choisit quelques-unes.

— Essaye celles-ci.

— Vraiment, ça va. Tu vas t'ennuyer si j'essaye tout.

— Tu n'essayes pas tout. Fais-moi plaisir. À moins que tu aimes vraiment celles-là.

Jeremy soupira.

— Pas vraiment. D'accord.

Une par une, il essaya les montures, se penchant vers le miroir posé sur un bureau. Max ne put s'empêcher de profiter de la vue. Bon sang, il avait un joli petit cul dans ce jean.

— Comment vont tes fesses ? questionna Max, luttant pour détourner les yeux. Douloureuses ?

— Un peu, mais ça va.

Jeremy regarda nerveusement autour de lui, semblant s'assurer que personne n'écoutait.

Max réalisa qu'un cul endolori pouvait sembler… suggestif. Avant que son cerveau ne puisse plonger plus loin dans le terrier du lapin au sujet de son cul, il fut distrait par Jeremy essayant une plus grande paire de lunettes noires. Il se redressa.

— Oh ouais. J'adore ce look.

Jeremy se pencha plus près du miroir, sa veste remontant encore plus.

— Tu crois ?

— Putain, ouais. J'aime ce côté classique, mais pas trop massif ni trop épais du plastique. Elles ont toujours l'air élégantes. C'est sexy. Les grandes montures sombres font vraiment ressortir tes yeux.

Lesdits yeux noisette s'écarquillèrent légèrement.

— Les miens ?

— Non, ceux de la dame là-bas, qui râle après la vendeuse depuis cinq minutes à propos d'une égratignure sur ses nouvelles lunettes, comme si ce n'était pas elle qui les avait fait tomber.

Jeremy éclata de rire.

— Chut ! dit-il.

Il se retourna vers le miroir jusqu'à ce qu'il ne soit plus qu'à quelques centimètres.

— Tu ne penses pas qu'elles ont l'air de… d'envahir mon visage ?

Max se posta derrière lui pour le regarder de plus près.

— Non. Je trouve qu'ils attirent plus l'attention. Les autres sont juste là. Aucune déclaration. Aucun style. Juste fonctionnelles. Celles-ci sont comme, « Bam ! J'ai des lunettes, salope ! »

— C'est vrai.

Jeremy se mordit la lèvre, et *bon sang*, c'était adorable.

— Crois-moi, ce sont les bonnes. Mais, c'est à toi de voir.

— Je suppose que ça ne peut pas faire de mal d'essayer quelque chose de nouveau.

— C'est toute l'idée, non ? Tu vas te faire baiser en un rien de temps.

Un couple d'âge moyen à proximité éclata de rire et Jeremy baissa la tête. Il repêcha ses vieilles lunettes et les remit, mais Max l'arrêta.

— Remets-les et donne-moi ton téléphone une seconde, proposa Max.

Lorsque Jeremy le lui tendit, Max bascula sur la caméra et le pria de sourire. Il prit quelques clichés et les examina, déterminant rapidement le gagnant et supprimant les autres. Il rendit le téléphone après que Jeremy avait remis ses vieilles lunettes.

— Voilà ton prochain post Instagram. Quel est ton pseudo ? Je te suivrai.

— Oh. Euh, c'est « Jeremy_science-nerd ». Je sais, je sais.

— Quoi ? C'est mignon. Très à la mode.

Max ouvrit l'application sur son téléphone et rechercha le nom d'utilisateur.

— Demande envoyée.

Il regarda Jeremy vérifier son application.

Jeremy éclata de rire, ses sourcils s'élevant au-dessus des bords en métal.

— Futur-avocat-sportif, lut-il. Je suppose que c'est aussi à la mode.

— Ouais.

Max sourit, mais le malaise persistait. Était-il un futur avocat ? Allait-il devoir changer ses pseudos sur les réseaux sociaux s'il n'allait pas à la faculté de droit ?

Comme si c'était ce qui devrait m'inquiéter.

— Je suis sûr que tu as bien réussi aux tests d'admission.

De surprise, il cligna des yeux vers Jeremy.

— Je suppose que je ne peux pas le cacher, hein ? Merci.

Max évita une femme dans une parka d'hiver gonflée traînant un enfant gémissant portant des bois de renne lumineux.

— Bref, nous devrions passer ta commande et nous rendre aux Winners.

Ils s'assirent à l'un des bureaux et un opticien prit les mesures des yeux de Jeremy avec un truc qui ressemblait à une règle. Jeremy avait récupéré son ordonnance sur son téléphone, la photo dans un fil de texto. Le téléphone était posé sur le bureau et Max jeta un coup d'œil aux messages.

D'accord, il fit plus que jeter un coup d'œil. La curiosité envoya le ballon dans la zone des buts et il passa en mode type louche, lisant les messages visibles. Le premier était de Jeremy, un bonjour poli demandant comment tout le monde se portait, puis la demande d'une photo de la prescription. Puis la réponse de sa mère.

Nous allons bien. Occupés à faire les bagages. Tu es toujours couvert par notre assurance, alors envoie-moi le reçu. Essaye d'être plus prudent avec cette paire. Fais-nous savoir quand tu auras les résultats de tes examens.

Max détourna rapidement les yeux et fit tourner un carrousel de lunettes de lecture sur le coin du bureau, se tortillant de culpabilité d'avoir lu les textos. Ils étaient bizarres. Genre, ils étaient polis, et c'était bien que ses parents ne lui fassent pas payer les nouvelles lunettes. Mais après, il y avait le passage sur le fait d'être plus prudent. Et occupés à faire leurs bagages pour quoi ? Mais ensuite, elle avait voulu en savoir plus sur les examens de Jeremy. Il y avait ce va-et-vient.

Jeremy avait dit qu'il allait être seul pour les vacances, donc quoi que soit en train de préparer sa famille pour être occupée à faire des valises, apparemment il n'y allait pas. Allait-il rester coincé dans son coin ? Max supposait qu'il y aurait une poignée d'autres personnes sur place, alors peut-être que ce ne serait pas si horrible ? Peut-être qu'il se lierait d'amitié avec certains d'entre eux. Peut-être.

L'opticien déclara que les nouvelles lunettes pourraient être livrées en express d'ici la fin de la journée de lundi et enregistra la commande de Jeremy. Il paya avec une carte de crédit. Max se demanda si c'était une carte que ses parents avaient payée. Évidemment, ce n'étaient pas ses affaires, mais Jeremy n'avait pas mentionné qu'il avait un travail. Ils sortirent, marchant sur plusieurs pâtés de maisons jusqu'à Spadina afin d'attraper le tramway.

Il y avait des couronnes scintillantes sur les lampadaires et de la verdure avec des baies rouges dans des jardinières qui contenaient des fleurs en été. Les vitrines des magasins ressemblaient à des explosions de Noël, les acheteurs s'affairaient avec des sacs, rappelant à Max qu'il devait acheter les cadeaux pour sa famille avant de rentrer chez lui, car il y avait beaucoup plus de choix à Toronto.

Ils étaient assis l'un à côté de l'autre sur une banquette à deux places, alors que le tramway se dirigeait vers le sud par à-coups. Il y eut rapidement du monde, attrapant chaque feu rouge, les gens se pressaient à monter et descendre à chaque arrêt.

Finalement, Max craqua alors qu'ils se dirigeaient vers College Street.

— Tu as dit que tu serais seul pendant les vacances ? Tu ne veux pas rentrer chez toi en Colombie-Britannique ?

Et pour quelles raisons tes parents font-ils leurs bagages ? Pourquoi ne les accompagnes-tu pas ?

Le sourire de Jeremy fut pincé.

— Ils vont à Hawaï avec Sean. Faire une croisière autour des îles et tout. Ils dépensent beaucoup pour moi ici, et avec mon planning d'examens, je ne peux pas y aller, de toute façon. Tout est parfait.

— D'accord.

Max hocha la tête et fit semblant de croire pendant une nanoseconde que tout ce qui concernait la situation avec les parents de Jeremy était « totalement parfait ». Il se déplaça, son genou coincé contre le siège de devant, imaginant Jeremy dans son petit dortoir rudimentaire sur un campus désert pendant des semaines.

Max n'aimait pas du tout cette idée. En fait, il détestait ça.

Comment pourrait-il aider ? Il commença automatiquement à concocter un plan, parcourant les options dans sa tête comme les différents déplacements sur un terrain de football.

— La meilleure façon de rencontrer des gars qui sont présents pendant les vacances est une application de rencontres. Eh bien, « rencontre » est peut-être un euphémisme. T'es-tu déjà inscrit sur l'une d'entre elles ?

Les yeux écarquillés, Jeremy secoua la tête.

— Je les ai regardées dans l'App Store, mais…

Étrangement, Max fut content d'apprendre qu'il n'avait pas cherché de mecs en ligne. Ce qui n'avait aucun sens, puisque s'il voulait aider Jeremy à s'envoyer en l'air, cela pouvait l'aider. Il sortit son téléphone et pointa une icône.

— Celui-ci est bien, si tu veux voir.

— Euh, oui. D'accord ! couina Jeremy. Alors, c'est excitant d'aller à l'école de droit, reprit-il, clairement désireux de changer de sujet.

— Je suppose.

Ce fut maintenant au tour de Max d'être réticent.

Jeremy fronça les sourcils.

— Tu n'as pas l'air d'en être sûr.

Grillé. Il en rit.

— Je suis juste stressé par le test d'admission.

En vérité, il n'avait discuté de ses doutes avec personne, pas même sa sœur ou Honey. Mais Jeremy lui avait dit plein de choses. Il avait fait confiance à Max pour ses secrets même s'ils venaient de se rencontrer. Peut-être qu'il pourrait aussi se confier à lui.

C'était plutôt bien que Jeremy soit un nouveau, qu'il ne sache pas déjà tout sur lui et qu'il n'ait pas d'idées préconçues. Il ne le jugerait pas comme le feraient sa famille et ses amis. Non pas qu'on le jugeait. Max était probablement complètement injuste envers eux.

Mais il était censé être le parrain fée de Jeremy, confiant et responsable. Le capitaine de l'équipe. Il n'était pas sur le point de décharger tout son drame interne sur le gamin qu'il aidait.

Jeremy déclara :

— Je comprends que tu ne veuilles pas en parler. Il y a beaucoup de choses que je garde habituellement pour moi. Jusqu'à ce que je fasse une dépression nerveuse et décharge toutes mes conneries sur de bons samaritains sans méfiance. Il n'y a pas de mal.

Max sourit.

— Oh, tu as déjà fait ça avant ?

— En fait, tu as été mon premier.

Les mots étaient innocents, mais ils suscitèrent un élan de désir qui fit tressaillir les bourses de Max. Il n'avait jamais été eu de relations sexuelles avec un puceau, mais il devait admettre qu'il y avait quelque chose chez Jeremy qui l'attirait. Peut-être parce que Jeremy était physiquement plus petit, alors que Max optait généralement pour des gars musclés, plus de sa taille. Il voulait prendre soin de Jeremy d'une manière à laquelle il n'était pas habitué. Du moins, pas associé avec du sexe.

Il avait toujours été un mentor sur le terrain et dans les vestiaires, toutefois c'était une question de fraternité et d'équipe. Il ne s'était jamais autorisé à penser que ses coéquipiers étaient sexy. Mais c'était différent avec Jeremy. L'idée d'être son premier faisait palpiter son sexe.

— As-tu toujours voulu être avocat ?

— Ouais. C'est une histoire ennuyeuse.

Jeremy haussa les épaules.

— Nous allons rester ici un moment.

Le métal grinça alors que le tramway ralentissait à Dundas. Tous les restaurants et magasins avaient des enseignes en chinois et en anglais, les gens se pressaient sur les trottoirs au cœur de Chinatown un samedi après-midi. Certains sortirent du tramway en se bousculant tandis que d'autres s'empressaient de monter à bord. Un gros sac à main frappa Max sur la tête, la femme s'excusa abondamment, alors il l'arrêta d'un geste avec un sourire.

Il réalisa qu'il ne se souvenait pas de la dernière fois qu'il avait parlé de sa mère à quelqu'un. Les gars savaient qu'elle était morte quand il était enfant, mais ce n'était pas comme s'ils s'étaient assis et avaient eu une conversation profonde et significative à ce sujet. Non pas qu'il ait une raison d'en avoir une maintenant avec Jeremy dans le tramway de Spadina. Était-ce étrange qu'il en ait envie ?

— Le fait de devenir avocat a beaucoup à voir avec ma mère. Elle est morte dans un accident de voiture quand j'avais neuf ans. Elle était avocate à l'aide juridique.

— Oh. Je suis vraiment désolé.

Jeremy ajouta rapidement :

— Qu'elle soit décédée, pas qu'elle ait été avocate.

Max lui adressa un sourire.

— J'avais compris ce que tu voulais dire.

Jeremy grimaça.

— Parfois, je dis ce qu'il ne faut pas, ou j'ai juste l'impression de le faire et j'empire les choses en étant très maladroit. Comme maintenant.

Ils étaient assis, proches l'un de l'autre – les tramways étaient construits pour des personnes de taille irréellement petite –, Max lui donna amicalement un coup d'épaule.

— C'est bon. Tu n'as pas besoin d'être si inquiet. Nous ne faisons que parler.

— C'est facile à dire pour toi. Mais oui, je vais essayer. Alors, ta mère était un genre d'avocat commis d'office ?

— Exactement. Elle a travaillé dur pour aider les gens. Mes grands-parents étaient originaires de Goa en Inde et ils sont venus au Canada avant sa naissance. Ils ont tout donné pour l'aider à faire des études de droit et elle a travaillé très dur. Elle était la première de sa classe et la pression était forte pour qu'elle devienne procureur de la Couronne. Cependant, elle était déterminée à représenter les personnes qui avaient vraiment besoin de son aide.

— Même s'ils étaient coupables ?

— Ouais. Mais le système judiciaire est tellement merdique. Elle voulait vraiment arranger ça, tu sais ?

Il inspira profondément, songeant à ses discours passionnés à table sur l'inégalité de race et de genre.

— Plus facile à dire qu'à faire, mais j'aurais aimé qu'elle en ait eu la chance, confia-t-il.

Avant qu'il ne puisse devenir stupidement émotif, il enchaîna :

— Quoi qu'il en soit, mon père était directeur marketing à temps partiel, il faisait les courses, la cuisine et l'école. Maintenant, lui et ma belle-mère dirigent une ferme de sirop d'érable.

— Génial. Ou devrais-je dire, sympa, rectifia Jeremy en plissant le nez. C'était mauvais.

C'était adorable.

— Accordé, déclara Max de sa meilleure voix de juge. Et toi ? Tes parents, je veux dire.

Merde, sujet sensible. Il reformula :

— D'où vient ta famille ?

— À l'origine de Glasgow et de Cork.

— On ne devinerait jamais en te regardant, le taquina Max.

Comme il l'avait espéré, cela fit rire Jeremy.

— Choquant, je sais.

Il remonta la manche de sa veste pour révéler la moitié inférieure de son avant-bras pâle et couvert de taches de rousseur.

— En partie lutin, c'est sûr, affirma-t-il.

Avant que Max ne sache ce qu'il faisait, il passa le bout de ses doigts sur la peau de Jeremy.

— Tellement de taches de rousseur.

— Euh, ouais.

La pomme d'Adam dansant, Jeremy réajusta sa veste.

Max se força à regarder ailleurs et bondit sur ses pieds.

— Merde ! C'est à nous, s'exclama-t-il. Excusez-moi !

Il leur fraya un chemin jusqu'aux portes du milieu. Ils s'échappèrent dans l'air frais et se dirigèrent vers la rue Queen. Max vérifia l'adresse sur son téléphone.

— Tu sais, on aurait probablement dû descendre à Bathurst. Désolé.

— C'est bon. Tu peux m'en dire plus sur le métier d'avocat ? Et je suis vraiment curieux de savoir comment fonctionne une exploitation de sirop d'érable.

— N'as-tu pas fait une sortie scolaire quand tu étais enfant ?

— Non. Je suppose que ce n'est pas vraiment un sujet en Colombie-Britannique. Ils font probablement du sirop d'érable quelque part en Colombie-Britannique, mais je n'en suis pas sûr.

— Ouais, c'est logique. Il y a beaucoup de culture en Ontario, mais le Québec en est l'épicentre. La production de sirop d'érable y est très intense. Le commerce, je veux dire. Les sirops varient.

Jeremy franchit le pas de la porte d'un magasin de tissus pour laisser passer deux méga-poussettes qui se dirigeaient vers eux.

— Sais-tu comment en faire ?

— Ouais. Ma belle-mère est la patronne, mais Meg et moi avons aidé quand nous étions au lycée. Meg est ma sœur. Techniquement, ma demi-sœur, la fille de Valerie, issue de son premier mariage. Valerie est ma belle-mère. Elle est cool. Elle et mon père se sont mariés quand j'avais douze ans et Meg en avait dix. Papa et moi avons déménagé de Scarborough à la ferme près de Pinevale.

— Ça a l'air sympa.

— Je ne le pensais pas en cinquième, mais j'ai changé d'avis.

— Toi et Meg vous entendez bien ?

— Ouais, j'ai eu de la chance pour ça.

Il sourit, se demandant ce que Meg penserait de Jeremy. Il décida qu'elle l'aimerait beaucoup.

— C'est la meilleure. Ton petit frère a l'air sympa aussi.

— Il l'est.

Le sourire de Jeremy était tendu.

— Et c'est vraiment cool que ta mère t'ait inspiré pour devenir avocat.

D'un point sensible à l'autre. Non pas que devenir avocat doive être un sujet sensible comme l'était le frère de Jeremy. Max devrait être enthousiaste ! Il ne devrait pas avoir envie de vomir. Alors qu'ils atteignaient un carrefour, un tramway passa. Un klaxon de taxi retentit et un gars devant le Tim Hortons cria à propos des vaches qui mangeaient de l'herbe.

— Totalement. Quoi qu'il en soit, il est temps de te préparer pour l'hiver.

Il désigna Winners et ils traversèrent la rue.

Cette journée visait à aider Jeremy, il n'avait pas besoin d'entendre Max parler de son angoisse et de son idée d'aller à l'école normale pour devenir professeur au lieu de l'école de droit. Rien que penser aux mots « école normale » le rendait nerveux de honte. Alors qu'il ouvrait la voie dans le magasin sous une explosion d'étincelles de Noël, la voix qu'il s'était efforcé de faire taire siffla.

Je ne peux pas décevoir ma mère.

Il était temps pour lui de se concentrer sur sa mission de parrain fée. Il passa un bras sur les épaules de Jeremy, appréciant sa proximité.

— L'hiver arrive, et tu n'as peut-être pas à affronter des dragons, mais la sensation de froid due au vent est pire.

— Des dragons ?

Les sourcils roux de Jeremy se rencontrèrent.

— Désolé, référence à *Game of Thrones*.

— Oh ! Sans blague, dit Jeremy en grimaçant. Je suis tellement stupide parfois.

— Waouh. Détends-toi. C'est bon.

Il avait le sentiment que ce gamin se faisait *trop* de reproches. Il poussa l'épaule de Jeremy avec espièglerie.

— Cette dernière saison était si mauvaise que je ne t'en voudrai pas de l'avoir effacé de ta mémoire. Et tu sais, ça ne me dérangerait pas vraiment les dragons en hiver. Au moins, ils crachent du feu.

Jeremy sourit à sa blague stupide et Max le dirigea vers le mur de bonnets. D'autres photos Insta à venir.

Chapitre trois

— BON TIMING ! Salut, petit frère. Comment ça va ?

Un blond trapu aux cheveux hirsutes leva la main pour une poignée de main.

— Euh, bien ! répondit Jeremy.

Il prit la main du gars en essayant de ne pas avoir l'air complètement embarrassé. Le porche grinça sous leurs bottes. Il était un peu plus de dix-sept heures, il faisait déjà sombre et les lumières de Noël colorées brillaient sur les balustrades du porche.

— Ty, voici Jeremy, le présenta Max. Jeremy, voici Tyler.

Il saisit la main du gars et échangea une légère étreinte.

— Comment vont tes fesses ? questionna Tyler. Tu es tombé durement.

— Bien ! couina Jeremy.

Il souhaitait vraiment que les gens arrêtent de s'enquérir de l'état de son cul.

Alors que Tyler discutait avec Max de sa fabuleuse ligue de football, Jeremy les suivit à l'intérieur et observa autour d'eux avec curiosité. Lorsque Max lui avait demandé s'il était d'accord pour remettre son voyage au Village à la nuit suivante, Jeremy avait accepté avec enthousiasme. L'idée de se faire baiser était à la fois excitante et terrifiante. De cette façon, il pouvait passer encore plus de temps avec Max et pourrait repousser le stress de potentiellement draguer un mec.

Il avait conscience que draguer quelqu'un n'était pas censé être stressant, mais son cerveau s'agitait et son estomac se retournait, il était plus qu'heureux de reporter. Surtout si cela signifiait aller chez Max comme s'ils étaient officiellement amis ou quelque chose comme ça. Des connaissances au moins.

Le logement de Max était au sous-sol d'une maison de l'annexe, accessible par un escalier verrouillé juste à l'intérieur du hall. Il y avait une autre porte verrouillée au rez-de-chaussée. Jeremy retira ses nouvelles bottes au bas des escaliers et les ajouta à la collection sur un tapis en plastique.

Son nouvel achat était ce que Max avait appelé des « bottes intermédiaires », pour les moments où il faisait assez glacé ou boueux pour ne pas vouloir porter des baskets, mais pas assez gelé ou neigeux pour les grosses bottes. C'étaient des imitations Blundstone marron en cuir synthétique, mais étonnamment confortables. Jeremy avait en fait une paire similaire à la maison qu'il n'avait bêtement pas pensé à apporter puisqu'il avait prévu d'acheter quelque chose d'adapté au véritable hiver.

Max avait insisté sur le fait qu'il avait besoin des deux, car on ne voulait pas parcourir les bars avec des bottes encombrantes. L'idée de faire la tournée des bars dans n'importe quel type de chaussures donnait des sueurs froides à Jeremy, mais il avait gardé cette pensée pour lui.

Il ajouta son nouveau caban bleu marine à l'un des crochets du mur déjà encombré de manteaux. Sa veste de pluie se trouvait dans l'un des sacs de courses qu'il avait rangés dans un coin, ainsi qu'une nouvelle parka bouffante dont l'étiquette promettait de le garder au chaud jusqu'à moins cinquante degrés Celsius. Que Dieu lui vienne en aide si jamais il faisait aussi froid, bien que Max lui avait assuré que ce n'était pas le cas à Toronto. Apparemment, moins trente ou même moins quarante de ressenti arrivaient quelques fois par hiver. Jeremy frissonnait déjà à cette idée.

Le logement n'était pas aussi sombre que Jeremy s'y attendait pour un sous-sol. Il y avait des lampadaires IKEA dans chaque coin du salon, ainsi que des fenêtres étonnamment grandes près du plafond qui laissaient probablement entrer une bonne quantité de lumière durant la journée. Une immense télévision était fixée au mur en face d'un canapé en velours rouge affaissé, et une table à manger carrée était installée à côté de l'entrée de ce qui ressemblait à une petite cuisine.

Les murs étaient peints d'un beige uni, ils comportaient quelques posters, également IKEA d'après leur apparence. Il se demanda qui de Max ou Honey avait choisi la photo en noir et blanc du pont de Brooklyn. Il n'y avait pas de décorations ni de sapin de Noël, mais Honey, tout comme Max, rentrait probablement chez lui pour les vacances.

Songeant à ses parents et à Sean s'envolant vers Honolulu pour leur croisière de Noël, une douleur poignarda Jeremy en plein cœur. Il avait vérifié les infos plus tôt pour s'assurer qu'il n'y avait pas eu d'accident d'avion. Jusqu'ici, tout allait bien. Jeremy prit une profonde inspiration et enferma tous ces soucis de côté. Max prenait un risque en l'invitant au poker et il allait faire bonne impression.

Même s'il portait ses vieilles lunettes légèrement floues, au moins maintenant il pouvait voir les amis de Max. Portant des bols en plastique brillants remplis de chips, Honey accueillit Jeremy avec un sourire éclatant. Il était noir, grand et bâti comme un joueur de football. Mike aussi était grand, rondouillard avec des cheveux noirs taillés en brosse et une peau marron clair.

Ils s'agglutinèrent autour d'une table carrée qui avait sûrement été achetée d'occasion, à en juger par les entailles et la grosse tache sur le bois pâle qui avait probablement été du vin rouge. Le sous-sol avait également de la moquette avec sa juste part de taches décolorées, même si l'appartement ne semblait pas sale. Il y avait quelques verres usagés posés sur la table basse près du canapé, mais dans l'ensemble c'était propre. Jeremy se demandait à quoi ressemblait la chambre de Max, mais il ne pouvait pas vraiment aller fouiner.

Il tripota la manche d'un nouveau pull que Max l'avait encouragé à acheter. Max l'avait tellement aimé sur lui que Jeremy avait prétendu avoir froid et s'était changé dans les toilettes du café au déjeuner. Il était rose fuchsia, Jeremy ne l'aurait jamais choisi de peur d'avoir l'air trop gay. Ce qu'il savait être une homophobie intériorisée, toutefois il s'était préparé à ce que les amis de Max fassent un commentaire. Ils n'en firent rien, mangeant des chips et parlant encore de football pendant que Max et Honey servaient des boissons dans des gobelets en plastique rouges.

Jeremy se demanda ce que ses parents diraient s'ils voyaient le pull rose. Aussi ce qu'ils diraient quand ils recevraient la facture de la carte de crédit, même s'il avait mentionné à sa mère qu'il devait acheter des vêtements d'hiver. Il avait acheté plus que prévu, mais ils ne seraient pas en colère, n'est-ce pas ? Il avait toujours été raisonnable avec sa carte, on la lui avait donnée pour les urgences et le reste quand il avait eu dix-huit ans.

Même si tout était bizarre et tendu désormais, ils ne lui couperaient pas les vivres. Si ? Il avait des économies après avoir travaillé dans un magasin d'électronique tout au long de ses études secondaires, mais elles ne tiendraient pas longtemps si ses parents arrêtaient de payer. Il aurait sa carte de cantine pour le reste de l'année scolaire, mais que se passerait-il ensuite ? Et qu'est-ce qu'il se passerait si…

— Tu vas bien ? demanda doucement Max, poussant le genou de Jeremy sous la table avec le sien.

Hochant machinalement la tête, Jeremy prit sa tasse et avala le mélange de Jack et de Coca qui était plutôt dégoûtant.

— Je me remémorai simplement ce que tu m'as appris sur le poker.

Les yeux de Honey s'illuminèrent.

— Qu'est-ce qu'on a ici ? Un vierge parmi nous ?

Il mélangea deux piles de cartes avec un grand geste, les pouces relâchant chaque côté.

Impuissant, Jeremy sentit son visage devenir brûlant et sut qu'il était rouge vif même si Honey voulait juste dire vierge au poker. Il tripota ses lunettes et prit une autre gorgée.

Max dit :

— Il a un don inné, alors ne soyez pas trop excités.

— Ne t'inquiète pas, mon pote, déclara Mike. On sera doux. Pendant qu'on prendra tout ton argent.

— Je croyais qu'on jouait juste de la monnaie.

Jeremy repensa à la carte de crédit et à toutes les éventualités. Lui et Max s'étaient arrêtés à une laverie automatique pour utiliser l'ancien monnayeur qui servait toujours pour les machines à laver à pièces tout aussi vieilles, il avait donc un sac de pièces ainsi que la monnaie qu'il avait encore dans son portefeuille.

— C'est le cas, lui assura Max. Mais ces crétins sont vraiment excités par les pièces de cinq et dix cents.

— C'est tout le plaisir, déclara Honey en distribuant. Très bien, voyons ce que tu as, gamin.

Jeremy était convaincu qu'il n'avait pas grand-chose. Max avait acheté un paquet de cartes parmi les bricoles à la caisse chez Winners et lui avait appris les bases pendant le déjeuner.

Maintenant, ils jouaient au poker et grignotaient. Quand une pizza arriva, Max insista pour que ce soit lui qui paye. Plus tôt, ils s'étaient arrêtés pour acheter de l'alcool, alors au moins Jeremy avait contribué en achetant une bouteille. Cela lui montait définitivement à la tête, son visage était agréablement rougi.

À cet instant, il jouait aux cartes et buvait comme un véritable étudiant universitaire au lieu de se cacher seul dans sa chambre pour étudier. Bien sûr, il avait encore deux examens, mais il pourrait étudier demain avant de revoir Max.

Tu vas te faire baiser en un rien de temps.

Non. Jeremy ordonna à son foutu cerveau d'arrêter de s'inquiéter pour ça. Ce n'était pas comme s'il *devait* sortir avec quelqu'un. En plus, c'était pour le lendemain. Ce soir, il était l'un des gars. Il vida son verre et loucha sur ses cartes. Il ne se débrouillait pas trop mal, même si sa pile de pièces diminuait.

— Est-ce qu'on te saoule pour la première fois ? demanda Honey.

— Non ! s'insurgea Jeremy, honnêtement plus vexé que nécessaire. J'ai été ivre plein de fois.

Max haussa un sourcil.

— Définis plein ? Parlons-nous d'un nombre à deux chiffres ?

Jeremy ouvrit et referma la bouche.

— Euh. Probablement pas. Mais j'ai été ivre plus d'une fois !

— On a un homme sauvage entre nos mains, déclara Tyler. Alors, avec quoi t'es-tu saoulé pour la première fois ? Pour moi, c'était du Baby Duck.

Tout le monde gémit et Jeremy frissonna à la pensée du pétillant super sucré. Max déclara :

— Meg et moi avons écrémé le haut de la collection variée de bouteilles de papa et Valerie dans l'armoire à alcool et mélangé le tout avec du coca. Nous avons tellement vomi.

Jeremy grimaça, réarrangeant les cartes dans sa main.

— Pour moi, c'était de la Smirnoff Ice.

Tout le monde gémit à nouveau en riant. Mike dit :

— Ça fait des lustres que je n'en ai pas bu.

Honey renifla.

— C'est vrai, parce que ton palais est tellement raffiné ces temps-ci.

— C'est de la bière *artisanale*, je te ferai savoir, déclara Mike en levant sa bouteille. Je suis foutrement raffiné.

— Depuis quand la Rickard's est-elle une bière artisanale ? questionna Max. C'est de la Molson, espèce d'idiot.

Mike prit une gorgée de sa bouteille de Rickard's White.

— C'est de la bière de blé. J'y ai pressé un putain de citron.

— Sais-tu au moins ce qu'est une bière artisanale ? demanda Tyler.

— Clairement non, marmonna Jeremy.

Puis il rougit, choqué de l'avoir dit à haute voix.

Les autres éclatèrent de rire tandis que Mike bombait le torse pour répliquer :

— Du calme, Smirnoff Ice.

Puis il sourit et donna un coup de poing espiègle dans l'épaule de Jeremy. Celui-ci lui rendit son sourire tandis que Mike prenait une autre gorgée de sa bière.

— Je me fiche de comment elle s'appelle. Je l'aime bien.

Ils finirent la pizza et Honey gagna presque toutes les pièces sur la table avant de lancer :

— Allons patiner. La patinoire de Nathan Phillips est ouverte jusqu'à minuit ce week-end. On a encore quelques heures puisque nous avons commencé tôt.

Tout le monde semblait enthousiaste. Jeremy se demanda s'il devait les laisser. Ils ne voulaient probablement pas qu'il traîne avec eux toute la nuit. Max avait déjà passé toute la journée avec lui et avait été bien plus gentil qu'il ne devait l'être. En plus, Jeremy n'avait pas fait de patins depuis qu'il était enfant.

Max lui donna un coup de coude.

— Tu es partant ?

— Euh, je ne suis pas très bon sur la glace, avoua Jeremy. Tu t'en souviens peut-être.

— C'est ta chance de te venger de nous être moqué de toi, déclara Honey. Parce que je te garantis que certains d'entre nous vont tomber partout.

— Allez, ça va être amusant, soutint Mike en souriant. Nous sommes ivres, mais pas assez pour être expulsés. Je vais appeler pour un chauffeur.

Alors Jeremy se retrouva coincé sur le siège arrière d'un Lyft après que Tyler avait convaincu le chauffeur de les laisser tous s'entasser. Pas seulement serré, il était assis sur les genoux de Max. Le bras de son ami était passé autour de sa taille, et Jeremy était raide comme un piquet, respirant à peine.

Ils se cognèrent en roulant sur les rails du tramway et il marmonna :

— Désolé.

Mais Max se contenta de rire. Puis il se pencha en avant et murmura :

— Détends-toi. C'est bon.

Son souffle passa près de l'oreille de Jeremy, déclenchant une vibration le long de sa colonne vertébrale.

À côté d'eux, sur le siège du milieu, Honey lança :

— Maxwell aime qu'un joli garçon soit assis sur ses genoux.

Depuis le siège avant, Mike ajouta :

— Genoux. Visage. Il est facile.

Les gars rirent et Max haussa les épaules.

— Où est le mensonge ?

Il pressa la taille de Jeremy.

Était-ce une pression amicale ? Pour que Jeremy se détende déjà ? Ou cela voulait-il dire que Max *aimait* vraiment avoir Jeremy sur ses genoux ? Max le draguait-il ? Ou était-ce juste une plaisanterie amicale ? Ça devait être ça. Max était loin de la ligue de Jeremy. Genre, dans une autre stratosphère.

Non, Jeremy ne pouvait même pas penser à emprunter cette voie. Max était juste gentil. Point. Jeremy n'allait pas rêver à autre chose. Il n'allait pas commencer à craquer pour Max.

Bon, c'était déjà le cas, mais il allait l'étouffer dans l'œuf. Plus de béguin. Plus question de profiter de la chaleur du corps de Max sous lui. Le poids de son bras. Le chatouillement de ses expirations sur sa nuque. Il se demandait…

Non. Pas question. Oublie cette question. Il devait se concentrer sur le patinage et ne pas s'humilier.

Cela ne se passa pas très bien, mais ça aurait pu être pire. La patinoire était bondée, Nathan Phillips Square était décoré pour les fêtes avec une ménorah géante et un arbre de Noël, l'hôtel de ville de Toronto surplombant la scène. Même s'il vivait en plein centre-ville, Jeremy se rendit compte qu'il avait vu plus de la ville aujourd'hui qu'il ne l'avait fait depuis la rentrée.

La musique de Noël retentissait et il se demanda ce que les gens vivant dans des appartements près de la place en pensaient. Il supposa qu'il faisait assez froid pour que leurs fenêtres soient fermées. La température avait suffisamment baissé pour qu'il soit heureux de ses nouveaux vêtements d'hiver. Max lui avait assuré qu'il pouvait laisser la plupart de ses achats à l'appartement pour éviter de les transporter. Jeremy était ravi d'avoir au moins une excuse de plus pour voir Max afin de récupérer ses affaires.

Le souffle embué par l'air froid, ils glissèrent leurs pieds dans des patins de hockey loués, pas des toe picks, heureusement. Ils réussirent également à passer le contrôle de sobriété des agents de sécurité et s'agglutinèrent rapidement autour de la patinoire bondée. Jeremy fit des petits pas, les bras écartés. C'était une très mauvaise idée.

Pourtant, quand Max lui sourit, il lui sourit en retour. Cela allait sûrement se terminer avec ses fesses heurtant à nouveau la glace, cependant c'était amusant. Il *s'amusait*. Max était là, et s'il tombait, il ne serait pas seul. Ses vieilles lunettes auraient nécessité un resserrement, elles glissaient trop sur son nez. Jeremy veilla à les remonter constamment.

Les lumières étaient un peu floues avec son ancienne prescription, les guirlandes enroulées autour des trois arches massives au-dessus de la patinoire formant un halo de lumière dorée. Le reste de la place était plein de monde et de rangées d'étals pour un marché de fête éphémère. Quelques gros flocons de neige tombaient.

Par-dessus les rires, les bavardages et les cris joyeux, « All I Want for Christmas Is You » remplissait l'air. Jeremy fit quelques pas sur la glace. *Aide-moi, Mariah*.

Honey passa à toute vitesse en criant :

— Plie tes genoux !

Max ricana.

— Facile à dire pour lui. Il a grandi en jouant au hockey.

— Ce n'était pas ton cas ? questionna Jeremy, avançant de quelques centimètres avec les jambes raides.

— Non, pour moi ça a toujours été le football. OK, plie les genoux. On va y arriver.

Jeremy regarda Max prendre de la vitesse, ses crosscuts saccadés étaient meilleurs que ceux de Jeremy alors qu'il contournait une extrémité de la patinoire. Puis une petite fille en patins passa à une vitesse alarmante. Pendant un moment interminable, Max moulina avec ses bras, les lames glissant et ses pieds s'envolant vers l'avant.

Bam !

Sur les fesses, il éclata de rire, et Jeremy patina à petites enjambées plus rapides vers lui.

— Ça va ? Oh, merde !

Jeremy n'avait pas réalisé à quel point il avait rapidement gagné en vitesse, et maintenant il se dirigeait droit vers Max sans aucun moyen de s'arrêter. Max tendit la main pour saisir ses hanches avec des mains fortes et gainées de cuir.

Tyler et Mike riaient aux éclats, alors Max leur lança avec un sourire bon enfant :

— Je vous emmerde !

Il tenait toujours les hanches de Jeremy tandis qu'il demandait :

— Tu vas bien ?

— C'est toi qui es sur la glace.

Jeremy le rejoindrait probablement sous peu, mais il essaya de se montrer arrogant. Au minimum confiant ? Échouant probablement lamentablement.

Mais Max rit.

— Ouais. Cette petite fille était sans pitié. Tu vas m'aider, Cherry ?

Le cœur de Jeremy s'emballa. Son surnom stupide sonnait différemment quand Max le prononçait. Presque sexy ou quelque chose dans le genre. Ce qui était évidemment dans sa tête.

— Bien sûr.

Il donna sa main à Max et tira.

Dans un retournement de situation qui ne choqua personne, Jeremy se retrouva étalé sur Max sur la glace. Ils riaient trop fort pour faire quoi que ce soit à ce sujet et Honey arriva dans un jet de glace pour rire et les pointer du doigt. Le corps de Max était si agréable sous Jeremy, musclé, mais aussi chaud et doux. Sa main gantée était sur la cuisse de Jeremy, et il était pratiquement à cheval sur lui alors qu'il essayait de se relever.

Il n'essaya peut-être pas aussi vigoureusement qu'il aurait pu.

À la fin, Tyler et Mike firent le tour, effectuant un mélange de mouvement marche-patinage, et ils aidèrent Honey à remettre Max et Jeremy sur leurs patins. Jeremy agrippa les bras de Max, et celui-ci lui sourit, ses yeux bruns plissés, ses joues affichant des fossettes. Cette fente au menton était terriblement proche…

Honey s'éclaircit la gorge.

— Alors, les losers, vous voulez quelques conseils pour ne pas nettoyer la patinoire avec vos fesses ?

Ils tentèrent de faire quelques tours de plus avant de rendre les patins et de récupérer des tasses de chocolat chaud à la menthe. Un remix de « Little Drummer Boy » résonnait, tandis que Jeremy sirotait le cacao doux et chaud.

Max passa un bras sur ses épaules.

— C'était une journée amusante.

— Ouais.

La gorge de Jeremy devint soudain nouée. Il voulait remercier Max d'avoir été si gentil avec lui. D'être – il l'espérait – un ami. Mais s'il disait quoi que ce soit de plus, il risquait de fondre en larmes, alors il prit une autre gorgée de son chocolat chaud.

Les averses de neige augmentèrent, alors que la température frôlait le zéro. Un flocon pelucheux atterrit juste au bout du nez de Max, Jeremy l'essuya en riant. Il le regarda fondre au bout de son gant, se demandant à quoi aurait ressemblé ce motif unique sous un microscope. Quand il leva les yeux, Max le fixait.

Leurs regards se rencontrèrent et la respiration de Jeremy se coupa. Des flocons de neige flottaient entre eux et Max baissa les yeux. Il avait enlevé son gant, et il effleura la lèvre inférieure de Jeremy du bout du doigt.

— Flocon de neige, murmura-t-il.

Ils le regardèrent fondre au bout du doigt de Max.

Ce dernier se racla la gorge pour demander :

— Bon, alors tu veux sortir demain soir ? Tu as besoin de te faire baiser, pas vrai ?

Jeremy ne put qu'acquiescer, et pendant une minute, il laissa son béguin grandissant et indéniable s'étendre pour remplir chaque recoin solitaire en lui, brillant aussi fort que les ampoules dorées illuminant la nuit.

Chapitre quatre

L E CANAPÉ ROUGE s'affaissa encore plus lorsque Honey se laissa tomber à côté de Max, le faisant pencher vers le milieu. Les yeux fixés sur l'écran, il observa son personnage escalader un mur tandis qu'une bombe explosait au loin.

— Salut, dit Max.

Se crispant sur la manette, il jura dans sa barbe alors qu'il bondissait trop tard pour éviter une embuscade.

— Tu es mort, nota Honey.

— Vraiment ? Je n'avais pas remarqué.

Max jeta la manette sur le coussin entre eux.

— Je devrais aller au gymnase.

— Il est déjà quinze heures. Laisse tomber. Bien que tu veuilles probablement faire des abdos de dernière minute avant votre rendez-vous.

En regardant distraitement le menu de redémarrage du jeu tourner en boucle à l'écran, Max réagit :

— Je ne vais pas à un rendez-vous. Je t'ai dit que j'emmenais Jeremy au Village, tu te souviens ?

— Oh, je me souviens.

Honey tapota sur son téléphone.

— Qu'est-ce que c'est censé vouloir dire ?

Honey ne répondant pas, Max poussa son genou avec son pied nu.

Le regard de Honey demeura rivé sur son téléphone alors qu'il répondait :

— Qu'avez-vous fait hier ?

— Nous avons fait du shopping. Nous avons déjeuné. Ensuite, nous sommes venus ici pour le poker.

— Mm-hmm. Puis la patinoire. Puis le chocolat chaud. Puis la promenade au marché de Noël. Tu sais, comme un *rendez-vous*.

Max se moqua.

— Avec toi et les gars ! Ce n'est pas un rendez-vous.

— Passer toute la journée ensemble.

Honey fit défiler paresseusement son écran avec son doigt, les yeux sur son téléphone en ajoutant :

— Comme un énorme rendez-vous que tu ne voulais pas terminer.

— Quoi ? C'est ridicule. Je passe plein de jours avec toi. Avons-nous rendez-vous en ce moment ? Aurais-je dû apporter des chocolats ?

— Tu sais que je ne dis jamais non au chocolat.

Honey lui adressa un sourire avant de retourner à son téléphone.

— La grande différence est que tu ne me regardes pas comme si tu bavais pour une bouchée de ma queue. Plus maintenant, du moins.

— Tu aimerais bien.

Il poussa de nouveau le genou de Honey avec son pied, plus fort. Honey recula et ils se bataillèrent pendant un instant.

— Et de quoi diable parles-tu ? reprit Max. J'aide Jeremy. Il a besoin d'un ami. C'est tout.

— Ouais, ouais, accorda Honey, tapant un texto avec ses pouces. Tu fais ton truc d'aile cassée. *Et* tu en veux un morceau.

— Non !

Max se figea, choqué par la férocité de son propre déni.

Lentement, Honey releva la tête et croisa son regard, les sourcils levés.

— Alors pourquoi es-tu si énervé, là tout de suite ?

Max se força à rire, laissant échapper un *pfft*.

— Je ne le suis pas, argumenta-t-il.

— Si tu le dis, frangin.

Honey retourna à son téléphone.

Saisissant la manette, Max commença une autre partie, les effets sonores de tir familiers remplissant le silence. Il joua pendant quelques minutes, les épaules remontées jusqu'aux oreilles, les mouvements de manette saccadés. Il fut tué à nouveau et jeta la manette. Elle rebondit sur le tapis.

— J'essaye juste de l'aider.

— OK. Mais, et si tu l'aimais bien ?

— Je ne devrais pas. C'est un gamin.

Honey abandonna son téléphone, les sourcils se rencontrant.

— Il doit avoir au moins dix-huit ans ?

— Dix-neuf.

— Tu en as vingt-deux ans. Quel est le problème ?

— Il est vierge, d'accord ? Alors même si je suis attiré par lui…

— Ce que tu es. Mec, même *Mike* l'a remarqué. *Mike.*

Max gémit.

— Bien. Jeremy est mignon.

Le dire à voix haute le poussa à se tortiller. Il avait vraiment, vraiment, *vraiment* essayé de ne pas y penser.

— Mais il n'a pas besoin que je profite de lui.

— Ouais, mais tu ne le ferais pas. Ce n'est pas comme ça que tu fonctionnes. Tu es la personne la plus responsable que je connaisse en dehors de ma mère. Tu es capitaine pour une raison. Ce cul vierge ne pourrait pas être entre de meilleures mains.

Max repoussa fermement toutes ses pensées sur le beau cul de Jeremy.

— Écoute, peu importe si je suis à fond sur lui. J'ai dit que je l'aiderais à baiser. C'est la raison pour laquelle nous sortons ce soir.

— Alors, *aide-le à s'envoyer en l'air.*

Honey but une gorgée d'une bouteille de boisson à l'orange pour sportifs avant de poursuivre :

— Je sais que tu seras très tendre et tout. Tu veux que je dorme chez Alicia ce soir ?

— *Non.* Je ne baiserai pas Jeremy. Ce ne serait pas correct. Je rentre à Pinevale dans quelques jours.

Au désordre de ses sentiments, entre impatience pour Noël et angoisse pour ses résultats au test d'admission, s'ajoutait maintenant la culpabilité de laisser Jeremy passer les vacances seul. Il détestait penser à lui tout seul dans un dortoir déprimant.

Il fut frappé par un souvenir de sa mère disant : « *Noël peut être un moment très solitaire pour certaines personnes* ». Il avait été déconcerté, Noël était le meilleur moment. Des cadeaux, de la nourriture et des vacances. Son cerveau de sept ou huit ans n'avait pas été capable d'imaginer des gens seuls pendant les fêtes.

Maintenant, il songeait à la famille de Jeremy apparemment partie en voyage, l'abandonnant dans ce dortoir désert. La poitrine de Max se serra. C'était stupide. Il connaissait à peine Jeremy. Cela faisait quoi, trois jours ? Il ne devrait pas se sentir déjà attaché à lui.

Bien sûr, il était attiré par Jeremy. Il pouvait le reconnaître. Il était attiré par plein de mecs ! Cela ne voulait rien dire. Mais c'était plus que ça. Comment cela pouvait-il être déjà plus que ça ? Pourquoi avait-il regardé l'horloge toute la journée, comptant le temps restant jusqu'à ce qu'il puisse revoir Jeremy ?

— Même si Jeremy voulait de moi…

— Oh, il le veut. Vous êtes tous les deux très mauvais pour le cacher.

Malgré lui, le ventre de Max se contracta comme s'il venait d'intercepter une passe.

— Tu penses qu'il m'aime bien ?

— Ouais, il m'a fait passer une note après le troisième cours. Je l'ai mis dans ton casier. Il disait : « Est-ce que Max pense que je suis mignon ? Oui-slash-Non ». Alors, demain pendant le cours principal…

— OK, OK.

Il fut obligé d'en rire.

— Va te faire foutre, grommela Max en s'affalant sur les coussins, soupirant bruyamment. Ce n'était pas le plan.

— Toi et tes plans, répliqua Honey en haussant les épaules. Fais avec. Maintenant, on va jouer, ou quoi ?

Ils attrapèrent tous deux des manettes et commencèrent une nouvelle partie. Max n'arrêtait pas de se faire tuer alors que son esprit revenait encore et encore vers Jeremy. H moins cinq heures.

Non pas qu'il comptait.

— JUSTE UNE SECONDE !

La voix troublée de Jeremy parvint à travers la porte mince.

Max pouvait l'entendre s'agiter dans tous les sens. Quand il ouvrit la porte à la volée, ses lunettes en fil de fer étaient de travers et la moitié de ses cheveux se dressaient en désordre. Max éclata de rire.

— Tu te branlais ?

Jeremy rougit encore plus, secouant la tête et tirant sur le col de son polo bleu trop grand. Qui se trouvait à l'envers. Pendant une seconde, Max pensa que quelqu'un d'autre était présent et qu'il avait surpris Jeremy en train de s'amuser.

Pendant une seconde, la jalousie le brûla si fort qu'il ne parvint plus à respirer.

Ce qui était ridicule ! Il devrait être content si Jeremy avait trouvé la confiance nécessaire pour s'envoyer en l'air. Ils venaient de se rencontrer, Jeremy ne lui devait rien. Il n'y avait aucune raison d'être jaloux. Certainement aucune raison de se sentir bizarrement blessé.

Mais quand Max entra avec les sacs de courses de Jeremy de la veille, la pièce était vide et il en fut indéniablement soulagé. Son esprit revint immédiatement à l'idée d'avoir interrompu Jeremy en train de se branler, et bon sang, le sexe de Max aimait ça. Un diaporama d'images fantasmées de Jeremy se masturbant défila dans sa tête, et sa verge tremblante allait sauter jusqu'à un salut complet s'il ne bloquait pas cette scène.

Il s'éclaircit la gorge.

— Désolé si je suis en avance. J'ai apporté tes affaires.

Il posa les sacs par terre.

— Je peux attendre dans le couloir si tu veux ? proposa-t-il.

— Non bien sûr que non. J'ai perdu la notion du temps. Je…

Jeremy bataillait toujours avec le col de son tee-shirt.

— Il est à l'envers.

— Oh !

Jeremy se passa une main sur le visage.

— Oh, mon Dieu, je suis un idiot.

Ses mains retombèrent sur ses côtés.

— J'essayais de prendre une photo. Pour l'application que tu as recommandée. J'ai pensé que je devrais créer un profil, pas vrai ? Et je ne veux pas montrer mon visage, alors…

Il désigna son corps, maintenant drapé dans l'énorme polo à l'envers.

— Compris. Tu veux que je t'aide ?

— Bien sûr. Ce n'est pas comme si je pouvais m'humilier davantage devant toi. Même si je suis sûr que je peux trouver un moyen si j'y réfléchis.

— Je veux dire, tu es un garçon intelligent. Tu ne devrais jamais te limiter, le taquina Max.

Il lutta contre une autre vague de jalousie à l'idée que des milliers d'hommes sans nom et sans visage repèrent Jeremy sur l'application de rencontres. Eh bien, techniquement, une application de rencontres, évidemment, c'était surtout pour les rencontres. C'était d'ailleurs l'idée ! Même si Honey avait raison et que Jeremy pourrait aussi apprécier Max, ce n'était pas le plan. Max avait promis de l'aider à naviguer dans l'application et de l'emmener au Village.

— Je devrais être torse nu, non ? questionna Jeremy.

— Ouais.

C'était la vérité, après tout.

Alors il regarda Jeremy retirer son polo, exposant son petit corps fin et mince. Max mourait d'envie de passer ses mains dessus. Hum, ces mamelons rose foncé et les poils roux parsemés autour. Il avait envie de les mordre, de les sucer et de voir quel genre de caresses Jeremy aimait.

Des poils tapissaient ses bras couverts de taches de rousseur. Il y avait un autre soupçon de poils roux juste au-dessus de la ceinture de son jean skinny foncé. Il était mince et son ventre était plat. Max voulait parcourir cette peau pâle avec sa langue. Il désirait entendre le genre de sons que Jeremy ferait lorsqu'il banderait.

— Max ?

Clignant des yeux pour se concentrer, il déclara :

— Tu es superbe.

Ce n'était pas un mensonge non plus. Lorsque Jeremy leva les yeux au ciel, Max insista avec plus de force :

— Sérieusement. Tu es sexy. Allez, donne-moi ton téléphone.

Mettant un couvercle sur son désir et se rappelant d'être un ami et non un sale type, il prit plusieurs photos, gardant le visage de Jeremy hors du cadre.

— Tu veux poser sur le lit ?

Jeremy secoua la tête et tendit la main vers le téléphone.

— Je les regarderai plus tard. Je ne sais même pas si je vais…

Il enfila un Henley vert, tirant sur les manches.

— Est-ce que ça va ? Ou dois-je m'habiller ?

— C'est parfait.

Le coton vert forêt étreignait son corps mince. Max désirait passer sa main sur la poitrine de Jeremy. Il ne le fit pas, évidemment. L'opération « Ne sois pas un putain de type louche » était à son comble.

Max ajouta :

— Nous irons chez Buddies. Buddies in Bad Times. C'est une compagnie de théâtre queer, mais ils font aussi des soirées et des trucs de club. Il devrait y avoir une foule mixte, pas seulement des mecs torse nu qui cherchent à baiser. Le dimanche soir est plutôt calme. Il y aura moins de pression.

Jeremy hocha la tête, tendu.

— OK.

Ses épaules étaient pratiquement remontées jusqu'à ses oreilles.

— Hé, tu n'es pas obligé de faire quoi que ce soit. On peut juste s'amuser. Traîner. Tu n'es pas obligé de sortir avec qui que ce soit.

— Exact. Je sais.

Jeremy tripota ses lunettes.

— Tu vois bien ?

— Ça va. C'est juste un peu flou par rapport à ma dernière prescription. Mais je ne suis pas aveugle comme je le serais sans elles. Merci encore de m'avoir aidé. Tu as été formidable. Tu n'avais pas à faire tout ça.

Il fourra ses mains dans ses poches, se balançant sur ses pieds chaussés.

— Eh bien, « tout ça » a été génial. J'aime traîner avec toi. Tu es cool.

Jeremy leva les yeux au ciel.

— Je ne suis pas cool.

— Moi si. Je suis cool, donc je devrais le savoir.

Jeremy rit à contrecœur.

— OK.

Ils sortirent, Jeremy portant ses nouvelles bottes intermédiaires et son caban, et Max dans une tenue similaire, sauf qu'il portait une chemise rouge décontractée sur son jean. Ils sautèrent dans le métro et se dirigèrent vers le Village depuis Bloor, sans prendre la peine de changer de ligne pour se rendre à Wellesley. Il faisait juste en dessous de zéro, donc frais et un peu glacé, mais pas trop froid.

Buddies était à l'extrémité sud du Village en direction de Yonge Street où ils étaient descendus du métro, mais Max voulait emmener Jeremy dans Church Street au cœur de l'action. Même si Toronto était partout queer-friendly, Church et Wellesley étaient les quartiers gay par excellence. C'était, genre, historique et tout.

Glad Day était de l'autre côté de Church alors qu'ils se dirigeaient vers le sud, et Max le pointa du doigt.

— La plus ancienne librairie queer du monde. Elle a ouvert dans les années 70 et se trouvait autrefois sur Yonge. Maintenant, il y a un café et un bar à l'avant. Ils organisent des soirées et des événements trivia. C'est un endroit sympa.

Jeremy hocha la tête, regardant autour de lui comme un vrai touriste, mais d'une manière adorable. Des groupes de personnes se trouvaient sur les trottoirs, certains fumant à l'extérieur des bars et des restaurants. Max désigna Woody's de l'autre côté de la rue.

— Woody's est célèbre également. Il existe depuis longtemps, il est présent dans la série *Queer as Folk*. Tu l'as déjà vu ? Super blanc et pas génial pour la représentation trans, mais il y a de bonnes choses. Quelques scènes de sexe torrides.

— J'ai vu beaucoup de clips. J'avais peur de la visionner pour de vrai, parce que mes parents vérifiaient ce que je regardais sur Netflix et autre. Quoi qu'il en soit, ils n'ont jamais accordé beaucoup d'attention à YouTube.

Il regarda autour de lui.

— C'est exactement là où ils l'ont filmé. Justin sort pour la première fois. Rencontrer Brian.

— Ouais. Au moins, tu as dix-neuf ans, donc si tu veux sortir avec un trentenaire, tu en as le droit. Mais, je ne te le recommande pas.

Jeremy sourit.

— Je pense que Brian dirait qu'il avait vingt-neuf ans.

— Oh oui, il le ferait certainement, admit Max en riant. Cette série est vieille, mais certaines choses tiennent le coup.

Ils marchèrent, la musique étouffée d'un spectacle de travestis au Crews & Tangos se déversant dans la rue, des rires et des cris résonnant. Jeremy regarda tout autour de lui.

— J'aurais dû venir ici il y a des mois. Tout est juste... ici. À ciel ouvert.

— Victoria est une petite ville, mais elle doit avoir une scène queer ?

— Ouais, mais je n'ai jamais eu le courage.

Max adora le sourire qui illumina le visage de Jeremy alors qu'il regardait passer deux hommes se tenant par la main. Puis Max laissa bêtement échapper :

— Tes parents sont vraiment anti-gay ? C'est pour ça que tu étais si nerveux ? La raison pour laquelle tu ne leur parles pas vraiment ?

Bien sûr, le sourire de Jeremy s'évanouit, la légèreté de sa démarche disparaissant. Il fourra ses mains dans les poches de son manteau et fixa le trottoir salé.

— Ils ne le sont pas totalement, mais… c'est compliqué.

— Désolé. Merde, je suis un idiot. Je n'aurais pas dû en parler. La curiosité a pris le dessus.

— C'est pas grave.

— Non. Oublie que j'en ai parlé, d'accord ? Amusons-nous. Tourne à droite ici. On va frotter le cul pour avoir de la chance.

— Euh, quoi ?

Ils tournèrent au coin de la rue Alexander pour trouver une statue de bronze au sommet d'un épais piédestal carré avec une plaque expliquant qui était Alexander Wood et qu'il avait vécu de 1772 à 1844. Le personnage de la statue était bien habillé, avec un chapeau, des gants à la main, une canne, un joli nœud papillon et de jolies bottes.

Max déclara :

— Il était assez controversé. Il était magistrat et je suppose qu'il y avait des rumeurs selon lesquelles il était gay. Lorsqu'il enquêtait sur une agression contre une femme, il inspectait les queues des hommes à la recherche d'une égratignure qui était censée être la preuve irréfutable.

Jeremy quitta la statue du regard pour le diriger sur Max, les yeux écarquillés.

— Hein, quoi ?

— Viens de l'autre côté.

Max le conduisit de l'autre côté de la statue jusqu'à la plaque à l'arrière du piédestal. Une plaque qui représentait Wood à genoux vérifiant le membre d'un soldat. Le pantalon du soldat était baissé, donc son cul nu était là, dans le bronze. Et comparé au reste de la plaque et de la statue elle-même, il *brillait*.

— C'est… commença Jeremy en le désignant d'une main gantée. Pas ce à quoi je m'attendais.

— Assez bizarre, hein ?

— Est-ce que je dois frotter le cul ?

Max éclata de rire.

— Nan. Viens. Buddies est par ici.

Non loin d'Alexander Street, le théâtre se trouvait à côté d'un parc où plusieurs personnes fumaient. Une affiche à l'avant annonçait *O Blasphemous Night*. À l'intérieur, l'espace était divisé en différentes sections, le DJ jouant des remix de fêtes dans l'espace principal qui ressemblait à un petit entrepôt avec un bar et un étage. Des décorations scintillantes ornaient chaque balustrade en métal et des boules disco de Noël se reflétaient joyeusement.

Comme Max l'avait espéré, la foule était hétéroclite. Ils avaient déposé leurs manteaux, et Jeremy avait les mains dans les poches de son jean moulant tandis qu'il regardait nerveusement autour de lui. Deux filles se distinguèrent près de l'escalier, et Jeremy sourit pour lui-même en les regardant.

— On peut se détendre ici, déclara Max. Être soi-même.

— Ouais.

Jeremy lui adressa un petit sourire étrangement triste en ajoutant :

— Si seulement je savais qui j'étais.

— Mec, c'est tout l'intérêt de l'université. Je veux dire, oui, il y a aussi les cours, mais tu as dix-neuf ans. Tu n'es pas obligé d'avoir tout compris pour l'instant.

— Je suppose que non. Mais toi, si.

Est-ce que c'est vrai ?

— Viens, on va boire un verre. Ce n'est pas censé être ma séance de thérapie.

— Seulement la tienne ? On peut se relayer.

Jeremy sourit, puis posa sa main sur l'avant-bras de Max, son expression sérieuse quand il continua :

— Mais si tu veux en parler, je serai heureux de t'écouter.

Pendant un moment, Max fut fortement tenté de tout décharger sur Jeremy et d'obtenir ses conseils, mais non. Ce serait stupide.

— Merci, dit-il, tout aussi sérieusement.

Ils se sourirent doucement et Max fut très conscient de la légère pression de la main de Jeremy. Puis quelqu'un les bouscula alors qu'une foule de gens passait. Max se rendit compte qu'ils se tenaient là, se souriant comme des imbéciles et c'était peut-être de cela que parlait Honey.

Il se secoua.

— Je paye la première tournée. Tu veux une bière ou autre chose ?

— Eh bien, seulement si c'est de la bière artisanale.

Max rit.

— Une Rickard arrive tout de suite.

En fait, il opta pour une Moosehead, puisque c'était ce que Jeremy lui avait proposé dans sa chambre. Ils burent leurs bouteilles et crièrent à moitié une conversation sur le football alors que la musique devenait plus forte, plus de gens se pressant sur la piste de danse.

— Tu veux danser ? demanda Max. Je veux dire, je suis sûr que tu es fasciné par les différences entre la NFL et la CFL, mais tu m'as fait plaisir assez longtemps.

— Danser ?

Jeremy regarda la piste de danse comme si c'était une fosse de serpents qui se tordaient et non des gens qui s'amusaient sur un mélange disco de « Hark! The Herald Angels Sing ». Les lumières colorées des fêtes se reflétaient sur les lunettes métalliques de Jeremy.

— Nous ne sommes pas obligés ! assura Max en vidant sa bouteille et en riant. Tu es prêt pour une autre ?

— Oui ! répondit Jeremy paraissant soulagé. C'est mon tour ! Je reviens.

Max s'appuya sur une balustrade et regarda Jeremy se faufiler à travers la foule jusqu'au bar. Le jean moulant et le Henley étaient un super look. Ce qui apparemment était aussi l'opinion d'un mec du bar, puisqu'il commença à draguer Jeremy pendant qu'ils attendaient le barman.

Il avait l'air d'avoir l'âge d'être à l'université et avait un joli sourire. Un corps décent. Les cheveux en broussailles. De loin, il avait l'air génial, ce qui était positif. Il se pencha plus près de Jeremy et Max se tendit. Quoi qu'il dise, cela fit rire Jeremy.

Et Max devint encore plus tendu.

C'était merdique. Il aurait dû être content. Pas jaloux. Pas tenté de foncer là-bas et de s'interposer entre eux au bar.

— Seigneur, murmura-t-il pour lui-même. Qui est le sale type maintenant ?

Si Jeremy appréciait ce mec, c'était génial, et Max allait se ressaisir et ne pas jouer au connard. *Voilà ce que j'obtiens à écouter Honey.* Parce que peut-être – *peut-être* – qu'il avait laissé ce que Honey avait dit concernant le fait que Jeremy l'appréciait lui monter à la tête. Se glisser sous sa peau.

Ce n'était pas le plan. Le parrain fée n'était pas censé être jaloux. C'était une distraction amusante. Mais il avait prévu d'aller à l'école de droit depuis qu'il était enfant, et maintenant il n'en était plus sûr non plus. Peut-être qu'il n'était pas doué pour faire des plans.

Max avala sa bière, entendant la voix persistante de Honey dans sa tête disant que la veille avait été un grand et long rendez-vous. Non, ça suffisait. Lui et Jeremy étaient de nouveaux amis et c'était tout. Il regarda avec détermination le DJ – son costume de père Noël ouvert sur un soutien-gorge rembourré scintillant – et cessa d'espionner.

Bien que… quand il tourna la tête – juste pour s'assurer qu'il allait toujours bien –, Jeremy avait les bras croisés et haussait fortement les épaules. Il récupéra les bières et dit au revoir au gars, qui regarda Jeremy partir, puis commença à discuter avec la personne de l'autre côté.

Jeremy tendit la bière à Max en criant :

— Voilà !

— Merci !

Il prit une gorgée avant de dire :

— Alors, il était mignon.

— Quoi ?

Après un bref moment d'hésitation, Jeremy haussa les épaules.

— Ouais. Il était pas mal.

— Tu veux lui parler davantage ? Ne t'inquiète pas pour moi. Vas-y.

Quelque chose comme de la panique pinça le visage de Jeremy.

— Est-ce que je dois le faire ?

— Quoi ? Non !

Max passa un bras autour de lui.

— Pas du tout, répondit-il en fronçant les sourcils. A-t-il dit quelque chose de grossier ? Ai-je besoin de lui botter le cul ?

— Non ! assura Jeremy en riant et en s'affaissant contre Max. Il était vraiment gentil. Sérieusement, pas besoin de botter des culs. Mais, merci.

Max le serra avant de se forcer à lâcher prise.

— Quand tu veux. Allez. Allons danser. Ou remuer sur place. Peu importe.

Ils sirotèrent leurs bières et dansèrent, les mouvements maladroits de Jeremy se relâchant lentement lorsque Boney M commença. La discothèque de Noël ne s'était pas beaucoup améliorée et ils rirent lorsqu'un groupe portant des chapeaux de père Noël commença une épreuve de danse. Ils applaudirent et encouragèrent, Max était ravi que Jeremy semble s'amuser.

Pourtant, peu de temps après, Jeremy revint des toilettes avec une tension dans ses épaules voûtées et un sourire tendu. Max demanda :

— Que s'est-il passé ?

Il jeta un coup d'œil vers les escaliers menant aux sanitaires.

— Ai-je finalement besoin de botter le cul de quelqu'un ?

Jeremy secoua la tête, mais il ne souriait toujours pas de ce sourire éclatant que Max aimait voir. Il demanda :

— Tu en as assez ? Il y a vraiment du monde. J'ai besoin d'un peu d'air frais.

— Ouais ?

Le visage de Jeremy s'éclaira d'espoir.

— Ça ne te dérange pas de partir ?

— Non. Retournons au campus. Tu as faim ? Je serais partant pour de la nourriture.

Jeremy hocha joyeusement la tête et ils récupérèrent leurs manteaux.

Dehors, la nuit était fraîche et recouverte d'une nouvelle couche de blanc. Laisser la basse sourde derrière eux fut un soulagement, la neige recouvrant la nuit d'un voile paisible. Ils n'avaient pas apporté de bonnet, mais heureusement il n'y avait pas de vent.

— Il devrait y avoir un stand de hot-dogs pas loin, déclara Max alors qu'ils se dirigeaient vers Yonge.

Il souhaitait demander ce qu'il s'était passé pour bouleverser Jeremy, mais peut-être qu'il devait le laisser en parler de lui-même s'il le voulait.

Ils achetèrent des saucisses et des canettes de boisson gazeuse. Max ne put s'empêcher de trouver adorable que Jeremy ait choisi l'orange. Après avoir chargé leurs petits pains de choucroute, de ketchup et de moutarde – plus de la mayonnaise pour Max –, ils se dirigèrent vers l'ouest dans une rue latérale et trouvèrent un muret en béton sur lequel se percher pendant qu'ils mangeaient. La neige fraîche était sèche et facile à épousseter. Le béton était gelé, mais Max l'ignora.

Ils faisaient face à une rangée de nouvelles maisons de ville décorées de couronnes et de guirlandes blanches. En l'absence de vent, c'était agréable d'être assis là à manger leurs saucisses dans un silence tranquille, leurs canettes de boisson gazeuse posées entre eux sur le mur.

— Hum. Épicé, marmonna Jeremy, la bouche pleine.

— Mmm, confirma Max, avalant sa bouchée et l'arrosant de root beer.

Ils restèrent assis un peu plus longtemps jusqu'à ce qu'ils aient fini de manger et que leurs fesses deviennent trop froides. Après avoir écrasé leurs canettes vides, Max les déposa dans un bac de recyclage derrière un restaurant éteint. Il rota et Jeremy rit, puis ils firent un bref concours de rots parce qu'ils avaient douze ans.

Jeremy leva les mains.

— Je ne peux pas concourir. Tu as de sacrées compétences.

— Laisse-moi te dire que s'il y a une chose que j'ai apprise en faisant partie d'une équipe de football pendant des années, c'est le travail d'équipe, la stratégie et les rots.

De retour à un silence serein, ils déambulèrent le long des rues résidentielles incroyablement calmes au sud de Bloor. Même après quatre ans à Toronto, Max était toujours surpris de voir à quel point la ville pouvait être calme et tranquille en plein centre-ville. Certes, on était un dimanche soir, mais ils n'étaient qu'à un pâté de maisons ou deux d'une route principale, et il n'y avait que le craquement de leurs bottes sur la neige et le sel. Leur haleine se troublait d'un panache blanc.

Ils passèrent devant une maison de ville avec une triste guirlande de lumières bleues sur un arbre. Max déclara :

— Je déteste quand les gens ne mettent des lumières qu'à mi-hauteur. Soit on fait tout, soit on oublie. Genre, quoi, tu n'as pas d'échelle ? Trouves-en une, mon frère.

Jeremy éclata de rire.

— Je n'y ai jamais vraiment pensé, mais tu soulèves un bon point. Ta famille décore-t-elle ?

— Oh, ouais. Nous sommes à fond dedans. Et Noël était la fête préférée de ma mère. Le seul moment de l'année où nous allions à la messe, en dehors des mariages et des funérailles. C'était pour les chants de Noël, je ne vais pas mentir.

— Es-tu aussi catholique ?

— Ouais, la famille de mon père est de Goa comme celle de ma mère. Il était bébé quand ils ont emménagé ici. Goa a été colonisée par les Portugais, donc grande influence catholique et beaucoup de noms de famille portugais comme le nôtre : Pimenta.

— Oh, je ne le savais pas.

— Ouais. Ces Européens aimaient bien coloniser.

Jeremy grimaça.

— C'est vrai.

Max n'était pas sûr de devoir en parler, mais la curiosité l'emporta.

— Alors, tes parents sont-ils vraiment religieux ? C'est pour ça que c'est tendu ?

Jeremy soupira en remontant ses lunettes.

— On pourrait le penser, n'est-ce pas ? Mais c'est la chose qui me dérange le plus, je suppose. Ils ne sont pas dévots ou quoi que ce soit.

Nous avons toujours été à cent pour cent des catholiques de Pâques et de Noël, parfois même pas.

Il resta silencieux pendant quelques instants, et Max attendit, marchant tranquillement à ses côtés.

Jeremy reprit :

— Et évidemment, il y a des catholiques qui acceptent leurs enfants homosexuels. Ce que je dis, c'est que… je ne l'ai pas vu venir. Je ne me souviens pas qu'ils aient dit des choses négatives sur les homosexuels quand je grandissais. Je pense que je m'en souviendrais.

— Ouais.

— Alors c'était comme… avant de leur dire, j'étais nerveux. Difficile de ne pas l'être, tu sais ?

— Totalement. Mon père et ma belle-mère sont libéraux, mais c'était quand même éprouvant pour les nerfs. Heureusement pour moi, ils ont été super. Toute ma famille l'a été. Meg m'avait dit de ne pas m'inquiéter, mais je l'étais quand même. Avec le temps, ils s'y feront, non ?

— Ouais. C'est étrange.

Jeremy inspira profondément, son souffle se voilant, la neige s'accrochant dans ses cheveux roux alors que les rafales tombaient. Ils passèrent devant des maisons sombres et endormies.

— Ce n'est pas comme s'ils m'avaient mis à la porte. Ils ne m'ont pas insulté ni dit qu'ils me trouvaient dégoûtant. Ils n'ont pas dit qu'ils avaient honte. Ils n'ont pas dit grand-chose en fait. C'est le problème, il y a juste tout ce silence maintenant. Quand on parle, c'est gênant. On ne mentionne jamais mon homosexualité. On ne reconnaît jamais à quel point tout est bizarre. Que je ne peux pas vraiment parler à mon frère. S'ils me détestent, j'aimerais qu'ils le disent. Tu comprends ?

— Oui. Merde, je suis désolé.

— J'ai l'impression qu'ils ne savent pas quoi dire, alors ils ont un peu… arrêté de parler.

— C'est brutal.

— Oui.

Le visage de Jeremy se plissa avant qu'il continue :

— J'ai l'impression que je ne devrais pas être contrarié. Comme si je devais être reconnaissant qu'ils ne m'aient pas jeté dehors et coupé les vivres. Certaines personnes s'entendent dire des choses horribles. Ça doit être pire.

— Ça ne veut pas dire que la façon dont tes parents te traitent n'est pas terrible.

Les épaules s'affaissant, Jeremy hocha la tête.

— Je te remercie. Merci de dire ça.

— C'est la vérité.

Les mots semblèrent vides. Max voulait tellement le réconforter. Mais tous les parrains fées du monde ne pouvaient pas changer la réaction des parents de Jeremy.

— Leçon apprise : avoir des attentes extrêmement basses afin de ne pas être pris au dépourvu.

Les épaules de Jeremy étaient voûtées et la tristesse dans sa voix serra la poitrine de Max.

— Non, contredit Max. Je veux dire, d'une certaine manière, même si ça a du sens, je ne veux pas ça pour toi. Tu mérites mieux que de faibles attentes.

Jeremy sourit légèrement.

— Merci.

Ils marchèrent en silence. Max avait tellement d'autres questions sur la famille de Jeremy, sérieusement, qu'est-ce qui n'allait pas avec eux ? Comment pouvaient-ils être si froids avec leur fils si doux, gentil, drôle et tellement effrayé ?

Il ne voulait pas insister. À la place, il demanda :

— Comment te sens-tu avec tes nouvelles bottes ?

— Bien ! J'ai à peine eu à les casser.

Jeremy sembla soulagé du changement de sujet.

— Merci pour la suggestion. Je me serais senti encore plus gêné ce soir sans les nouveaux vêtements.

— Tu n'étais pas mal à l'aise.

Jeremy lui lança un regard incrédule.

— Mec, allez. J'étais là.

Max rit doucement.

— Ce n'était pas si mal. Tu as juste besoin de sortir de ta zone de confort. Ça donne l'impression que…

D'accord, comment Max allait-il le formuler ? Il tripota la fermeture éclair de son manteau.

— Tu es sûr que tu *veux* vraiment sortir avec un mec ?

— Quoi, tu penses que je suis hétéro ou un truc du genre ?

Le visage de Jeremy se crispa.

— Crois-moi, je n'aurais pas fait mon coming out à mes parents si je n'aimais pas les hommes.

— Non, ce n'est pas ce que je veux dire. Je suis juste curieux et je me demande si tu as envisagé l'idée d'être asexué ou sur ce spectre. Asexué, demi, gris. Il y a des variantes.

Une voiture passa, les phares éclairant un instant les lunettes de Jeremy, masquant son expression.

— Pourquoi penses-tu ça ?

— Je le dis juste pour que tu y réfléchisses. Par exemple, ce soir, quand ce mec a essayé de te draguer au bar, tu t'es éloigné de lui et tu as croisé tes bras.

— Vraiment ? Je n'ai pas réalisé.

— Peut-être qu'il ne te plaisait tout simplement pas, ce qui est évidemment correct. Mais je me demandais si la raison pour laquelle tu étais si effrayé n'était pas parce que tu n'en avais pas vraiment envie.

Les mains gantées dans les poches de son manteau, Jeremy déclara :

— J'y ai déjà pensé, mais je ne pense pas que je sois asexué.

— D'accord. C'est cool si tu l'es et c'est cool si tu ne l'es pas.

— Je suis attiré par les hommes. Dans les toilettes ce soir, il y avait ce mec vraiment sexy à l'urinoir. Je pensais à quel point ses épaules étaient belles. Puis il l'a remarqué.

Jeremy se voûta encore plus lorsqu'ils passèrent devant une boîte aux lettres et s'arrêtèrent à un carrefour tranquille.

Il n'y avait que quelques véhicules, les routes étant couvertes de neige fraîche. Mais il faisait assez froid pour qu'elle ne fonde pas, ce qui signifiait qu'elle n'était pas gelée comme le vendredi précédent. Vendredi semblait remonté à si longtemps d'une certaine manière.

Comme Jeremy ne s'étendait pas, Max demanda tranquillement :

— A-t-il joué les connards ?

S'il devait retourner à Buddies et flanquer une raclée, il le ferait. Enfin, il en aurait envie. En réalité, il n'avait jamais participé à une bagarre, en dehors des tacles.

— Non, mais son sexe était sorti. Il était là, genre, *juste là*. Il a fait un signe de tête vers l'une des cabines, et tout ce que j'avais à faire était de le suivre. Il n'avait pas l'air bizarre ou quoi que ce soit. Mais je suis resté figé. Je veux vraiment avoir des relations sexuelles, mais…

— Quoi ?

Honnêtement, Max ne comprenait pas, car il avait toujours trouvé le sexe amusant et excitant. Rarement stressant. Il attendit alors qu'ils passaient devant une maison ornée de guirlandes lumineuses clignotantes. Comme Jeremy n'ajoutait rien, Max dit :

— C'est bon.

— J'ai tellement de fantasmes, mais quand c'est réel, je ne peux pas le faire. Je… je ne me sens pas en sécurité.

La dernière confession fut à peine un murmure par-dessus le craquement de leurs bottes. Max désirait passer un bras sur ses épaules comme il l'avait fait auparavant, mais il n'était pas sûr que ce soit la bonne chose à faire à cet instant. Une autre pensée surgit.

— Est-ce qu'il s'est passé quelque chose dans le passé, ou… ?

— Non, rien de tel. Pas d'abus ou quoi que ce soit. Je ne suis qu'une poule mouillée.

Jeremy éclata de rire avec une explosion de condensation blanche dans l'air.

— Je suis un loser.

— Non. C'est normal d'être nerveux.

— Oui, mais je ne suis pas seulement nerveux. Je suis un désastre !

J'ai tellement envie de baiser, mais quand un mec me drague, je me fige et j'ai envie de me cacher. Je ne devrais pas paniquer quand un gars dans un club gay veut me draguer dans les chiottes.

— D'après qui ?

— Tout le monde ? Cette vieille série qu'ils ont filmée ici. Instagram. Tik Tok. Youtube. J'ai l'impression que je suis censé vouloir être en boîte et baiser comme si de rien n'était. Ce n'est pas censé être aussi important, et je suis terrifié à l'idée de tout gâcher et d'être la risée de tout le monde.

— Eh bien, un coup d'un soir ne va pas se moquer de toi à moins qu'il ne soit un vrai connard.

— C'est ça le problème : comment puis-je savoir qu'il ne l'est pas ? Ce premier gars ce soir semblait sympa, mais je doute qu'il veuille me faire la cour comme si j'étais une jeune fille victorienne jusqu'à ce que je décide qu'il est digne de confiance.

En riant, Max cogna l'épaule de Jeremy.

— Ce n'est pas comme si tu devais baiser un mec tout de suite. Sors plusieurs fois. Vois si tu as le déclic. Il n'est pas nécessaire que ce soit tout ou rien.

— Et ce type mythique va patiemment sortir avec moi alors qu'il pourrait être en train de sortir avec un million d'hommes sur des applications ? Je n'ai même jamais *embrassé*.

Max s'arrêta devant une maison qui avait des lumières multicolores accrochées à un arbre – jusqu'au sommet, merci beaucoup – des ornements surdimensionnés suspendus aux branches stériles. Il saisit les épaules de Jeremy. Du bleu, du rouge, du vert, du rose et de l'or brillaient sur le visage de Jeremy, reflétés dans ses lunettes.

— Tu cogites beaucoup trop. Tu dois sortir de ta zone de confort. Ça ne doit pas être si problématique. Je pourrais t'embrasser tout de suite.

Les yeux de Jeremy s'agrandirent. Sa pomme d'Adam s'agita alors qu'il déglutissait avec un *glup* audible. C'était adorable, Max eut envie de lui ébouriffer les cheveux et de le protéger du monde.

Il voulait aussi vraiment, vraiment l'embrasser.

Hé, il rendrait service à Jeremy. Prendre cette grande chose effrayante et la ramener à sa place sur terre. Mais il le désirait aussi.

Lentement, il passa ses mains gantées sur les épaules de Jeremy et les remonta pour encadrer son visage. Il espérait que le cuir n'était pas trop froid, mais Jeremy ne recula pas. Il se tenait immobile, les lèvres entrouvertes, respirant faiblement, ses yeux fixés sur ceux de Max derrière ses lunettes aux couleurs scintillantes.

— Tu veux que je t'embrasse ? demanda Max.

— Tu veux m'embrasser, *moi* ?

— Ouais.

Les yeux de Jeremy se posèrent sur la bouche de Max et remontèrent à nouveau. Il respira superficiellement.

— Tu cherches juste à être gentil.

— Crois-moi, je ne suis pas *si* gentil. Tu es magnifique. Bien sûr que j'ai envie de t'embrasser.

Il le dit avec un sourire et un haussement d'épaules, démentant les battements de son cœur.

Se penchant de quelques centimètres, Jeremy se lécha les lèvres, et *bon sang*, il essayait de tuer Max.

— OK. Embrasse-moi, s'il te plaît.

Max sourit à la politesse. Regardant attentivement Jeremy, il se pencha et pressa leurs bouches l'une contre l'autre. Leurs lèvres étaient sèches et froides, tout comme leur nez. Max inclina légèrement la tête, embrassant tendrement Jeremy. Pas de langue, rien de fort ou de sexy. Tout simplement adorable, même si Jeremy agrippa sa taille et laissa échapper un petit son doux, la verge de Max prit vie.

Avec vengeance.

Les lèvres de Jeremy s'entrouvrirent dans un soupir et Max ne put s'empêcher d'y glisser sa langue, trouvant le goût de la viande et de la choucroute – dont il avait sûrement aussi le goût, donc ce n'était pas mauvais – avec un soupçon de jus d'orange. Ce qui était en quelque sorte parfait lorsque Jeremy rencontra timidement la langue de Max avec la sienne.

Après quelques secondes, Max s'écarta un peu, essayant de ne pas montrer à quel point il était affecté. Parce que ce n'était qu'un petit baiser, et qu'il n'y avait aucune raison pour que son sexe se joigne à la fête avec autant d'enthousiasme. Jeremy cligna des yeux, Max tenait toujours ses joues en coupe.

— Voilà, dit Max d'une voix rauque avant de s'éclaircir la gorge. Ton premier baiser est derrière toi.

Jeremy le fixa, à bout de souffle. Il tenait toujours la taille de Max à travers la couche de son manteau, et il lécha ses lèvres roses. *Merde*, la verge de Max aimait beaucoup ça. Jeremy sourit – *rayonnait* – et Max le relâcha. Eh bien, il relâcha son visage et prit ses épaules à la place. Il ne voulait pas que Jeremy se sente rejeté.

Ce n'était pas parce qu'il ne pouvait pas arrêter de le toucher.

Il essaya d'avoir un ton désinvolte.

— Ce n'était pas si mal, non ?

— Non, murmura Jeremy.

Il remonta ses lunettes mouillées de neige et confirma :

— Pas mal du tout. Pas effrayant.

Max voulait lui dire que maintenant il avait juste besoin de trouver quelqu'un de sympa qui irait lentement avec lui. Quelqu'un en qui il avait confiance.

Quelqu'un comme moi.

Parce que ça avait du sens, non ? Max ne pouvait pas compter sur un mec au hasard pour prendre soin de Jeremy comme il en avait besoin. Comme il le méritait. Max voulait l'aider à s'amuser, à découvrir ce qu'il aimait. Jeremy avait-il des mamelons sensibles ? Aimerait-il jouer avec son cul ? Se faire baiser ? Être actif ? Les fellations, les anulingus ?

Il pouvait imaginer Jeremy nu et étendu sous lui, sa peau mouchetée de taches de rousseur rougie et cette bouche rose ouverte sur un gémissement…

Les poumons de Max se bloquèrent, ses bourses se contractèrent et son sexe était dur comme du roc maintenant. Jeremy le fixait toujours.

Max jura que c'était le désir brut qu'il avait vu sur le visage rouge de Jeremy, sur ses lèvres entrouvertes et ses respirations haletantes. Il voulait lui offrir davantage. Il promettait d'y aller lentement et de rendre tout ça si bon pour lui. Merde, il voulait *supplier* Jeremy, qu'il le laisse lui apprendre.

Reculer lui demanda toute sa volonté. Jeremy venait tout juste d'aller dans son premier bar gay. Il venait d'être embrassé pour la toute première fois. Il était seul et vulnérable, et la façon dont il regardait Max, il ferait probablement tout ce que celui-ci demanderait.

Ce qui était exactement la raison pour laquelle Max dit avec un sourire :

— Nous ferions mieux de continuer à marcher.

Arg, pourquoi Honey avait-il toujours raison ?

Max désirait Jeremy, il n'y avait plus aucun doute à présent. Pas de place pour le déni. Il le désirait, mais il devait laisser Jeremy dormir sur son premier baiser. Il devait réfléchir à son école de droit et à sa vie, il ne cherchait pas un petit ami ou un engagement. Ce n'était pas le plan.

Restant fort, Max commença à parler. Ils discutèrent à propos de tout et de rien en particulier, abordant au hasard les meilleurs films de Noël, convenant que Rudolph et le Grinch étaient les meilleurs. Max aimait entendre Jeremy rire et était ravi de la chaleur de ses regards furtifs alors qu'ils traversaient la ville endormie. Aucune raison pour que lui et Jeremy ne puissent pas s'amuser ensemble, mais il ne se précipiterait pas.

Même si ses lèvres picotaient encore à cause de ce baiser.

Chapitre cinq

C'ÉTAIT LE MILIEU de la nuit, mais Jeremy envoya quand même le texto.

Il avait essayé de dormir, mais cela ne servait à rien. Il s'était dit qu'il se sentirait mieux une fois qu'il aurait envoyé le message, mais maintenant le nœud dans son estomac était un poing qui se serrait. Fortement. Il fixa son téléphone, souhaitant que Max réponde, même si on était vraiment au milieu de la nuit et qu'il était sûrement endormi... ou en colère d'être réveillé si sa sonnerie était allumée.

Merde. Pourquoi avait-il appuyé sur envoyer ? Pouvait-on annuler un texto ? Il appuya sur les options, comme si son téléphone avait soudainement un bouton magique à côté de « Transférer » et « Copier » qui disait « Récupérer le message stupide que vous venez d'envoyer au gars qui vous a réellement embrassé sur la bouche ».

En grimaçant, il nettoya ses lunettes avec l'ourlet de son vieux tee-shirt, puis les remit en place pour relire son message.

Merci d'être si sympa. Désolé, je suis une vraie drama queen à propos de ce genre de choses. Mais j'ai passé un bon moment.

Au moins, il s'était abstenu d'ajouter : « *Surtout quand tu m'as embrassé !!! Sur la bouche !!!* »

Il y avait tellement de choses qu'il voulait dire, et rien de tout cela n'était vraiment cool. Maintenant, il était encore plus anxieux d'avoir gâché le sommeil de Max. Mais aucune bulle de réponse n'apparut, alors peut-être qu'il était endormi et que tout allait bien. Hum. Jeremy pourrait-il récupérer le téléphone de Max d'une manière ou d'une autre et supprimer le message avant qu'il ne se réveille ?

Il gémit à haute voix dans sa chambre vide.

— Bien sûr. Il te suffit d'entrer par effraction dans son appartement, de te faufiler dans sa chambre, d'orienter son téléphone devant son visage pour l'ouvrir et supprimer le texto. Ensuite, tu sors en douce. Le tout sans réveiller Max ou son colocataire linebacker. Ou quarterback ? Quel que soit le genre d'arrière qu'il est. Bien sûr. Super. Facile. Parce que tu vis dans une comédie romantique déjantée. Et que tu crochètes les serrures maintenant ou un truc du genre.

La bulle. La bulle apparut ! Jeremy faillit laisser tomber son téléphone, se levant brusquement, la couette s'enroulant autour de sa cheville et manquant presque de le faire tomber. Faisant les cent pas, il retint son souffle, redoutant, et anticipant tout autant, la réponse de Max. Était-il en colère ? Allait-il lui dire qu'il en avait marre de ses jérémiades ? Était-il…

Tu n'as aucune raison d'être désolé. Détends-toi :)

Jeremy expira et remonta sous les couvertures. Il fut soulagé pendant un instant, mais l'inquiétude revint en force. Il n'arrivait pas à savoir si le « détends-toi » était agacé ou non. Il espérait que non, mais… Le smiley était-il ironique ? Il tapota une réponse.

OK. J'espère que je ne t'ai pas réveillé.

Il attendit encore, remuant son pied si fort que la couette glissa à moitié sur le sol. Il la ramena sur lui. Max répondit rapidement.

Non. Impossible de dormir. Toi non plus, je suppose ?

Sérieusement, comment était-il censé dormir alors que Max l'avait embrassé ? Embrassé ! Avec ses lèvres incroyables ! Ils s'étaient *embrassés*. Et Jeremy se rappela pour la centième fois que ce n'était pas réel. Un vrai baiser, c'était quand quelqu'un désirait t'embrasser parce qu'il t'appréciait, pas quand quelqu'un t'embrassait parce que tu étais nerveux et qu'il se sentait désolé pour toi.

J'étudie pour mes deux derniers examens.

Évidemment un mensonge, mais peu importe. C'était mieux que d'admettre qu'il pensait à la façon dont Max avait pris ses joues en coupe, ses grandes mains si douces alors qu'il regardait Jeremy dans les yeux. Ensuite son regard s'était posé sur la bouche de Jeremy, puis était remonté, et c'était comme si tout l'air du monde avait été aspiré. *Whooosh.*

Parce qu'il avait semblé que Max l'avait *désiré.* Pas seulement pour être gentil, mais comme s'il y avait un courant invisible entre eux qui faisait frissonner la peau de Jeremy, lui faisait tourner la tête et chanter son cœur.

Et puis Max s'était penché et avait pressé leurs lèvres l'une contre l'autre, et les genoux de Jeremy avaient faibli. Il s'était accroché à Max comme s'ils se tenaient à nouveau sur la glace. Et leurs bouches s'étaient ouvertes, Max avait embrassé Jeremy un peu plus fort. Plus profondément.

La barbe naissante de Max avait griffé son visage. Jeremy toucha sa peau lisse comme s'il pouvait encore la sentir. Max avait pris son visage en coupe, ils avaient partagé leur souffle et un peu de salive, et c'était un premier baiser aussi parfait qu'il aurait pu l'espérer. Il s'était senti en sécurité contre le corps de Max, même s'ils se tenaient à découvert dans la rue.

Si tu es fatigué, tu ferais mieux de dormir et d'étudier demain plutôt que de passer une nuit blanche. C'est ce que Honey dit toujours. Il a toujours raison d'une manière agaçante.

Jeremy sourit dans l'obscurité de sa chambre.

Oui, il a probablement raison. Je n'arrive pas à dormir, je crois. Je me sens coupable.

Dès qu'il l'eut envoyé, le regret le submergea. Pourquoi avait-il admis ça ? La réponse de Max surgit rapidement :

Pour quelle raison ? Et ne réponds pas rien.

Jeremy ne put retenir un petit sourire. Il répondit :

Tu t'es donné tout ce mal pour me sortir et je me suis figé.

La bulle de réponse apparut. Puis disparut et réapparut. Le cœur de Jeremy s'emballa tandis qu'il attendait. Ensuite, Max envoya :

Mec, c'est cool. Nous en avons déjà parlé, non ? Tu es doué.

Ils en *avaient* parlé, Max l'avait aidé à se sentir mieux, puis il l'avait *embrassé, oh mon DIEU.* Et pourtant, le cerveau de Jeremy tournait toujours en boucle. Cela faisait beaucoup alors qu'il essayait de dormir, rejouant des moments mortifiants remontant à des années comme s'ils dataient d'hier. Actuellement, il supposait que c'était le cas. Son père disait toujours…

Prenant une brusque inspiration, il ferma les yeux, la soudaine vague d'émotion était trop forte. Il ne pouvait pas penser à sa famille en ce moment. Il lut avec gratitude le nouveau message de Max :

On aurait dû te lancer avec l'application au lieu d'un bar. Des sextos auraient pu être plus faciles pour toi au début.

— Des sextos ? s'exclama Jeremy. Tu te fous de moi ?

Il répondit :

Je serai encore plus horriblement maladroit, je t'assure.

Max reprit avec :

Tu dois commencer quelque part. Ce n'est pas difficile, promis ;)

Son cœur bondit tandis qu'il lisait et relisait le message. C'était vrai qu'il devait commencer quelque part, mais ce baiser n'était-il pas un début ? Même si cela n'avait pas été réel. Il répondit :

Je serais le pire sexter de l'histoire.

Max riposta :

Pire que Gengis Khan ? Parce que j'ai entendu dire que ce mec n'avait pas de jeu.

Jeremy éclata de rire, le nœud dans son estomac se détendant. Avant qu'il ne puisse répondre, Max ajouta :

Tu veux essayer ? Je te donnerai des conseils. À toi de décider, évidemment.

Le cœur dans la gorge, il fixa l'écran. Il ne souhaitait pas essayer avec un inconnu. Il voulait essayer avec Max. C'était un peu ce qu'il proposait, pas vrai ? Même s'il voulait dire qu'il aiderait Jeremy à s'entraîner. Ses pouces tremblaient alors qu'il tapait :

OK.

Il y eut une pause lorsque les bulles apparurent. Puis vint :

Parle simplement de ce que tu aimes. Échange des photos de bite s'il est intéressé. Tiens, je vais te montrer.

Attendez. Quoi ? Me montrer ? Max allait-il envoyer une photo de sa queue ? *Waouh. Putain de merde.*

Ce qui devait être la moindre goutte de sang dans le corps de Jeremy migra au sud alors qu'il durcissait instantanément. Une photo du sexe de

Max serait mieux que du porno. Mais un autre message arriva. Pas une photo.

Salut. Tu as l'air sexy. Quelle est la chose la plus cochonne que tu as pensé à faire avec un mec ?

Le souffle de Jeremy se coupa. Il n'avait jamais réfléchi à cette question auparavant, mais son cerveau fournit immédiatement une réponse parce que son cerveau était stupide. Sa verge palpitait alors qu'un fantasme en particulier remplissait sa tête. Il était hors de question qu'il réponde qu'il s'était imaginé recevoir un anulingus. L'idée d'être léché à *cet* endroit l'excitait beaucoup pour une raison étrange.

Ce n'était probablement même pas si cochon ! Max lèverait les yeux au ciel en voyant à quel point c'était banal. Jeremy tapa une réponse.

Je suis désolé. Je sais que tu essayes d'aider, mais j'en suis juste incapable.

Il était sur le point d'ajouter un *merci*, car il ne voulait pas paraître ingrat quand son téléphone sonna. Il glapit et tâtonna, content que le tapis bon marché près du lit ait suffi à amortir la chute. Il le ramassa et fixa l'écran. Max l'appelait. Assis dans son lit, il fit coulisser pour répondre.

— Euh… bonjour ?

Jeremy ne se souvenait pas de la dernière fois où il avait utilisé son portable comme téléphone. Comme, parler. À voix haute.

— Salut, dit Max dans ce baryton grondant qui garantissait que l'érection de Jeremy ne se calmerait pas de sitôt. Tu vas bien ? Je suis désolé. Je ne voulais pas te mettre la pression.

— Non, tu ne l'as pas fait !

— Je pense que si. Ce genre de chose est facile pour moi, admit-il en riant. J'ai toujours eu l'esprit cochon.

Jeremy rit nerveusement, très conscient de son érection.

— Je ne suis pas prude. Je veux dire, je suis vierge et je ne suis clairement pas doué pour dire des choses à voix haute, ou pour les taper, je suppose. Mais je ne suis pas… ce n'est pas que je ne pense pas à ces choses. Ou… que je ne les aime pas.

Max le taquina :

— Tu me dis que tu as un esprit cochon, Cherry ?

Son surnom d'enfance prit un tout nouveau sens quand Max le prononça, et ce ton bas et sexy le fit frissonner.

— Je pense que oui ? Je veux dire, ce que je pense être cochon pourrait être stupidement naïf, mais j'ai eu beaucoup de pensées.

Max resta silencieux assez longtemps pour que Jeremy éloigne le téléphone de son visage afin de s'assurer qu'ils n'avaient pas été coupés. Avait-il dit quelque chose de mal ?

— Euh, allô ?

— Je suis là.

Max se tut à nouveau avant de demander :

— Est-ce que tu me fais confiance ?

Jeremy fronça les sourcils au ton sérieux. Il n'avait pas à y réfléchir.

— Oui. Tu m'as aidé après ma chute alors que tu aurais pu rire comme tout le monde. Mais j'ai vu que tu étais différent. Je savais que j'étais en sécurité avec toi.

Max expira bruyamment.

— C'est… merci.

Il rit à moitié en reprenant.

— Honnêtement, c'est l'une des choses les plus gentilles que l'on ait jamais dites à mon sujet.

— Oh ! Eh bien, c'est vrai. Je savais que tu prendrais soin de moi. Et tu as été si génial.

Appuyé contre ses oreillers, Jeremy regarda le côté presque vide de la pièce où logeait Doug, les lampadaires projetant une lueur dorée sur le mur nu à travers les stores.

— J'ai l'impression d'avoir enfin un ami ici, avoua-t-il.

— C'est le cas. À cent dix pour cent. Je t'aime bien. Tu es cool.

Je suis cool ! Jeremy essaya de donner l'impression qu'il l'était réellement, puisqu'il savait qu'il ne l'était pas du tout et qu'en général il l'acceptait.

— Merci. Toi aussi.

— Écoute…

Max expira bruyamment avant de poursuivre :

— Pas de pression, OK ? Mais tu veux que je t'aide ? Avec toute cette histoire de sexe.

Jeremy ouvrit et ferma la bouche. Max voulait-il dire ce qu'il pensait qu'il voulait dire ?

— Euh…

Comment pouvait-on s'attendre à ce qu'il prononce des mots alors que son cerveau s'échappait de ses oreilles ?

— Je te montrerai les bases. Amis avec des avantages. Rien d'important.

Amis. Avec. Avantages. C'était définitivement une chose que les gens faisaient.

— Tu ferais ça pour moi ?

— Bien sûr.

Max gloussa.

— Ce serait pour moi aussi. Je pourrais avoir l'utilité d'une libération de mon stress. Tu me rendrais service. Si ça t'intéresse, nous pouvons nous amuser. Comme je l'ai dit, pas de pression. Je pensais juste que si tu étais à l'aise avec moi, ça pourrait être le moyen idéal pour que tu tâtes le terrain. Sans parler de ta queue.

Jeremy étouffa un rire.

— Euh, je, euh…

— On peut y aller doucement.

— Mais je suis un merdier névrosé.

— Tu es adorable. Fais-moi confiance.

Et il le faisait. Il le faisait vraiment. Ouais, il ne connaissait Max que depuis quelques jours, mais… Des flashs de souvenir se rejouèrent : le bras fort de Max solidement fixé autour de lui alors qu'ils glissaient vers la salle de repos, le sourire encourageant de Max creusant ses joues, le sillon entre ses sourcils alors qu'il écoutait Jeremy parler de ses parents, la chaude pression de sa main sur sa joue alors qu'il se penchait pour lui donner son premier baiser.

— Oui, dit Jeremy, se rappelant sévèrement que le baiser ne signifiait rien.

Des amis avec des avantages, c'est tout.

— Je te fais confiance. Je veux…

Je te veux. Seigneur, comme il le voulait.

Il s'autorisa à admettre qu'il désirait Max Pimenta plus qu'il n'avait jamais voulu qui que ce soit, y compris le joueur des Canucks Brock Boeser, qui l'avait intéressé au hockey. Eh bien, en regardant Brock Boeser jouer au hockey, du moins. Mais oubliez-le. Parce que Max Pimenta était sexy, doux et *réel.* Jeremy l'écouta respirer.

Rassemblant son courage, il dit :

— Je veux que tu m'apprennes.

Sa gorge était sèche.

— S'il te plaît, ajouta-t-il d'une voix rauque.

— D'accord.

Max avait lui-même l'air enroué. Il s'éclaircit la gorge.

— Nous pouvons expérimenter. Pour la science.

— Exact. C'est un peu notre devoir ou quelque chose comme ça. Dois-je te demander quelle est la chose la plus cochonne que tu aies jamais pensé faire avec un mec ?

Jeremy avait voulu le dire comme une blague, mais il n'était pas sûr que ça se soit passé comme ça. Pas du tout.

— Hum.

Et waouh, cette syllabe interminable rendit Jeremy si excité. Max demanda :

— Tu veux commencer par du sexe par téléphone ? Ce n'est pas si différent de se branler tout seul.

Le cœur battant et les bourses picotant, Jeremy n'était pas de son avis.

— Oh, mon Dieu, murmura-t-il.

Max gloussa.

— Tu es tout seul. Personne ne peut te voir. Je ne peux pas te voir. Je parie que tu pourrais devenir dur en un rien de temps.

— Euh. Je suis dur depuis, genre, dix minutes.

Putain de merde. Il venait juste de le dire à haute voix.

Max rit et Jeremy adora ce son. Max demanda :

— Qu'est-ce qui t'a fait de l'effet ?

— Je ne le dirai pas !

Son visage était si chaud qu'il savait être rouge vif. Mais Max avait raison : personne ne pouvait le voir.

Le rire avait disparu de la voix basse de Max quand il exigea :

— Dis-moi.

Un frisson parcourut la colonne vertébrale de Jeremy, il frotta son sexe à travers son bas de pyjama en flanelle. Était-il vraiment en train de faire ça ? Allait-il vraiment faire l'amour au téléphone ?

— Jeremy…

— Quand tu as mentionné des photos de bites, lâcha-t-il avant que Max ne puisse le relancer.

Ce qu'il allait faire de toute façon d'après à la manière douce dont Max avait prononcé son nom.

— Hum. Ça t'a rendu dur ? Imaginer voir ma bite ?

— Euh, ouais.

— Tu te touches maintenant, n'est-ce pas ?

Jeremy baissa les yeux, sa main figée là où il se frottait à travers son pyjama.

— Oui.

— Tu es nu ?

Il secoua la tête avant de réaliser que Max ne pouvait pas le voir. Et merde, il y avait vraiment quelque chose d'excitant à ce sujet : entendre la voix rocailleuse de Max dans son oreille, mais être complètement seul. En sécurité.

— Non, répondit-il.

— Mets-toi à poil.

Jeremy faillit laisser tomber le téléphone alors qu'il repoussait la couette d'un coup de pied et arrachait son vieux tee-shirt et son pyjama. Il aurait pu mettre le téléphone sur haut-parleur, mais il aimait l'intimité de la voix de Max directement dans son oreille. Juste pour lui.

Mais est-ce qu'il en profite aussi ? Est-ce qu'il est juste gentil ?

— Je le suis maintenant, déclara Jeremy. Et toi ?

— Merde ouais. Tu veux voir ?

— Je…

Il ouvrit et referma la bouche.

— Tu vas…

— Tu veux voir à quel point ma bite est dure pour toi ?

Jeremy ne put que haleter et saisir la base de son membre pour s'empêcher de jouir.

— Oui.

— Donne-moi une minute. Arrête de te toucher.

Il retira sa main.

— Tu es sûr que tu ne peux pas me voir ?

Max rit.

— Je jure que non. Mais tiens. Tu peux me regarder.

Jeremy baissa son téléphone et appuya sur le texto entrant avec un doigt tremblant. Et puis il fut là, brillant dans l'obscurité. Le sexe de Max dans toute sa gloire, la caméra le prenant d'au-dessus. Circoncis. Long, rigide et incurvé un peu vers la gauche. Le gland rougi. La main de Max autour de la base, le pubis taillé. Des poils foncés parsemaient ses cuisses, semblant noirs contre sa peau brune.

Il fallut une minute pour que le bruit du murmure pénètre l'afflux de sang dans ses oreilles. Il replaça le téléphone contre son oreille.

— Je suis là ! Désolé.

— Ça va.

La voix de Max contenait un sourire.

— La première photo de bite, bébé ? Qu'est-ce que tu en penses ?

— Elle est incroyable. Tu es…

Il dut s'éclaircir la gorge.

— Ta queue ressemble à…

— À quoi ? l'encouragea Max.

— Je veux la toucher. J'aimerais que tu sois là, mais je suis aussi…

— Tu es nerveux ? C'est bon. Contente-toi de te toucher. C'est tout ce que tu as besoin de faire. Tu l'as déjà fait, n'est-ce pas ?

Un éclat de rire transperça sa nervosité.

— Est-ce que tu plaisantes ? Un million de fois.

— Moi aussi. Alors, à quoi ressemble la tienne ?

Jeremy avait commencé à se caresser, mais s'était figé.

— Euh, je ne veux pas. Je veux dire, je sais que tu m'as envoyé une photo, donc je devrais en renvoyer une, mais…

— Chut. Non. Tout va bien. Je voulais dire, dis-moi à quoi ressemble ton matos. Je suppose que les rideaux sont assortis aux tentures ?

— Oh !

Il se détendit contre ses oreillers.

— Ouais. Des poils roux partout.

— Hum. Joli.

Jeremy n'en était pas si sûr, mais il n'allait pas évoquer les taquineries qu'il avait reçues à l'école primaire.

— Et je suis, euh, circoncis aussi. Je ne suis pas énorme ou quoi que ce soit, mais décent, je suppose.

— Je parie que ta bite est magnifique. Tu la touches actuellement ?

Il se caressa, essuyant le liquide pré-éjaculatoire qui s'écoulait déjà de la pointe vers le bas sur sa hampe.

— Ouais.

— Où est-ce que tu te touches quand tu te branles ?

Jeremy se tendit à nouveau.

— Euh…

— C'est bon. Tu veux que je parle ? J'aime parler, au cas où tu ne l'aurais pas remarqué.

Il souffla un rire.

— Ouais.

— Prends du lubrifiant, ordonna Max. Mets-moi sur haut-parleur pour que tu puisses utiliser tes deux mains.

Il le fit, plaçant le téléphone sur son oreiller pour que la voix de Max soit toujours une injonction basse dans son oreille. Il pouvait deviner que Max était aussi sur haut-parleur à présent. Jeremy enduisit son sexe avec le tube de lubrifiant qu'il avait acheté chez Shoppers avec les préservatifs inutilisés. Il avait été incapable de regarder la caissière dans les yeux, même si elle s'en fichait sûrement. Il passa une main sur son torse, taquinant ses mamelons sans même s'arrêter pour y réfléchir.

— Écarte tes jambes pour moi.

Jeremy obéit, le seul bruit qu'il fit fut un gémissement. Les mots étaient soudain de trop. Il n'arrivait pas à croire qu'il était en train de faire ça, mais c'était trop excitant pour s'arrêter. Il était seul et en sécurité. En sécurité avec Max.

— Tu t'es déjà baisé avec tes doigts ?

Il gémit à nouveau, pensant à son fantasme d'anulingus. Il avait expérimenté un doigt dans son cul à quelques reprises, mais ça avait fait mal. Il réussit à dire :

— Un peu.

— Hum. Je parie que ton cul est très étroit. Tes jambes sont ouvertes pour moi, n'est-ce pas ? Joli et dévergondé pendant que tu te branles ?

— Oui, haleta-t-il.

Ses jambes étaient pliées, ses genoux écartés alors qu'il se caressait.

— Putain, je parie que tu es incroyable. Quand tu seras prêt, je veux te voir comme ça. Je veux te voir jouir. Tu es proche ?

— *Oui.*

La tête de Jeremy était rejetée en arrière, son dos et son cou arqués, ses lunettes de travers. Il ne pouvait pas imaginer laisser quelqu'un le voir comme ça. Mais il ne voulait pas s'arrêter. Impossible. Il voulait jouir. La voix de Max dans son oreille avait la luxure qui éclatait dans ses veines, tout son corps devenait brûlant alors qu'il se tendait.

— Tends ton autre main et frotte derrière tes couilles. Tu connais l'endroit ?

Il suffit d'une caresse ferme sur son anus et l'orgasme de Jeremy explosa comme une grenade. Il trembla, haleta et probablement jura, pas même sûr de ce qu'il disait alors qu'il jouissait assez fort pour voir des étoiles derrière ses paupières. Le plaisir le brûla si intensément que tout son corps se mit à trembler et qu'il recouvrit son torse et son ventre de sperme.

Il pouvait à peine respirer, le grognement urgent de Max dans son oreille demandant :

— Putain, t'es couvert de sperme ?

— Oui.

La poitrine haletante, Jeremy se concentra sur Max. Il pouvait entendre le claquement de Max se branlant, et cela lui fit courber les orteils, des répliques frissonnant à travers lui. Max pensait à *lui*.

— J'ai joui si fort, Max. Tout est sur moi.

— Oh, merde !

Max haleta, des claquements mouillés résonnaient.

— Je parie que tu en dégoulines.

— Est-ce que c'est bizarre si je le goûte ?

Jeremy glissa son doigt dans une éclaboussure sur son ventre.

Max cria pratiquement, puis supplia :

— Goûte-le. Goûte ton sperme pour moi. Laisse-moi t'écouter.

Jeremy n'avait pas voulu que ce soit une question sexy, mais apparemment, à en juger par les halètements et les gémissements durs de Max, ça l'était. Alors il leva le doigt et le suça bruyamment devant le micro. Il avait déjà goûté son sperme par curiosité, et c'était toujours le même : salé et amer.

Mais cela fit jouir Max, et l'excitation glissa sur la peau rouge de Jeremy alors qu'il suçait aussi fort qu'il le pouvait à travers les cris d'orgasme et les gémissements de Max. Il avait fait jouir Max.

Eh bien, techniquement, Max s'était fait jouir seul, tout comme Jeremy l'avait fait. Mais ils étaient ensemble. Dans l'obscurité de sa chambre, au milieu de la nuit, cela semblait interdit, cochon et libérateur d'une manière que Jeremy n'avait jamais connue.

Ils respirèrent fort et Jeremy chuchota :

— Je ne savais pas que ça pouvait être comme ça.

— Hum.

Max avait l'air somnolent maintenant.

— C'est sûr que c'est possible. Et il y a tellement d'autres choses à faire. Si tu le veux.

Oh, il le voulait. Parce qu'il faisait confiance à Max. Et une nouvelle sensation le parcourait, une sensation qu'il mit une minute à reconnaître. La confiance. Parce que la semaine précédente, Jeremy n'aurait jamais pensé qu'il serait assez audacieux pour ce qu'ils venaient de faire. Mais avec Max ? Il en voulait plus.

— Demain ? demanda-t-il.

— Ouais, répondit Max en bâillant. Maintenant, dormons. Nous l'avons bien mérité.

— Attends. Tu ne m'as jamais dit la chose la plus cochonne que tu aies jamais pensé faire avec un mec.

Max rit.

— Je ne veux pas te faire peur. Pose-moi la question une autre fois.

Waouh. À quel *point* était-ce cochon ? Peut-être que Jeremy ne devrait pas prendre les devants avec cette confiance retrouvée. Est-ce que Max aimait les douches dorées ? Était-il…

— Maintenant, tu essayes de deviner ce que c'est.

— Exact.

Max éclata de nouveau de rire.

— Je te promets de te le dire une autre fois. Dors maintenant. À demain.

— Attends ! Est-ce que… Est-ce que je me suis bien débrouillé ?

— Bébé, c'était le son d'un orgasme A+. Tu as réussi.

— OK. Merci.

Il sourit dans l'obscurité, son cœur se gonflant à la façon dont Max avait dit cela, bas et doux. *Bébé.*

Ils raccrochèrent et Jeremy fixa la ligne du plafonnier. Qui avait besoin de cadeaux de Noël quand il avait ça ?

Bien sûr, cette pensée conjura immédiatement sa famille, accompagnée d'inquiétude et de douleur. Et il devait se rappeler que Max quitterait sûrement le campus d'un jour à l'autre. Mais ce n'était pas grave. Ils pourraient reprendre en janvier, non ? Jeremy n'allait pas s'inquiéter de ça maintenant.

Maintenant, il allait dormir, fatigué et rassasié de l'orgasme le plus incroyable de sa vie. Il l'avait fait. Max lui donnait des leçons de sexe et il n'allait pas laisser la panique se mettre en travers de son chemin comme toujours. Les paupières lourdes, il sourit. Peut-être qu'il vivrait pour le regretter, mais au moins il ne mourrait pas vierge.

<h1 style="text-align:center">Chapitre six</h1>

H MOINS TRENTE-TROIS minutes. Environ. Pas que Max comptait ou quoi que ce soit.

Il entama un autre tour de marche autour des buissons sur la petite pelouse à l'extérieur de l'immeuble de Jeremy, plissant les yeux dans le bref éclat du soleil de l'après-midi avant que les nuages gris ne se referment. Jeremy avait dit qu'il serait de retour à quinze heures au plus tard, mais avec un peu de chance, il apparaîtrait au bout du pâté de maisons d'une minute à l'autre.

Max observa, mais le trottoir était vide à l'exception d'une fille traînant une valise bon marché. C'était mardi, et le campus était déjà plutôt vide, même si les examens duraient encore plusieurs jours. Jeremy et Meg en avaient encore un mercredi ; l'examen de littérature sur les légendes arthuriennes de Meg servant également d'excuse à Max pour ne pas retourner à Pinevale plus tôt. Ils avaient des tickets de bus pour jeudi matin.

Ce qui signifiait que Max avait moins de quarante-huit heures pour traîner avec Jeremy. Après leur appel téléphonique, Jeremy avait dû étudier pour l'examen d'aujourd'hui. Maintenant, cela devrait être presque fini, même s'il avait besoin de tout le temps imparti, et ils pourraient attendre quelques heures avant qu'il ne se remette à étudier.

Pendant ce temps, Max se sentait à l'étroit dans sa peau.

Il ne se souvenait pas d'avoir été aussi impatient de revoir quelqu'un. Il avait dit à Jeremy qu'ils s'amuseraient et que ce ne serait rien d'important. Entendre les petits gémissements essoufflés de Jeremy au téléphone avait été *très* agréable, mais il ne pouvait pas nier que le revoir lui semblait plus important qu'il ne l'avait prévu. Une histoire plus importante qu'il ne l'aurait voulu.

Bon sang, quand Jeremy avait demandé si c'était bizarre de goûter son propre sperme ? Max frissonna à nouveau rien qu'à ce souvenir. Il fit le tour des buissons enneigés, l'herbe détrempée et boueuse sous ses bottes crissait. Il s'était montré décontracté quand Jeremy avait suggéré de se retrouver à son dortoir. Il ne s'était pas attendu à ce que lundi *se traîne* autant, ignorant les sourires complices de Honey. Ça avait été stupidement difficile de ne pas envoyer un texto à Jeremy juste pour lui dire bonjour.

Le cœur de Max bondit dans sa cage thoracique quand Jeremy émergea au coin de la rue, ses cheveux roux semblables à un phare. Il était encore à un pâté de maisons, pourtant il devina quand Jeremy le remarqua. En plus de lever la main pour le saluer, son corps mince s'agita, et tandis qu'il se rapprochait, il souriait largement.

Bordel, il était magnifique.

Max le rejoignit sur le trottoir près de la porte.

— Belles lunettes.

S'arrêtant à quelques pas, Jeremy toucha les nouvelles montures noires.

— Merci. Je les aime bien. C'est agréable de pouvoir à nouveau voir clairement.

Ils se fixèrent. Max réalisa que c'était à son tour de parler.

— Elles sont superbes.

Puis ils s'observèrent à nouveau. Serait-ce trop insistant de l'embrasser ? À la place, il demanda :

— Comment ça s'est passé ?

— Bien, je crois. Content que ce soit fini.

— Maintenant, nous pouvons faire la fête. Jusqu'à ce que tu sois obligé d'étudier davantage. Mais tu as presque fini et bientôt tu seras officiellement en vacances.

Dès qu'il l'eut dit, un malaise lancinant s'empara de lui. Il détestait songer que Jeremy passerait Noël seul. Mais ce serait bien trop de l'inviter à Pinevale. Trop rapide. Pas vrai ?

Merdeeeee.

Il eut l'impression d'avoir le cerveau dans le cycle d'essorage de l'ancienne machine à laver que lui et Honey partageaient avec les voisins du dessus qui claquait beaucoup trop fort. Et maintenant, il fixait bêtement Jeremy. Il était temps de se ressaisir. De prendre les choses en main.

— Tu as faim, ou tu veux traîner, à moins que tu ne veuilles étudier tout de suite et que je te laisse tranquille ?

Il rit, mais ce n'était pas drôle.

— Sortons. J'ai besoin d'une pause avant de passer à la chimie. Je serai partant pour un repas dans un moment. À moins que tu n'aies faim ?

— Non, détendons-nous un peu.

Max fit un signe de tête en direction de la porte et suivit Jeremy à l'intérieur.

Dans sa chambre, ils retirèrent leurs manteaux et leurs bottes. Jeremy s'esquiva pour utiliser la salle de bain au bout du couloir. Max arpenta la pièce étroite pendant son absence, s'ordonnant de se ressaisir. Il était censé être celui qui avait de l'expérience ici.

Il s'assit sur le lit de Jeremy, s'appuyant nonchalamment au mur sous l'affiche du tableau périodique. L'oreiller de Jeremy était à sa droite, et en aucun cas il n'allait se pencher pour le renifler. Seigneur, il était le capitaine de l'équipe de football… ou l'avait été. Il avait rencontré plein de mecs. Il n'était pas un foutu renifleur d'oreillers.

Pourtant, ça le démangeait de le faire. De sentir, de toucher et de goûter. Comme si Jeremy était une drogue, qu'il avait obtenu une petite bouffée au téléphone et que maintenant il désirait tout le reste. C'était peut-être parce qu'il avait dû attendre toute la journée de lundi et à présent celle du mardi s'y accumulait. Il en avait juste besoin, et ensuite ce serait hors de son organisme. Il pourrait alors arrêter d'agir comme si c'était *lui* le puceau en rut.

Jeremy revint et se débarrassa d'un coup de pied des tongs qu'il avait mises pour aller pisser, pointant Max sur son lit avec un sourire et en se léchant les lèvres, ce qui ne fit rien pour améliorer la situation de Max.

— Tu veux un verre ? demanda-t-il.

Max secoua la tête.

— Je te veux.

Jouer à des jeux n'était pas son style, alors assez de bavardages.

— Oh.

La pomme d'Adam dansant adorablement, Jeremy s'approcha du lit.

— Veux-tu toujours faire des expériences ? Si ce n'est plus le cas, c'est pas grave. Nous pouvons juste discuter.

Cela conduirait aux boules bleues les plus épiques de sa vie, mais Max devait s'assurer que Jeremy était partant.

— Je suis partant, répondit doucement Jeremy.

Dieu merci.

— Je suis juste nerveux. J'aimerais qu'il fasse noir.

— Je comprends. Bien que tu sois bien trop beau pour le noir. Tu sais qu'on dit qu'il faut imaginer tout le monde nu quand on est nerveux ? Tu as déjà vu ma bite, donc tu as l'avantage.

Il rit, rougissant.

— Je suppose que c'est vrai, accorda-t-il.

— Puis-je t'embrasser à nouveau ?

— Euh, ouais, dit Jeremy en hochant la tête. Alors on va…

Il agita sa main entre eux.

— On peut faire aussi peu ou autant que nous le voulons. On peut voir ce qui se passe.

Max lui adressa un petit sourire.

— Viens, Cherry.

Prenant une grande inspiration, Jeremy grimpa sur le lit, s'asseyant à côté de Max, leurs dos contre le mur.

Max passa un doigt sur les lèvres de Jeremy.

— Tu as une belle bouche.

— Toi aussi.

Ils se rencontrèrent à mi-chemin, s'embrassant lentement au début. Max désirait attirer Jeremy sur ses genoux et lui sucer la langue, mais il laissa Jeremy donner le rythme. Ils ouvrirent la bouche, leurs langues se caressant, se goûtant, et au lieu de l'orange, il découvrit du café et du chocolat qui s'attardaient cette fois.

S'écartant un peu, Jeremy prit une inspiration avec un sourire tremblant.

— J'y ai pensé sans arrêt.

Max rigola.

— Je croyais que tu étudiais.

— Eh bien, oui. Et je pensais à ça toutes les deux secondes.

Ses yeux noisette brillaient. Max adorait le roux de ses cils vu d'aussi près.

— Tu veux juste embrasser ?

Max se pencha en avant pour sucer le cou de Jeremy.

— Non, souffla Jeremy en inclinant la tête.

— Approche.

Max fit passer Jeremy sur ses genoux pour qu'il le chevauche. Ils étaient tous les deux durs et Max caressa les hanches et les cuisses en jean.

À présent, ils s'embrassaient plus intensément. Plus profondément. Les langues exploraient tandis que Jeremy balançait ses hanches et gémissait. Max aurait pu serrer Jeremy contre lui jusqu'à ce qu'ils jouissent tous les deux dans leur jean, mais il l'encouragea à se balancer et à donner le rythme, à faire ce qui lui faisait du bien.

Ils haletaient maintenant. Max désirait avoir Jeremy sur ses genoux. Il pouvait imaginer son sexe enfoui dans son cul étroit. Il aimait être chevauché, et c'était agréable, même avec des couches de vêtements entre eux.

Mais rapidement, la démangeaison de la peau nue fut trop forte, Max glissa ses mains sous le pull de Jeremy, brisant leurs baisers mouillés pour marmonner :

— Tu es d'accord ?

Jeremy hocha la tête, ses lèvres roses luisantes de salive s'entrouvrant. Après un moment, il recula et retira son chandail gris, le jetant sur le côté.

— Oh, putain ouais, s'exclama Max, évasant ses mains sur le dos nu de Jeremy.

Il fonça droit sur ses mamelons avec sa bouche. Il suça et taquina avec ses dents, les gémissements et halètements étant de la musique à ses oreilles. Jeremy s'accrocha à ses épaules, ses hanches se balançant, son sexe dur contre le sien.

— Seigneur, s'il te plaît, supplia Jeremy, une main s'emmêlant dans les cheveux ondulés de Max.

— Je peux te sucer ?

— Sérieusement ?

Jeremy cligna des yeux, ses nouvelles lunettes s'embuant alors qu'il haletait.

— Bien sûr que oui. Sans ça, je ne le suggérerais pas.

Il passa ses doigts de haut en bas sur le membre dur de Jeremy, à l'endroit où il se tendait contre son jean.

— Je suppose que si tu n'avais jamais été embrassé avant l'autre soir, personne n'a jamais eu ta queue dans la bouche ?

Après avoir exhalé un souffle tremblant, Jeremy secoua la tête.

— Je t'ai dit que j'étais vierge.

Max esquissa un sourire.

— Je sais, mais certaines personnes définissent ça comme de la pénétration. Crois-moi, je suis allé à l'école catholique. J'ai entendu des conneries. Mon amie Becky a toujours proclamé qu'elle était vierge même si elle et son petit ami baisaient tout le temps. Et ce crétin de ma classe a essayé de convaincre sa copine qu'elle serait toujours vierge si elle se la prenait par le cul. Comme si tout n'était qu'une question de vagin.

Jeremy éclata de rire.

— Il y a indéniablement un problème avec cette théorie.

— En effet. Alors…

Max le frotta plus fort à travers son jean et Jeremy se balança en gémissant avant de devenir rose.

— Tu aimes ça, hein ? le taquina Max.

Il revint aux légères caresses du bout des doigts, se penchant pour chuchoter à l'oreille de Jeremy.

— Je parie que tu aimeras encore plus quand je mettrai ta queue dans ma bouche. Elle sera chaude et humide, et c'est incroyable à quel point les lèvres peuvent être serrées. Je parie que je peux te faire supplier.

Jeremy haleta en hochant la tête.

— S'il te plaît. Seigneur.

Il arqua les hanches, essayant clairement d'avoir plus de contact avec la main de Max.

Celui-ci devait l'embrasser, et il captura les lèvres entrouvertes, glissant sa langue à l'intérieur et explorant alors que Jeremy gémissait sourdement dans sa gorge, enfonçant ses doigts dans ses épaules. Max revint à l'oreille de Jeremy, en léchant la coquille. Il adorait pouvoir sentir la chaleur du rougissement de Jeremy.

Il chuchota :

— C'est bon, bébé. Je ne te ferai pas supplier. J'ai hâte de te goûter. Je me suis branlé ce matin en pensant à te sucer.

Les mots s'étaient échappés sans qu'il prenne le temps d'y réfléchir, mais c'était la vérité, alors tant pis.

— J'ai imaginé à quel point tu aurais l'air sexy quand je te ferai rougir de partout. Je te veux nu.

Il avait aussi pensé à quel point il voulait baiser son cul vierge, mais il réussit à garder ça pour lui. Ça viendrait en son temps. Il y avait tellement de choses à explorer…

— Tu me désires vraiment ?

La question de Jeremy fut à peine un murmure, mais elle serra le cœur de Max comme s'il s'agissait d'un cri angoissé. Il prit le visage de Jeremy entre ses mains, le regardant attentivement.

— Oui. Nous ne serions pas ici si je ne te désirais pas.

Il sourit, essayant d'en faire une blague, parce que plonger dans les yeux noisette de Jeremy, partager son souffle avec leurs corps proches, rendait tout soudain trop intense.

— Je suis peut-être un bon samaritain, mais je ne suis pas *si* charitable.

Jeremy rit et remonta ses lunettes sur son nez.

— OK. C'est juste surréaliste. Tu sais ?

— Je comprends.

Il prit la main de Jeremy, la guidant entre eux et sur son sexe raide dans son jean.

— Tu peux le sentir toi-même. Je te veux. Fais confiance au petit Max. Il ne ment pas.

Soufflant un autre rire, Jeremy recula pour obtenir plus d'espace entre eux.

— Je peux voir ? Ou ce serait bizarre ?

— Rien de ce que tu veux n'est bizarre.

Max libéra son érection, s'accordant quelques caresses.

— C'est comment par rapport à la photo ?

— Incroyable. C'était super sur la photo aussi.

Souriant, Jeremy se pencha pour faire des cercles hésitant avec son doigt sur le gland qui fuyait. Il observa, apparemment fasciné. Max poussa ses hanches en avant et Jeremy enroula sa paume autour de la hampe.

— Tu veux me faire jouir avant que je te suce ? demanda Max.

Il était déchiré entre tomber à genoux et enfouir son visage dans l'entrejambe de Jeremy et rechercher son propre orgasme, qui se rapprochait brusquement.

— Oui, souffla Jeremy.

Il tenait toujours la hampe de Max, son regard fixé sur le membre dans sa main comme s'il ne pouvait pas croire que c'était réel.

— C'est réel et c'est spectaculaire, déclara Max, citant la rediffusion de *Seinfeld* avec la nana de *Desperate Housewives*.

Meg l'avait regardé de manière obsessionnelle sur le lecteur DVD de sa mère quand ils étaient enfants.

Jeremy rit si fort qu'il renifla. Max n'était pas sûr qu'il ait compris la référence, mais supposait qu'il n'en avait pas besoin.

— Ça l'est, acquiesça Jeremy.

Avec hésitation, il fit courir sa main de haut en bas sur le membre de Max.

— Ça fait du bien. Attrape du lubrifiant.

Il attendit que Jeremy l'attrape rapidement dans un tiroir et s'asseye sur ses genoux.

— Tu n'en as pas besoin de beaucoup. Juste…

— Merde !

Jeremy fixa l'énorme giclée de lubrifiant sur sa paume droite qui dégoulinait déjà jusqu'à son poignet.

— C'est bon, le rassura Max en gloussant, frottant d'une paume apaisante le dos de Jeremy. Remets juste ta main sur moi.

— Désolé.

Jeremy secoua la tête, fixant toujours le foutoir de lubrifiant.

— Désolé, répéta-t-il. Je suis tellement maladroit.

— Mec, tu peux m'inonder de lubrifiant, je m'en moque. Vide le reste de la bouteille sur ma tête. Peu importe. Touche-moi. Parce que, au cas où tu l'aurais oublié, je suis dur pour toi. Et j'ai besoin que tu me fasses jouir. Plus tôt tu le feras, plus tôt je te sucerai.

Jeremy serra les lèvres et inspira brusquement.

— Je vais jouir dans mon pantalon si tu continues à parler comme ça.

Max sourit et baissa la tête pour un baiser brutal, mordant la lèvre de Jeremy avant de siffler :

— Tu jouiras quand je te sucerai et pas une seconde avant. Crois-moi, ça vaudra la peine d'attendre.

— Ouais, ouais !

Jeremy hocha à nouveau la tête, attrapant le sexe de Max.

Ce dernier s'adossa contre le mur, adorant le regarder s'activer. Il avait envie de lécher les taches de rousseur éparpillées sur les jointures de Jeremy.

— Hum, c'est bon. Plus fort. Tu ne me feras pas mal. Tu sais ce que ça fait quand tu te fais jouir. Tu sais ce que tu aimes. J'aime probablement ça aussi. Je te le dirai si ce n'est pas le cas.

Avec un autre hochement de tête, Jeremy caressa son sexe avec plus de vigueur. Plus rapidement. Puis lentement. Taquina le gland d'une rotation de la main et de son pouce taquin. Son regard était fixé sur sa tâche, le bout rose de sa langue sortant d'entre ses lèvres en signe de concentration.

Putain, il est beau.

— C'est bien, murmura Max.

— OK.

De sa main libre, Jeremy se faufila timidement sous le sweat-shirt de Max. Il encercla un mamelon, puis le serra.

Max arqua le dos.

— Oh, ouais.

Il tira le coton par-dessus sa tête et le jeta n'importe où. Il serra les mains dans les draps, laissant à Jeremy le temps de l'explorer.

— Tu aimes ça ? demanda-t-il. Tu touches tes tétons quand tu te fais jouir ?

— Ouais, admit Jeremy.

Il continua à branler Max pendant qu'il taquinait et frottait ses mamelons, envoyant des éclairs d'électricité vers le bas.

Max souleva ses hanches pour repousser son jean et son sous-vêtement plus bas.

— Touche mes couilles.

Jeremy transféra la hampe lubrifiée dans sa main gauche et explora plus bas avec sa droite. Il caressa doucement.

— Comme ça ?

— Hum, plus.

Max respira plus fort. Il refoula une supplique pour que Jeremy suce ses bourses. C'était peut-être trop.

— Ouais, comme ça. Un peu plus fort…

Ce qui manquait à Jeremy en finesse, il le compensait en concentration et en enthousiasme. Il ne fallut pas longtemps à Max pour se cogner la tête en arrière, haletant.

— Je vais jouir. Ne t'arrête pas.

Jeremy le caressa à nouveau avec sa main droite.

— S'il te plaît, jouis maintenant pour que je puisse le faire aussi.

L'orgasme de Max éclata avec un rire profond. Il rit à travers la brûlure d'un plaisir doux et intense, ses hanches tremblant alors qu'il se déversait. Quand il eut fini, il attira la tête de Jeremy pour un long baiser.

— Tu t'es bien débrouillé, marmonna-t-il contre les lèvres de Jeremy.

— Merci.

Max rouvrit les yeux.

— As-tu joui dans ton pantalon ?

— Presque.

Il rit et se redressa.

— Mais tu ne l'as pas fait. Bon garçon.

Max dut l'embrasser à nouveau avant de s'effondrer contre le tableau périodique.

— Merde. J'en avais besoin.

Ses paupières étaient lourdes et il les laissa se fermer une seconde. Il caressa paresseusement le dos de Jeremy.

Ce fut un bruit de claquement mouillé, à peine audible, qui l'incita à rouvrir les yeux. Son habituelle brume somnolente post-orgasme s'évapora en un clin d'œil.

Jeremy léchait le sperme de Max sur ses doigts.

— Oh, bordel de merde, marmonna-t-il.

Les sourcils se rencontrant, Jeremy croisa son regard, sa main éclaboussée de sperme flottant près de sa bouche.

— Est-ce que c'est bizarre ?

— Pas bizarre, réussit à dire Max, la gorge sèche d'un désir renouvelé. Tu aimes ça ? Tu aimes mon goût ?

— Je crois que oui ?

Jeremy aspira lentement son index dans sa bouche comme s'il menait une expérience scientifique.

Max se remit à rire. Il avait eu sa juste part de bons rapports sexuels, mais il ne se souvenait pas avoir autant ri à ces occasions. Il caressa les cheveux de Jeremy. Il ne se souvenait pas d'avoir eu des sentiments aussi… tendres. Ce n'était pas une mauvaise chose. En fait, c'était plutôt génial.

— Pour info, tu n'es pas obligé d'aimer ça. Certains mecs n'avalent pas pour réduire leur risque d'une MST.

Jeremy fronça à nouveau les sourcils en fixant le sperme restant sur sa main, puis dit :

— Les études ne montrent-elles pas que le risque de transmission orale est vraiment faible ? Et j'ai reçu le vaccin contre le papillomavirus.

— Moi aussi. Je veux dire, il y a l'herpès et probablement quelques autres, mais pour moi, c'est un risque acceptable. Le sperme m'excite énormément. Mais évidemment, c'est à toi de décider. J'ai été testé récemment si ça peut te rassurer.

Jeremy hocha la tête, puis lécha une autre goutte de sperme laiteux sur un doigt.

— C'est différent du mien. Pas dans le mauvais sens. Genre, moins amer ou quelque chose comme ça.

— Tu aimes goûter le tien ?

Baissant la tête, Jeremy haussa les épaules.

— Parfois.

— Moi aussi.

Il prit la main de Jeremy et lécha le reste de son propre sperme. C'était épais sur sa langue quand il embrassa Jeremy durement et profondément. Jeremy gémit dans sa bouche, sa langue rencontrant celle de Max avec impatience.

— Peut-être que tu aimes quand c'est cochon, hum ? murmura Max. Dois-je te sucer maintenant ? J'avalerai chaque goutte.

— S'il te plaît. J'ai vraiment besoin de jouir, vraiment beaucoup. Je…

Il hésita, puis hocha la tête.

— Je suis prêt, affirma-t-il.

Max ne le tortura pas plus longtemps. Il poussa Jeremy à descendre de ses genoux et se laissa tomber à genoux sur le sol, le petit tapis fin était merdique, ses genoux protestèrent. Il les ignora alors qu'il ouvrait la braguette de Jeremy et écartait ses jambes, posant ses fesses sur le bord du matelas, le jean descendu sous ses hanches.

Alors qu'il le voulait complètement nu, il craignait que Jeremy ne se sente trop exposé. Pendant une seconde, il appuya son visage contre le slip, adorant à quel point le coton était humide là où son sexe fuyait. Il repoussa le coton vers le bas pour libérer un membre et des bourses de belle taille, ne perdant pas de temps à l'avaler presque jusqu'à la racine. Des poils roux chatouillèrent son nez.

Jeremy cria, ses jambes remuant et ses mains agrippant la couette froissée. Sa tête bascula en arrière, la colonne vertébrale cambrée. Max suça sa grosse queue tout en attrapant les mains de Jeremy, les amenant sur sa propre tête. Il désirait ces yeux noisette innocents sur lui, et Jeremy croisa son regard.

Aspirant et léchant, il garda ce contact visuel. La bouche ouverte et la poitrine se soulevant et s'abaissant rapidement, Jeremy plongea ses doigts dans ses cheveux et gémit alors que Max le suçait.

— Je vais déjà jouir, haleta-t-il.

Même si Max aurait dû mieux planifier pour que cette première pipe dure plus longtemps, il aspira plus fort en hochant la tête. Désespéré de le goûter, sachant qu'il était le premier à lui faire ça, il fit rouler les bourses de Jeremy dans sa paume, et il n'en fallut pas plus. Merde, il n'eut même pas le temps de jouer avec ses mamelons, mais peu importait, sa bouche fut inondée alors que Jeremy se vidait, tremblant et haletant.

Max l'aida à traverser ce moment, le suçant jusqu'à ce qu'il devine que c'était trop. Il se nicha contre les bourses de Jeremy, frottant son visage sur les poils roux avant de remonter le long du corps étalé de Jeremy en l'embrassant. Il se releva – *tais-toi, stupide genou* – et ils roulèrent et s'emmêlèrent sur le lit étroit.

— C'est toujours aussi bon ? questionna Jeremy d'un air endormi.

Ses cils étaient en éventail sur ses joues rougies et couvertes de taches de rousseur. Il se blottit contre lui. Ils avaient tous les deux leur matos à l'air, mais Max tira la couette sur eux.

— Parfois, mentit-il.

La vérité, qu'il n'avait jamais été aussi excité de toute sa putain de vie, était bien trop nouvelle. Pas seulement nouvelle, un peu effrayante, ce qui, il le reconnaissait, le rendait un peu puéril.

Des panneaux d'avertissement clignotèrent, des alarmes retentirent, et il dut admettre que cette histoire avec Jeremy était en train de se développer comme une boule de neige dévalant une pente. À présent, il devait juste déterminer jusqu'où il allait la laisser rouler avant de freiner.

— Qu'est-ce qui te turlupine ?

Max éclata de rire avant de hausser les épaules.

— Ce n'est rien.

Meg se contenta de le fixer tout en sirotant son café au lait alors qu'ils quittaient le café.

Max soupira.

— C'est ce mec.

Ses sourcils épais se haussèrent.

— Quelqu'un a finalement pris d'assaut cette plage ? Raconte-moi. Non pas que je n'apprécie pas que tu m'achètes un café porte-bonheur avant mon examen, mais…

Elle s'arrêta sur le trottoir et cria après le cycliste qui passait à toute vitesse :

— Fais attention ! Tu es censé t'arrêter aux feux rouges !

Elle secoua la tête, sa queue de cheval brune se balançant alors qu'elle levait ses yeux bleus au ciel.

— Putain de gens.

Meg prit une autre gorgée alors qu'ils traversaient la rue.

— Tu disais ?

Elle essuya la mousse de sa lèvre supérieure. Ses joues claires étaient roses de froid, ce qui lui fit penser à Jeremy.

Concentre-toi.

— Personne ne prend d'assaut la plage. Ce n'est pas comme ça. Il est en première année. Juste un gamin.

Je ne fais que l'aider. Amis avec avantages !

— Il est tombé sur la glace et je lui ai donné un coup de main. Quoi qu'il en soit, il semblait un peu… perdu. Je me suis dit que ça ne pouvait pas faire de mal d'être gentil, et nous sommes amis maintenant.

C'était assez proche de la vérité.

Soudain, tout ce à quoi il put penser, c'était à quel point tout le visage de Jeremy changeait lorsqu'il souriait *vraiment* : ses joues se plissaient et ses yeux se ridaient sous ses lunettes, l'éclat de ses dents blanches et la façon dont son nez se fronçait un peu.

Il ne pensait qu'au moment où il embrasserait à nouveau ce visage.

— Ah. Je ne savais pas que tu avais un nouveau projet.

Max leva les yeux au ciel et se frotta le visage, effaçant le sourire qui avait automatiquement étiré ses lèvres en songeant au sourire de Jeremy.

— Ce n'est pas un « projet ». Qu'y a-t-il de si mal à aider les gens quand je le peux ?

— Il n'y a rien de mal à ça. Josh Singh aurait encore un mono sourcil et porterait des pantacourts si tu n'étais pas intervenu. Comment va-t-il, au fait ?

— Il semble aller bien. Il termine à Queens cette année et il est fiancé à sa petite amie.

— Cool. Alors, quel est le problème avec ton nouveau protégé ?

— Il a fait son coming out à sa famille cet été et ça s'est plutôt mal passé. Il ne leur a pas beaucoup parlé depuis des mois. Il vient de Victoria, alors il sera seul sur le campus pendant les vacances. J'étais juste en train de penser à quel point ça craignait.

La bouche de Meg se contracta.

— Merde. C'est vrai. Pauvre gosse. Tu vas l'inviter à venir chez nous ?

Et voilà, l'idée qui tournait silencieusement dans son cerveau prenait de l'ampleur.

— Je devrais, non ?

Bordel, c'était techniquement la suggestion de *Meg*.

— Ça ne dérangera pas maman et papa. Il y a de la place.

— Ouais. Ils n'y verront pas d'inconvénient.

Cela le perturbait toujours, la façon simple dont Meg appelait le père de Max « papa ». Elle était plus jeune quand leurs parents s'étaient mis ensemble, alors c'était peut-être pour ça. Max avait toujours appelé la mère de Meg par son prénom, Valerie. Il avait déjà eu une mère, et il était probablement trop vieux pour commencer à l'appeler différemment maintenant. Il n'était même pas sûr de le vouloir.

Repoussant les souvenirs vagues et doux-amers de sa mère, il se recentra et demanda à Meg :

— Ça ne te dérangerait pas ?

— Nan. Plus on est de fous, plus on rit. S'il n'est qu'un ami, ils ne seront pas bizarres à ce sujet. Tu te souviens de ce week-end de Thanksgiving où j'ai ramené Craig à la maison ?

— Euh, Craig. J'ai oublié ce gars.

— Si seulement je le pouvais.

Elle frissonna de tout son corps.

— Il craignait. Mais c'était tellement gênant. Tout à coup, ils se sont transformés en puritains et nous ont donné « la discussion » sur le fait qu'il serait inapproprié de « se livrer à une activité sexuelle » dans la maison familiale. Comme si on ne s'y était pas masturbé depuis des années.

Max renifla.

— Très vrai.

Il n'était jamais sorti avec quelqu'un assez sérieusement pour le ramener chez lui pour une visite. Mais peut-être que les règles de la maison de son père et Valerie pourraient être exactement ce dont lui et Jeremy avaient besoin pour ralentir. Le choix de la fac de droit se profilait, et même s'il était très tenté de se distraire avec Jeremy, était-ce juste ?

— Genre, qu'est-ce qu'ils pensaient qu'il allait se passer ? Que j'allais sauter sur Craig à la table du dîner après la tarte à la dinde et à la citrouille ?

— Tu adores les nettoyeurs de palais.

— Disons simplement que j'aurais eu beaucoup de place pour le dessert.

— *Oh la la.* Sauvage, commenta Max, l'esprit tourbillonnant. Mais oui, Jeremy et moi ne sommes que des amis.

Même s'il devait admettre qu'il pouvait déjà imaginer plus entre eux. Il pouvait les imaginer dans une véritable relation.

Mais était-ce le désir qui parlait ? Était-ce son désespoir de se concentrer sur quelque chose de brillant et de nouveau au lieu de faire face au choix qui allait changer sa vie ? La dernière chose qu'il voulait était d'induire Jeremy en erreur.

À un feu rouge, Meg tapota sur son téléphone et Max eut du mal à maîtriser ses pensées. Peut-être que le plan le plus responsable serait de calmer les choses entre eux tout en s'assurant que Jeremy ne serait pas seul pendant les vacances. Il voulait être sûr que Jeremy ne se sentait pas sous pression, donc ce serait bien pour eux de souffler un peu à Noël. Être juste amis et qu'ils n'aillent pas trop loin.

Pour ainsi dire.

Quel mal y avait-il à lancer l'invitation ? Jeremy pourrait refuser, mais Max serait rongé par la culpabilité s'il ne posait pas au moins la question. L'idée de le savoir bloqué dans le dortoir vide pendant des semaines lui tordait le ventre de nausée, sa poitrine se creusant d'une horrible douleur. Ce serait tellement solitaire.

Jeremy était tout simplement trop gentil pour être *seul* comme ça.

— Je vais lui demander.

— Cool, répondit Meg, fronçant les sourcils en rangeant son téléphone. Tu es sûr que ça va ?

Elle lui prit le bras avec son gant arc-en-ciel.

— Ce sont les tests d'admission à l'école de droit ?

— Non. Ils prennent leur temps.

Il s'arrêta sur le trottoir devant le bâtiment abritant l'examen de Meg.

— Casse-toi la clavicule.

Meg lui fit un signe de la main, souriant à leur vieille blague, elle datait de l'époque où il lui avait dit de se casser une jambe avant de jouer lors d'un concert à l'école et qu'elle avait trébuché dans les coulisses et avait cassé son violon et sa clavicule.

Max déambula sur le campus, marchant sur des sentiers salés et passant à l'endroit où Jeremy s'était cassé la figure. Quand Max s'était penché sur lui, sa première pensée avait été que même dans l'obscurité, Jeremy était un joli garçon.

Il se rendit compte qu'il souriait comme un imbécile en se promenant. Bon sang, c'était quand la dernière fois qu'il s'était autant amouraché d'un mec ? Honnêtement, il ne se souvenait pas que cela ait jamais été aussi intense. Était-ce un évitement ?

Il se dirigea vers Bloor, l'esprit toujours rongé par le problème. OK, il avait décidé d'inviter Jeremy pour les vacances. Cette partie du plan était réglée. Et même s'il avait des sentiments étonnamment forts pour lui, il était clairement beaucoup trop tôt pour présenter Jeremy à sa famille en tant que petit ami ou quoi que ce soit d'aussi officiel.

Puisqu'il n'avait jamais amené quelqu'un qu'il fréquentait à la maison pour un dîner, et encore moins des semaines à Noël, son père et Valerie seraient sans aucun doute gênés à ce sujet. Max grimaça. Ils auraient de bonnes intentions, mais leur enthousiasme pourrait être énorme. Si Jeremy acceptait de venir, ils devraient définitivement faire une pause sur la bagatelle. Ce serait beaucoup plus facile pour tout le monde d'être simplement amis.

En plus, Max avait une tonne de pain sur la planche avec son choix pour l'école de droit. Il attendait les résultats, mais même s'ils arrivaient avant Noël, il devrait utiliser les vacances pour vraiment y réfléchir. Il avait travaillé pour l'école de droit depuis presque aussi longtemps qu'il pouvait s'en souvenir, et il devait comprendre ce qu'il faisait d'une manière ou d'une autre avant de mettre encore plus de bâtons dans son plan. Même si Jeremy était si mignon à embrasser…

Cela avait du sens, non ? Il traversa Bloor au pas de course pendant que le voyant pour piéton s'éteignait. Faire une pause sur le sexe pendant les vacances et être simplement amis. En janvier, ils pourraient réévaluer la situation.

De plus, Jeremy était un étudiant de première année. C'était le moment d'expérimenter et de s'amuser. Il pourrait vouloir sortir avec quelqu'un. Pourquoi ne le devrait-il pas maintenant que Max lui avait, espérons-le, accordé un peu de confiance et l'avait aidé à arracher le pansement ? Ce serait égoïste de se mettre en travers du chemin, peu importe à quel point il serrait les dents à l'idée de Jeremy avec un autre gars. Ce n'était pas à lui de décider.

S'ils rentraient à la ferme pour Noël, strictement en tant qu'amis, ce serait le moment idéal pour ralentir afin qu'ils puissent tous les deux prendre du recul. Il était logique de souffler un peu, pas vrai ? Cette boule de neige descendait trop vite.

Bien sûr, c'était excitant de savoir qu'il était le premier à toucher Jeremy, mais c'était plus que ça. Que Jeremy se sente en sécurité avec lui le satisfaisait d'une manière dont il ignorait avoir envie. C'était addictif, et il devait s'assurer de ne pas prendre de vitesse et finir par le blesser d'une manière ou d'une autre. Il était le plus âgé, le plus expérimenté. Il devait être sûr de faire ce qu'il convenait.

Les premières fois étaient intenses, fixer des limites serait mieux pour eux deux. De cette façon, Jeremy ne serait pas seul, Max pourrait se ressaisir et ils passeraient un bon Noël en famille agréable à la ferme.

Il arriva chez lui et s'assit sur un transat rouillé sur le porche, désireux de s'en occuper tout de suite, les pouces volants.

Salut. J'espère que les révisions se passent bien. Je ne veux pas te déranger, mais j'ai eu une idée. Veux-tu venir à Pinevale avec moi pour les vacances ? Je serais plutôt déçu de rester seul dans mes chaussures sur le campus à ta place. Ou dans de nouvelles bottes.

Il s'arrêta et relut, supprimant la mauvaise blague sur les bottes avant de continuer.

Pas de pression ou quoi que ce soit. Si tu veux venir, il est probablement préférable de faire une pause sur les trucs sexuels jusqu'en janvier. Mon père et Valerie sont vieux jeu et ont des règles stupides. En plus, on vient de se rencontrer, donc ce n'est pas comme si nous étions un couple à ce stade. Est-ce que ça te va de prendre une pause pour la bagatelle ? De toute façon, on ne devrait rien précipiter.

Prenant une profonde inspiration, il l'envoya. Puis attendit. Et attendit. Et attendit.

Frissonnant, il était sur le point d'abandonner et de se réfugier à l'intérieur lorsque les bulles de réponse clignotèrent. À sa grande surprise, son cœur s'emballa. Il voulait vraiment, vraiment que Jeremy réponde oui. Peut-être que c'était en partie une distraction par rapport à son énigme concernant la fac de droit, mais il adorait l'idée de passer autant de temps que possible avec Jeremy.

Les bulles apparurent et disparurent, apparurent et disparurent. Puis plus rien. Max arpenta le porche grinçant. Peut-être que Jeremy avait été distrait. Ou peut-être qu'il ne savait pas quoi répondre. Cela convenait parfaitement à son mode opératoire de trop réfléchir à une réponse. Max faillit envoyer un autre message disant : *Juste un oui ou un non fera l'affaire, mec.* Il sourit, imaginant Jeremy en train de trop réfléchir à ce texte également.

Puis la réponse arriva :

Salut ! Es-tu sûr ? Ce serait génial si ta famille est d'accord. Je ne veux pas m'imposer. Pour ce qui est de faire une pause avec les autres trucs jusqu'en janvier, c'est logique. C'est cool pour moi ! ☺

Max fronça les sourcils. Il ne voulait pas que Jeremy soit trop cool avec une pause. Puis il gémit à voix haute, en marmonnant :

— C'est ce que tu voulais, Maxwell. C'est le nouveau plan.

Il répondit :

Génial. Je t'achèterai un ticket de bus pour jeudi matin et tu pourras me rembourser quand tu voudras. Maintenant, reprends tes révisions. Je t'enverrai les détails par texto. Réussis ce dernier examen, Cherry.

Voilà. Il n'avait aucune idée de s'il allait s'en tenir à son plan de fac de droit, devenir enseignant ou peut-être quelque chose d'autre. Mais au moins, il avait planifié les deux prochaines semaines.

Chapitre sept

Traînant sa valise le long du trottoir vide dans l'obscurité persistante du petit matin, Jeremy grimaça pour la énième fois devant son émoticône mensongère. Sans oublier le point d'exclamation. Il avait voulu avoir l'air cool, et bien sûr il avait échoué de la manière la plus stupide possible.

Eh bien, le smiley n'était pas un *mensonge*. Bien sûr, en soi l'idée de ne plus avoir de relations sexuelles avec Max n'était pas réjouissante, mais il était ravi d'aller chez lui pour Noël. Donc il était parfaitement *heureux* avec ça.

Alors qu'il traversait Saint-Georges et se dirigeait vers le sud jusqu'à la gare routière, il soupira. Il s'était repassé en boucle cet embarras et cette justification, obsédé par l'échange de texto au point où il était étonné de ne pas avoir répondu « ☺ » à chaque question de son dernier examen.

— Tout est cool. Sois cool, se rappela-t-il.

Et c'était le cas ! Point d'exclamation ! Il passait plus de temps avec Max qu'il n'aurait pu l'imaginer. Max ne l'envoyait pas promener. Ce n'était pas un rejet, même si le cerveau anxieux de Jeremy avait trop souvent tourné autour de cette idée.

Lorsque le premier SMS avait illuminé son téléphone silencieux, il était resté assis à son bureau à le lire encore et encore, ne sachant pas trop comment se sentir. Ravi d'un côté, mais avec une pulsation lancinante de douleur.

Sortir avec Max avait été surréaliste et incroyable, et une voix qui ressemblait beaucoup trop à celle de sa mère avait soufflé qu'il aurait dû savoir qu'il ne devait pas s'emballer. Que Max ne le désirait pas vraiment. Qu'il en avait marre de sa nervosité de vierge et de sa maladresse. Max était d'un niveau supérieur.

— S'il voulait m'envoyer promener, la dernière chose qu'il ferait serait de m'inviter chez lui, se répéta-t-il encore une fois.

Et c'était la vérité ! Il était parfaitement logique qu'ils mettent un frein aux leçons de sexe. Ce ne serait pas approprié dans la maison de sa famille. Ce n'était pas un rejet, même s'il en avait eu l'impression au début.

Parce que, sérieusement, Max ne l'inviterait pas chez lui pendant des *semaines* s'il ne l'appréciait pas. Au moins en tant qu'ami. Peut-être plus. Et Max avait raison : ils ne devraient pas se précipiter dans quoi que ce soit. C'était intelligent de prendre du recul et d'apprendre à se connaître.

Sur un coup de tête, Jeremy dit bonjour à une femme en bottes qui attendait que son Labrador noir en laisse finisse de faire caca. Elle portait clairement un pyjama sous son manteau. Après un moment où elle sembla surprise qu'il lui adresse la parole, elle sourit et lui dit bonjour en retour.

Cela n'avait pas été si difficile. Les gens de Toronto semblaient si éloignés de l'endroit d'où il venait, mais ils étaient comme n'importe qui d'autre. Cette ville n'était pas si effrayante.

Surtout maintenant qu'il avait un véritable ami. Un ami qui pourrait bien être plus.

Et nous venons de nous rencontrer, donc ce n'est pas comme si nous étions un couple à ce stade.

Ces trois mots – *à ce stade* – résonnaient non seulement dans sa tête, mais dans son âme. Ce qui était incroyablement ringard, mais le fait que cette amitié avec Max puisse mener à une vraie relation était plus qu'excitant.

En janvier, quand ils reprendraient la partie plus qu'amis, lui et Max pourraient devenir un couple. Pas que Max l'ait dit clairement. Mais Jeremy l'avait analysé de fond en comble, et l'implication de ces trois mots était claire. Ils *pourraient* être un couple à un moment donné. Pas à *ce* stade, mais à *un* moment donné, c'était infiniment possible.

C'était tout ce que Jeremy pouvait faire pour ne pas sauter sur les larges trottoirs de l'avenue de l'Université, devant la rangée endormie de maisons toutes décorées pour la saison. Même s'il mourait d'envie de se jeter sur Max et de supplier pour être baisé, cela valait la peine d'attendre.

Surtout s'ils formaient un vrai couple. Il savait qu'il ne devait pas espérer et être heureux que Max soit son ami. Mais la pensée de Max comme son véritable petit ami lui fit fredonner « Joy to the World », alors qu'il tournait dans Edward Street.

Bientôt, il scruta les longues files d'attente qui serpentaient le long des quais extérieurs de la gare routière. Le toit rendit le petit matin encore plus sombre, il passa les premières travées sans apercevoir Max. Son estomac se noua, mais il se rappela qu'il n'était pas en retard. Le bus ne partait qu'à huit heures et il n'était même pas sept heures et demie.

Il y avait deux bus dans les travées, l'un chargeant une file de passagers qui se déplaçait lentement. Il vérifia l'écran LCD du bus, au cas où, mais il indiquait Windsor. Il expira et continua. La travée suivante était vide, mais la queue était déjà longue. Il se dépêcha et… voilà !

Son estomac se noua alors que Max lui faisait signe à mi-chemin de la ligne, son visage s'illuminant. Alors qu'il lui rendait son geste, Jeremy se rappela sévèrement que non, le visage de Max ne s'était pas « illuminé ». Il souriait simplement. Il se montrait amical. Affichant ses fossettes.

— Salut ! dit Max alors que Jeremy le rejoignait.

Puis il s'approcha et se pencha avant de se raviser brusquement et d'afficher un autre sourire. Il cogna légèrement l'épaule de Jeremy.

— Comment ça va ?

— Super !

Allait-il m'embrasser ? On aurait dit qu'il allait m'embrasser. Non. Je l'ai probablement imaginé. C'est la fumée du bus. Nous sommes officielle-

ment en pause. Et nous ne sommes pas encore un « nous ».

— Super ! fit Max en écho.

Ils se sourirent et hochèrent la tête l'un vers l'autre. Jeremy tira sur le bord de son nouveau bonnet en laine.

— Tu es sûr que ta famille est d'accord pour que je t'accompagne ?

— Absolument. Plus on est de fous, plus on rit, répondit Max en hochant à nouveau la tête. Tu vas probablement t'ennuyer. Nous ne sommes pas très excitants.

— Ce ne sera pas le cas ! Je ne suis pas très excitant non plus.

Max gloussa, ses joues se creusant, et le cœur de Jeremy s'envola, même si c'était contraire au protocole. Revoir Max en personne lui donnait envie de l'escalader comme un arbre, il s'emballait comme un moteur en mouvement.

C'était comme quand on avait faim, mais qu'on ne réalisait pas à quel point on était affamé jusqu'à ce qu'on ait mangé un morceau. Et puis on devenait affamé et on voulait tout fourrer dans sa bouche. Du coup, Jeremy repensa à son sexe dans la bouche de Max, ce qui était une pensée dangereuse. Ils n'étaient plus que des amis maintenant.

Treize jours jusqu'au premier janvier. Max n'avait pas dit s'ils restaient pour le réveillon du Nouvel An ou s'ils revenaient en ville. Alors peut-être que ce serait un peu plus long que treize jours. S'ils revenaient pour le Nouvel An, cela signifiait-il qu'ils pouvaient *reprendre* un jour plus tôt ?

— Tu vas bien ? demanda Max.

— Ouais !

Il avait juste besoin d'arrêter d'être obsédé.

— Merci encore, dit-il. Je n'ai pas besoin d'excitation. Je suis juste heureux d'être avec toi.

Il ajouta rapidement :

— Et ta famille. Je veux dire que je serai heureux d'être avec eux aussi. Je…

Il se força à arrêter de divaguer.

— Merci, acheva-t-il.

Max sourit gentiment.

— C'est quand tu veux.

Jeremy s'ordonna de ne rien lire dans son sourire.

— C'est vraiment généreux de votre part à tous.

Même s'il ne se passait plus rien avec Max, il serait quand même reconnaissant. Il ne s'était pas autorisé à penser à quel point Noël seul serait affreux.

— Je suis tellement content de ne pas rester sur le campus.

— Ouais. Ce serait sinistre. Nous nous amuserons à Pinevale, même si c'est classé sans sexe.

Même si d'un côté ce serait une torture, c'était vraiment pour le mieux. Max en avait déjà fait plus qu'assez pour lui, et Jeremy ne voulait pas qu'il se sente obligé. S'il ne faisait pas attention, son béguin deviendrait incontrôlable. Tomber amoureux de Max ne faisait pas partie de l'accord. Même si, peut-être, à un moment donné, un jour, peut-être même en janvier…

La sœur de Max apparut avec une boîte de Timbits et un plateau de doubles cafés. Après les présentations, ils sirotèrent leur boisson chaude et mangèrent les donuts, qui étaient encore tièdes. Meg parla de ses examens et Jeremy fut heureux de l'écouter. Elle était sympathique et possédait une chaleur semblable à celle de Max. Jeremy devina qu'elle faisait partie de ces personnes qui pouvaient discuter à n'importe qui sans se sentir nerveuses.

Il sortit l'un des donuts en poudre de la boîte, et miam, le cœur en confiture de la petite boule de pâte était sucré et parfait. Alors que Meg parlait du roi Arthur et de son homosexualité avec Lancelot, Max sourit à Jeremy.

— Tu as…

Il avait remis ses gants, il se mordit le bout de l'index pour dégager sa main, son café toujours dans son autre main. De ses doigts nus, il effleura le coin de la bouche de Jeremy. Ce dernier fut *particulièrement heureux* que sa nouvelle parka lui arrive à mi-cuisse.

— Du sucre glace, murmura Max.

Leurs regards se croisèrent et le cœur de Jeremy s'accéléra.

— Alors, oui, ils veulent absolument s'envoyer en l'air tous les deux, déclara Meg.

Max retira sa main et Jeremy s'obligea à la regarder. Meg sourit joyeusement en précisant :

— Arthur et Lancelot.

— Ah, oui, acquiesça Jeremy. Et, euh, qu'en est-il de Guenièvre ? Est-ce qu'elle…

Il essaya de trouver un moyen de mettre fin à cette question.

— Aime regarder ? Certainement. J'ai quelques théories sur le trio. Ce n'est pas moi qui l'ai inventé, évidemment. Mais ma dissertation de l'année prochaine portera sur le sexe et la société arthurienne.

Elle donna un coup de coude à Max.

— Admets-le. L'école de droit sera sacrément ennuyeuse par rapport à la littérature anglaise.

Max avala sa tasse de café.

— Ouais.

Il rit, cependant le son était tendu. Meg fronça les sourcils, mais le bus débolua dans la travée, le moteur gémissant. Ils s'avancèrent et embarquèrent, et bientôt ils furent en route. Jusqu'à ce qu'ils ne le soient plus.

— S'il y a un enfer, c'est de se retrouver dans les embouteillages, grommela Max.

Regardant, par la fenêtre du bus bondé, les multiples voies de circulation, Jeremy gloussa. Il devait admettre qu'il appréciait chaque instant de sa cuisse pressée contre celle de Max dans l'espace restreint des sièges du Greyhound, qui, selon Jeremy, semblait plus petit que jamais, surtout avec les gens assis devant eux qui avaient redressé leurs sièges. Meg était assise quelques rangées plus haut, serrée contre une vieille dame.

— Désolé que ça prenne si longtemps, ajouta Max.

— Ce n'est pas ta faute s'il y a une voie fermée.

Pour autant que Jeremy puisse voir, la 400 en direction nord était un parking, et ils ne semblaient pas plus proches de l'endroit où se trouvait réellement le goulot d'étranglement.

— Crois-moi, ça vaudra la peine de rester assis dans les bouchons toute la journée pour ne pas être coincé tout seul.

Max sourit.

— Je suis content que tu viennes. Ce sera amusant. Nous sommes à fond sur Noël.

— Je parie que ce sera sympa dans une ferme de sirop d'érable avec les arbres et la neige.

— C'est le paradis de l'hiver. Nous n'avons jamais vraiment été dans la partie religieuse de la fête, mais les illuminations, les décorations, les biscuits et tout ça ? Putain, ouais.

— Tu n'as pas dit que tu étais allé à l'école catholique ?

— Oui, mais juste parce que le conseil scolaire a une meilleure réputation dans notre région. En Ontario, il y a le conseil scolaire public et le conseil scolaire catholique, et on peut aller à l'un ou l'autre gratuitement. Ce n'est donc pas une grande déclaration religieuse, comme si on payait pour une école privée. Je veux dire, mes parents étaient tous les deux catholiques et j'ai été baptisé. J'ai suivi le mouvement, surtout pour mes grands-parents. Les parents de ma mère étaient vraiment dedans, surtout après sa mort. Ils sont décédés maintenant.

— Je suis désolé.

— C'est bon.

Max bougea avec un soupir exaspéré, sa cuisse pressant plus fort contre celle de Jeremy.

— Pardon. Je jure que les sièges deviennent plus petits à mesure que la plupart d'entre nous grandissent.

— Euh, ouais !

Toute sa jambe picotait au contact, Jeremy s'obligea à ne rien faire de stupide.

— Tu veux regarder un film ?

Au hochement de tête de Jeremy, Max se leva et attrapa sa tablette dans son sac au plafond. Il se connecta au wifi et passa l'un de ses écouteurs à Jeremy avant de poser la tablette sur sa cuisse charnue.

Ils optèrent pour un film d'action sans prise de tête et Jeremy fut heureux qu'il n'y ait pas une tonne d'intrigues auxquelles il devait prêter attention. Leurs jambes étaient toujours pressées l'une contre l'autre, et maintenant leurs épaules aussi, puisque Jeremy se penchait un peu pour voir l'écran.

Oh, mon Dieu, il sent si bon.

Il y avait cette légère odeur de noix de coco. Jeremy avait envie de se frotter contre Max. Il voulait grimper sur ses genoux comme il l'avait fait dans sa chambre et l'embrasser jusqu'à ce qu'il ne puisse plus respirer. C'était comme si un génie s'était échappé de sa bouteille et chaque terminaison nerveuse ressemblait à un fil sous tension. Pouvait-on mourir d'excitation ?

Parce qu'avant, Jeremy avait pensé être excité, mais maintenant ?

Il but une gorgée à sa bouteille d'eau et se rappela qu'il devait la garder dans son pantalon jusqu'à la fin des vacances. Max et lui n'étaient actuellement que des amis. Bien que ce serait incroyable si ledit ami le suçait à nouveau, Jeremy ne pouvait pas le nier.

Il remua sur son siège en se souvenant des sensations incroyables. Il avait fantasmé et s'était branlé, mais le faire en vrai était… waouh. La pression et la chaleur moite étaient meilleures qu'il ne l'avait imaginé.

Il avait fait une branlette et reçu une fellation. Coché et coché. Jeremy était à peu près sûr que la première fois n'était pas censée être aussi incroyable, mais peut-être que ceux qui attendaient *jouissaient* des bonnes choses. Il ricana à son propre jeu de mots ringard.

— Quoi ? demanda Max avec un sourire perplexe.

Jeremy cligna des yeux sur l'écran, où une voiture tournait en trombe au coin d'une étroite rue pavée européenne.

— Oh, à quel point les films peuvent être irréalistes.

— Ouais, le couple moteur serait bien trop puissant.

— Ouais.

Jeremy n'y connaissait rien en voitures, mais cela semblait raisonnable.

Max continua à regarder le film tandis que le bus avançait pendant que Jeremy essayait de s'abstenir de heurter la jambe de Max dans le Greyhound. Il fixa l'écran, rejouant en boucle dans son esprit le rapport sexuel qu'ils avaient eu.

Ils s'étaient assoupis sur le petit lit de Jeremy, et Max ne s'était pas soucié qu'il bave sur sa poitrine. Ensuite, ils avaient commandé une pizza, joué à un match de football en ligne hilarant et eu à nouveau des orgasmes. Cette deuxième fois, ils avaient commencé à s'embrasser avant que Max ne prenne leurs verges dans sa grosse main et ne les masturbe ensemble avant de laisser Jeremy étudier parce qu'ils étaient tous les deux ennuyeusement responsables.

Se retrouvant à nouveau à côté de Max, Jeremy mourait d'envie de l'embrasser. Il était passé de son premier baiser à des orgasmes partagés pour redevenir amis si rapidement que sa tête tournait. Honnêtement, il se sentait encore vierge. Il y avait tellement plus qu'il mourait d'envie d'explorer.

Il avait toujours pensé à sa virginité en termes de pénétration. Probablement à cause de ce que la société lui faisait croire et aussi parce que c'était sur ça qu'il fantasmait le plus. À quoi cela ressemblerait-il si Max le baisait ? Il avait touché son sexe et peut-être que depuis il avait imaginé plusieurs fois ce que cela ferait de l'avoir en lui.

Peut-être quelques dizaines de fois. Ou une centaine. Peu importe.

Ça ferait mal, sans aucun doute. Jeremy s'était doigté, mais n'avait jamais eu le courage d'essayer quelque chose de plus gros. Ouais, ça ferait mal, mais il pouvait imaginer à quel point ça ferait du bien au final. Comment Max serait doux au début, mais peut-être finirait-il par le baiser avec plus de force. Le plierait en deux, le prendrait fort, le dilaterait avec sa queue et aurait le contrôle…

Le visage de Jeremy rougit, il regarda par la fenêtre, content que sa nouvelle parka soit en boule sur ses genoux. Max lui donna un coup de coude, et quand Jeremy le regarda à contrecœur, Max lui adressa un sourire entendu.

Il retira l'écouteur de Jeremy et se pencha pour murmurer :

— Si ça peut te consoler, moi aussi je suis excité.

Jeremy resta bouche bée et Max éclata de rire en retirant son propre écouteur. Jeremy jeta un coup d'œil autour d'eux, mais les autres passagers ne semblaient pas leur prêter attention.

— Est-ce que je l'ai dit à voix haute ?

— Tu n'en as pas besoin, murmura Max.

Il leva la main de ses genoux comme s'il allait toucher le genou ou la cuisse de Jeremy avant de sembler se raviser.

— Mais mon père et ma belle-mère sont étrangement coincés à propos de certaines choses. Meg a ramené son ancien petit ami à la maison pour Thanksgiving une fois et c'était terriblement gênant. Et puisqu'on ne s'est rencontrés que la semaine dernière, il est bien trop tôt pour te soumettre à ça. S'ils pensent que nous ne sommes que des amis, ils seront plus calmes.

— Exact. Logique, déclara Jeremy essayant de se la jouer cool. Et en janvier, on pourra…

Max haussa un sourcil.

— Voir ce qu'il se passe. Reprendre là où on s'est arrêtés si on le veut.

Pourquoi on ne le voudrait pas ?? Jeremy respira à travers la vague de panique alors qu'il hochait la tête.

L'expression espiègle de Max se crispa.

— J'ai des trucs à régler en attendant.

L'inquiétude remplaça l'anxiété lancinante de Jeremy.

— As-tu reçu tes résultats au test d'admission ?

— Pas encore. Mais je ne sais pas…

Il s'interrompit un instant en secouant la tête avant de reprendre :

— Tu n'as pas à t'inquiéter pour ça.

— Ça ne me dérange pas. Je veux t'écouter. Vraiment.

Mais Max sourit, remit son oreillette en place et retourna au film. Jeremy n'insista pas, même s'il était impatient d'aider Max avec tous les problèmes qu'il pourrait avoir. Peut-être que Max se confierait à lui un autre jour.

Là où sa jambe était pressée contre celle de Max, c'était comme être en feu, et Jeremy aurait voulu que la circulation reprenne déjà. Au moins, c'était un bon entraînement pour être proche de Max sans rien offrir de plus que de l'amitié.

Il essaya de se concentrer sur le film stupide, le bus avançant lentement avant de s'arrêter brusquement, les freins se serrant, se relâchant et se resserrant.

ACCROCHÉ À SA petite valise à roulettes sur le trottoir près de la gare routière de Barrie, Jeremy regarda Max et Meg saluer leurs parents avec de gros câlins et des bisous. Max avait assuré à Jeremy qu'il était le bienvenu, mais il espérait qu'il ne s'immisçait pas totalement dans leur Noël en famille. Il avait été tellement excité de passer plus de temps avec Max qu'il n'y avait pas vraiment réfléchi.

Le vent souffla avec une morsure amère et Jeremy referma sa parka jusqu'au menton, essayant de ne pas penser aux étreintes raides et brèves qu'il avait échangées avec ses parents à la fin du mois d'août. Ils étaient en croisière à présent, le premier jour en mer. Son père avait envoyé par courriel une copie de l'itinéraire et des numéros d'urgence de la même manière qu'il l'avait fait le printemps dernier quand lui et sa mère avaient passé un week-end dans un B & B à Tofino. Jeremy essaya de se dire que c'était la preuve que rien n'avait changé, mais pas vraiment.

La belle-mère de Max, une petite femme d'une quarantaine d'années avec une queue de cheval blonde et un sourire éclatant, lança d'une voix guillerette :

— Tu dois être Jeremy ! Je suis Valerie.

Elle s'avança vers lui.

Jeremy lui tendit la main, mais Valerie lui ouvrit les bras et lui fit un câlin. Pendant un moment, Jeremy resta figé avant de l'étreindre. Elle sentait vraiment la tarte aux pommes, ou peut-être le sirop d'érable ? Quoi qu'il en soit, c'était incroyablement sain et il la serra dans ses bras avec gratitude.

Elle recula, ajustant son bonnet de laine rouge, des mitaines assorties à ses mains.

— Désolée, je suis adepte des câlins. On ne fait pas de cérémonie dans la maison Nadeau-Pimenta. Voici John.

Le père de Max tendit sa main gantée, serrant celle de Jeremy avec enthousiasme. Il avait l'air un peu plus âgé que sa femme ; au début de la cinquantaine, devina Jeremy. Il était trapu et quelques centimètres plus petit que Max, dégarni et un grand sourire d'un blanc éclatant.

— Salutations, jeune homme ! Joyeux Noël et joyeux Hanukkah et joyeux Festivus.

— Tu as oublié Kwanza, remarqua Meg.

— Oh, oui ! Et heureux Kwanza. Nous n'avons jamais rencontré de fêtes que nous n'aimions pas.

Meg demanda à Jeremy :

— Sais-tu que le Canada organise une journée nationale du tartan ? C'est en avril. Il nous obligeait à porter un plaid ce jour-là, chaque année.

— Et tu as adoré, riposta John.

Alors que Meg et Max ouvraient la bouche à l'unisson pour probablement protester, il les coupa et dit :

— Allons-y. Il ne reste que quinze minutes pour le parking.

Ils se dépêchèrent de descendre la rue, elle se terminait à un pâté de maisons au bord d'un lac. Jeremy frissonna dans le souffle glacial.

— Il fait tellement plus froid ici !

Ils éclatèrent tous de rire. Meg déclara :

— Oh, oui, Barrie et Pinevale ne sont peut-être qu'à une heure ou deux au nord de Toronto, mais c'est un tout autre monde ici.

— Bienvenue dans la ceinture de neige ! gazouilla Valerie.

Jeremy se porta volontaire pour s'asseoir au milieu du SUV. Il boucla sa ceinture de sécurité, gardant les bras croisés pour ne pas prendre trop de place. Son pied droit était contre le gauche de Max et il inclinait ses genoux vers l'intérieur pour le toucher le moins possible. Parce qu'une érection ne ferait pas une bonne première impression chez les Nadeau-

Pimenta.

Alors que Valerie les ramenait sur la 400, qui s'était finalement dégagée, elle demanda à Max des nouvelles de Honey et des gars, ils discutèrent des plans de ses amis pour les vacances. Jeremy réalisa au bout de quelques minutes que Meg le regardait. Il sourit avec hésitation.

Elle sourit en retour, mais son regard était évaluateur.

— Tu es à l'aise ?

— Euh, ouais !

— Tu as l'air un peu tendu.

— Non, ça va. Je veux juste éviter de t'écraser.

— Ne t'inquiète pas pour ça. Je ne suis pas très fragile, je t'assure. Valerie demanda :

— Ça va ? Fait-il trop froid ? Trop chaud ?

— Ou juste ce qu'il faut ? ajouta John.

— Juste bien, répondirent en chœur Max et Meg, comme si c'était une vieille blague ou quelque chose comme ça.

Jeremy resta silencieux pendant que la famille échangeait des nouvelles. Ils bifurquèrent vers Pinevale, et il y avait nettement plus de neige que les restes de neige fondante de la ville. Ici, elle s'accumulait le long des bas-côtés de la route où les chasse-neige étaient passés.

— Et… d'autres nouvelles ? demanda John.

Un silence étrange emplit le SUV. La radio était au plus bas et un faible chant de Noël jouait. Jeremy pensait que c'était « Deck the Halls ». Oui, il y avait le « *Fa-la-la-la-la, la-la-la-la* ». Une seconde avant que Max ne parle, Jeremy réalisa ce que John avait demandé.

— Pas encore.

Max était tendu à côté de Jeremy.

— Il y a un retard de traitement. Ils ont envoyé un e-mail disant qu'ils ne publieraient peut-être pas les résultats avant Noël.

Valerie souffla.

— Oh, c'est frustrant, mon cœur.

— Mais nous savons que tu as réussi, déclara John.

— Nous savons que tu as fait de ton mieux, renchérit Valerie.

Jeremy l'en apprécia encore plus.

— Bien sûr ! accorda John.

Max haussa les épaules, un mouvement saccadé.

— Je suppose qu'on verra.

Meg leva les yeux au ciel.

— Comme si tu n'avais pas cartonné à tous les examens que tu as passés.

— La ferme, marmonna Max.

Jeremy devrait-il lui tapoter le bras ? La jambe ? Que ferait une personne normale qui ne voulait pas le baiser ? Il n'en était pas sûr, alors il garda ses mains sur ses genoux. Il ne pouvait pas non plus s'empêcher de se demander s'il y avait vraiment un retard avec les résultats. Il y avait quelque chose dans la façon dont Max essayait habituellement de changer de sujet quand la fac de droit arrivait sur le tapis. Probablement juste de la nervosité.

Valerie ralentit et s'engagea dans une allée avec un grand panneau en bois rouge à l'entrée. En caractères noirs, on y lisait : Ferme de la famille Nadeau. L'allée serpentait sur quelques kilomètres à travers une infinité d'arbres que Jeremy supposait être tous des érables. La neige devait probablement arriver jusqu'aux genoux. Pendant une seconde, il pensa qu'il y avait une étrange clôture constituée d'une corde unique avant de se rendre compte qu'il s'agissait d'une ligne de tubes en plastique bleu tendus horizontalement le long des arbres.

— C'est magnifique, déclara-t-il.

— Merci !

Valerie lui sourit dans le rétroviseur, les yeux plissés.

— Je suis née ici et ma famille produit du sirop depuis près d'un demi-siècle.

Meg soupira dramatiquement.

— Vas-tu sérieusement lui faire tout le baratin touristique ? Et puis, tu es née à l'hôpital, pas devant l'âtre en plein blizzard comme Mamy et Papy qui étaient des pionniers.

Valerie fit une moue et ils rirent tous.

— Comme je le disais avant d'être si grossièrement interrompue par ma fille chérie, c'est la fierté et la joie de ma famille. Nous avons cinquante-cinq acres d'érablière ici près des rives de la baie Georgienne.

— Waouh. Les tubes sont pour le sirop ? questionna Jeremy.

— Oui, répondit Valerie. Nous exploitons trois mille quatre cents entailles pendant la saison. Ces pipelines amènent la sève à deux points de collecte, où nous la transférons à notre cabane à sucre dans notre camion-citerne qui contient quatre mille litres.

Jeremy demanda :

— Combien de litres de sève les arbres, euh… laissent-ils échapper ?

— Oh, des milliers par jour. Ça nous permet d'être très actifs durant la saison.

Meg intervint, utilisant une voix de journaliste de télévision.

— La saison peut commencer dès février, mais généralement c'est mars.

— Et comment détermines-tu ça, Meg ? questionna Max en tenant son poing contre sa bouche comme un micro.

— Eh bien, Max, tout dépend de Mère Nature. Et nous savons tous à quel point elle peut être une garce inconstante.

— Langage ! grondèrent John et Valerie à l'unisson.

Les ignorant, Meg ajouta :

— Les nuits glaciales et les jours de dégel font couler cette sève afin que les agriculteurs sachent qu'il est temps de l'exploiter. La saison dure généralement de quatre à six semaines, bien qu'elle puisse être plus courte.

— Je vois ce que tu fais là, enchaîna Max avec un rire forcé. Très chouette.

Meg rit faussement.

— Tu sais que je ne peux jamais résister à un jeu de mots, Max.

— Vous avez terminé ? demanda Valerie, bien qu'elle sourie. Jeremy, je suis désolée de t'avoir ennuyé avec des discussions sur le sirop.

— Non, ce n'est pas le cas ! J'aimerais en savoir plus.

Max et Meg gémirent, et Max dit :

— Tu l'auras cherché, Cherry.

— Attend quoi ? Cherry ?

Les sourcils de Meg se rapprochèrent.

— Oh, un surnom stupide dont je n'arrive jamais à me débarrasser, expliqua Jeremy. Mon petit frère Sean ne parvenait pas à prononcer mon nom au début. Il m'a appelé Cherry.

— Mince. Qu'il soit béni, commenta Valerie.

Elle ralentit et, au détour d'un virage, une clairière avec des bâtiments apparut.

— Nous y voilà. Home Sweet Home.

Elle s'arrêta dans un garage indépendant et coupa le moteur.

— Ça ressemble à une carte postale, déclara Jeremy.

Il observa la ferme en briques, à deux étages avec un porche couvert à l'avant, des volets rouges et une porte jaune. La neige recouvrait le toit à pignon, de la fumée s'échappait de la cheminée.

— Tu n'as vraiment pas besoin de te fatiguer aussi fort pour leur lécher les pompes, déclara Meg. Ils sont faciles.

Jeremy grimaça. Avait-il l'air de leur lécher les pompes ? Il resta momentanément sans voix et Max aboya un « Meg ! » tandis que John et Valerie protestaient.

La portière du SUV s'ouvrit et une jambe dehors, le sourire narquois de Meg disparut.

— Je plaisantais. Honnêtement.

Elle toucha le bras de Jeremy en ajoutant :

— Désolée.

— C'est bon, dit-il. Ça ressemble vraiment à une carte postale pour moi.

— *Merci*, dit Valerie avec emphase. C'est un merveilleux compliment.

Ils sortirent tous. Jeremy avait conscience que ses joues étaient empourprées et il souhaitait pouvoir atténuer la rougeur. Une fine couche de neige craqua sous ses lourdes bottes neuves, la zone devant le garage était dégagée.

Max fit le tour du SUV et murmura :

— Tu n'as rien dit de mal. Meg est juste une gamine.

Valerie désigna une grange rouge sur la droite.

— Là-bas, c'est la cabane à sucre. Nous avons une petite boutique à l'intérieur. Ces grandes portes à l'avant s'ouvrent.

Jeremy hocha la tête, écoutant Valerie alors que John ouvrait l'arrière du véhicule. Jeremy attrapa sa valise et la posa par terre, mais Max la récupéra en expliquant :

— Mieux vaut la porter pour que les roues ne deviennent pas toutes enneigées et puis créent une flaque sur le sol à l'intérieur.

— Oh pardon ! Je peux la prendre.

— C'est bon. Je l'ai.

Max lui fit un clin d'œil.

Et *merde*, ce clin d'œil transforma les genoux de Jeremy en guimauve. Il supposa que c'était normal d'être si affecté puisque cela ne faisait que quelques jours qu'ils avaient…

Non, ne pense pas à ce que nous avons fait mardi. C'est du passé. C'était avant, maintenant c'est l'instant présent.

Il était avec la famille de Max, dans leur ferme de carte postale de Noël, la douce odeur du bois brûlé frais dans l'air. Des guirlandes fraîches avec des baies rouges ornaient les balustrades du porche ainsi que des lumières, une couronne fraîche avec des rubans tartans sur la porte jaune. Le porche grinça alors que la famille frappait ses bottes et Valerie rappela :

— Frappez la brique !

— Maman, tu sais que nous sommes assez vieux maintenant pour que tu n'aies pas à nous le répéter, grommela Meg.

Elle donna un coup de pied dans le mur de briques de la maison à côté de la porte, faisant tomber la neige restante des marches de ses bottes.

— Je sais, mais ça rend ta mère heureuse, répondit Valerie. Quand tu étais petite fille…

— Meg, quel âge penses-tu que tu devras avoir avant que ta mère arrête de raconter cette histoire ? demanda Max de sa voix d'annonceur.

Ses mains étaient pleines de bagages, sinon il aurait probablement refait le faux microphone.

— Eh bien, Max, je suppose que je vais devoir être morte.

John ouvrit la porte en secouant la tête.

— Ce n'est pas drôle.

— Désolée, papa, dit-elle, le sourire narquois de retour.

Elle dit à Jeremy :

— Pour faire court, j'avais tellement l'habitude de donner des coups de pied dans la brique, ici, à la maison que je le faisais partout, et une fois j'ai donné un coup de pied dans une porte vitrée et je l'ai cassée. Je maintiens que si un enfant de sept ans peut casser votre porte, il est temps d'en avoir une nouvelle.

Jeremy donna consciencieusement un coup de pied dans la brique quand ce fut son tour, inspirant profondément en entrant dans la maison. Quelque chose de sucré à la cannelle était en train de cuire et un arbre de Noël semblait vibrer d'un parfum de pin frais. Ils enlevèrent tous leurs bottes à l'intérieur du hall, un sol carrelé recouvert de trois nattes. Des bottes étaient alignées à côté du placard et des manteaux étaient suspendus à l'intérieur. Valerie et John enfilèrent des pantoufles de style mocassin.

Valerie lança :

— Papa ! Nous sommes rentrés.

— Je ne suis pas encore sourd, répondit un grognement.

Jeremy essaya de ne pas rire, mais les autres le firent joyeusement. Il supposa que c'était le père de Valerie, Max avait mentionné qu'il vivait toujours à la ferme.

John dit :

— Vous, les enfants, rappelez-vous que nous avons la dernière journée portes ouvertes samedi, donc il y a beaucoup à faire en attendant.

Jeremy s'attendit à ce que Meg et Max grognent et donnent du fil à retordre à leurs parents, mais ils acceptèrent facilement, ayant apparemment fini avec leur routine de taquineries.

— Puis-je aider ? demanda-t-il. Ça semble vraiment amusant.

— Bien sûr que tu peux, mon chou, assura Valerie.

Elle monta l'escalier sur la gauche et ajouta pour Max :

— Je vais faire faire le tour à Jeremy pendant que tu montes ces sacs.

Elle désigna un salon sur la droite en reprenant :

— Bienvenue ! Tu peux voir que nous sommes tous prêts pour les fêtes.

C'était un euphémisme s'il en avait jamais entendu un. Avec un arbre frais massif, encore non décoré, la source du parfum de pin, des chaussettes suspendues au manteau de pierre de la cheminée, des bougies et un village de Noël au sommet. De longs rubans étaient suspendus sur l'étroit mur de séparation menant à une salle à manger, des cartes de Noël épinglées à la crêpe. Jeremy ne savait même pas que des gens envoyaient encore des cartes à l'ancienne. Peut-être que ses parents n'avaient tout simplement pas autant d'amis.

L'idée qu'ils soient partis en croisière et que la maison de Victoria soit sombre, vide et sans décoration fit plus mal que Jeremy ne le souhaitait.

La cheminée était dans le coin à gauche de l'arbre, une télé au-dessus. Trois causeuses entouraient le foyer et une table basse carrée en bois avec son propre centre de table de Noël, en houx et en lierre. Un grand tapis recouvrait la majeure partie du salon, il était épais sous les pieds de Jeremy.

Les murs couleur crème étaient décorés de dizaines de photos de famille encadrées. Jeremy était impatient d'examiner les photos du jeune Max, mais il suivit alors que Valerie le conduisait devant la solide table à manger dans la cuisine, où un homme mince aux cheveux gris vaporeux sortait un plateau de pâtisseries dorées du four.

— Tu t'en sors ? demanda Valerie.

— Bien sûr que oui, grommela-t-il.

Il laissa tomber le plateau sur la cuisinière à gaz avec un claquement, les gants de cuisine sur le thème du père Noël comiquement gros sur lui. Valerie et John échangèrent un regard, mais ne dirent rien. Elle alla embrasser la joue parcheminée de l'homme.

La cuisine avait clairement été remodelée, avec un grand îlot et des armoires blanches brillantes. Le plan de travail en marbre le long du mur sous une petite fenêtre était encombré d'ingrédients de cuisson, un jet de farine sur le parquet.

— Voici Jeremy. L'ami de Max.

— Oh, tu veux dire que tu ne l'as pas ramassé au coin de la rue ? Bien sûr que c'est l'ami de Max.

En tendant la main, il s'adressa à lui :

— Je m'appelle Pierre.

À la dernière seconde, il réalisa qu'il portait toujours les gants de cuisine et les enleva pour révéler des doigts noueux.

Jeremy lui serra la main, elle semblait sèche et bosselée, mais avait une prise étonnamment forte.

— Enchanté de vous rencontrer, monsieur. Merci de me recevoir.

— Eh bien, pourquoi ne le ferions-nous pas ?

Il éclata de rire et retourna à ses biscuits, prenant une spatule pour les transférer sur une grille.

Jeremy suivit Valerie et John hors de la cuisine, dans un couloir qui avait l'air tout neuf. Ils expliquèrent qu'ils avaient fait transformer un salon en une chambre et une salle de bains privative pour le père de Valerie, en passant la porte fermée et en retournant au salon principal.

— C'est une très belle maison.

— Merci, Jeremy, dit Valerie en lui adressant un sourire. Quel jeune homme poli tu es.

— Max a dit que tes parents étaient absents ? Où sont-ils allés ? interrogea John.

— Oh, ils sont en croisière à Hawaï.

— Tu as choisi l'Ontario rural plutôt qu'Hawaï ? Tu as besoin de te nettoyer la tête ! s'exclama John avec un rire chaleureux.

Max apparut, éblouissant.

— *Papa.*

— C'est bon, dit Jeremy, essayant de rire avec lui. Je n'ai pas vraiment été invité à Hawaï.

Il ajouta rapidement :

— Mes parents paient pour la résidence et mes frais de scolarité. Je ne peux pas en attendre plus. C'est normal qu'ils puissent se faire plaisir et prendre soin de mon petit frère. Ils retrouvent une vieille amie de ma mère qui vit aux États-Unis, et elle a des enfants de l'âge de mon frère, donc tout va bien. J'ai eu un examen tardif, alors je ne pouvais pas y aller de toute façon…

Il s'interrompit, conscient du silence gêné et des expressions de pitié.

— Ce n'est pas grave. Ce n'est pas comme s'ils m'avaient mis à la porte ou m'avaient dit qu'ils me détestaient. Tout est très courtois.

Il grimaça intérieurement en prononçant ce mot sans âme.

— Courtois, répéta Valerie. Mon Dieu.

Son visage se pinça avant qu'elle ne se force à afficher un sourire éclatant en reprenant :

— Heureusement pour nous, nous avons le plaisir de ta compagnie. Et des bras supplémentaires pour samedi !

Jeremy hocha la tête avec empressement. N'importe quoi pour sortir du sujet de ses parents.

— Quel est l'événement ?

Elle répondit :

— Nous organisons trois journées portes ouvertes le samedi avant Noël tout en faisant la promotion d'une ferme de sapins de Noël pas trop loin d'ici. Des dépliants et des publicités communes encouragent les gens à nous rendre visite et à passer une journée complète sur place. Nous nous coordonnons pour nous assurer que nous avons des activités différentes. Oh, John, as-tu demandé à Hunter s'ils avaient besoin de plus de sirop pour ce week-end pour leur café aromatisé et leur chocolat chaud ?

— Laisse-moi lui envoyer un texto immédiatement.

John sortit son téléphone.

Dans un demi-chuchotement conspirateur, Valerie déclara :

— L'arboriculteur a un jeune amant qui a fait un travail formidable pour promouvoir l'entreprise.

Meg sauta de la dernière marche, descendant de l'étage.

— Il a probablement, genre, vingt-cinq ans maintenant. Super sexy si on aime les minets. Nick Spini était un connard tellement grincheux avant l'arrivée de Hunter. Super sexy, si on aime les daddys bûcherons.

Les lèvres pincées, les narines de Valerie s'évasèrent tandis que ses yeux se plissaient.

— Megan.

Meg haussa les épaules, essayant de ne pas sourire.

— Est-ce que je me trompe, maman ?

Valerie ouvrit la bouche, puis la referma.

— Bien, marmonna-t-elle. Tu n'as pas tort, mais surveille ton *langage*.

John, qui semblait ignorer joyeusement tout l'échange, leva les yeux de son téléphone.

— Ils sont à court. Max, pourras-tu leur amener quelques boîtes cet après-midi ? Ensuite, nous pourrons décorer le sapin.

— Cool, acquiesça Max. Jer, laisse-moi te montrer ta chambre.

Les escaliers grincèrent sous eux, une autre guirlande fraîche et des guirlandes dorées enroulées autour de la rampe. Le couloir à l'étage était étroit, le sol inégal.

— Ils ont d'abord rénové le rez-de-chaussée, comme tu peux le constater, déclara Max. Au bout du couloir, il y a la chambre principale, et ils ont leur propre salle de bain. Nous sommes coincés avec l'ancienne, qui est la deuxième porte à droite. Meg est plus loin à gauche, ici c'est toi, et moi je suis de l'autre côté du couloir. Il montra la première pièce à droite.

Jeremy ne put pas retenir l'étincelle d'excitation de dormir si près de Max. *Peut-être qu'on peut juste… Non ! Nous ne pouvons pas. Seulement des amis ! Aucun avantage ! Du moins, pas avant janvier.*

— Merci beaucoup. Euh…

Il chercha quelque chose à dire et sortit bêtement :

— Y a-t-il vraiment un retard dans les résultats du test d'admission ?

Max se hérissa.

— Tu crois que je mens ?

— Non ! se défendit Jeremy. Je pensais juste… Eh bien, peut-être que tu ne voulais pas en parler parce que tu n'es pas content de tes résultats.

Se frottant le visage, Max soupira.

— Désolé. Je ne sais pas pourquoi je suis autant sur la défensive. Ce n'est pas de ta faute.

Il serra brièvement l'épaule de Jeremy.

— Ils ont vraiment été retardés, assura-t-il.

Jeremy avait envie de le calmer, mais un câlin était probablement beaucoup trop. Au lieu de cela, il saisit timidement le bras de Max.

— Quoi qu'il arrive, ça ira.

Max expira brusquement.

— Ouais. Je te remercie. J'avais besoin de l'entendre.

Jeremy sourit, sa main toujours sur le bras de Max, et peut-être que le serrer dans ses bras ne serait pas trop bizarre ? Des amis s'étreignaient. Il pourrait en faire une de ces accolades de frère qui se tapent dans le dos. Mais le moment s'étira trop longtemps, et il dut retirer sa main. Ils se regardèrent, et Jeremy joua avec ses nouvelles lunettes.

— Je devrais faire cette course, dit Max, pointant son pouce vers les escaliers.

— Exact. Ouais. Je vais déballer ou un truc du genre.

Max hocha la tête, mais en haut de l'escalier, il se retourna.

— Ou si tu veux venir avec moi, tu pourras voir plus de la région.

— Bien sûr.

Il s'efforça d'adopter un ton désinvolte.

— Ce serait cool.

Jeremy bondit pratiquement après lui, le *fa-la-la-la-la* de la radio plus tôt résonnant dans sa tête.

<h1 style="text-align:center">Chapitre huit</h1>

UN BAISER NE ferait pas de mal.

Max se moqua de lui-même en dirigeant le vieux pick-up de Valerie sur la route principale sous un ciel gris. Un baiser serait un désastre, car il n'y avait aucun moyen qu'il ne se transforme pas en plus. Beaucoup plus. Il joua avec la radio, s'installant sur la station de rock jouant Tragically Hip. Jeremy regarda par la vitre depuis le siège passager, apparemment absorbé par la forêt enneigée et l'étrange maison devant laquelle ils passaient.

Ce n'était pas censé être si difficile.

Il connaissait Jeremy depuis à peine une semaine. Il devrait être plus facile d'appuyer sur le bouton pause. Il avait déjà eu des relations sexuelles occasionnelles. Il avait eu des accords d'amis avec avantages qui étaient venus et repartis pour une raison quelconque.

Il n'avait pas eu à lutter contre le genre de désir qui avait mijoté toute la journée avec Jeremy, menaçant de déborder. Il ne souhaitait pas seulement le sucer et le baiser. Il voulait le tenir dans ses bras et le sentir tout près. Il pourrait l'embrasser pendant des heures, lui arracher de doux petits gémissements…

Il avait envie que Jeremy enlève sa ceinture de sécurité et se glisse sur la banquette pour se blottir sous son bras. Il s'était mis dans la tête que Jeremy sentait et avait le goût des cerises, ce qui évidemment n'était pas vrai. Il le savait même avec certitude, mais il le désirait quand même. Il voulait le faire sourire, ce qu'il était totalement autorisé à faire.

Le problème était que le sourire de Jeremy lui donnait envie de se pencher et de capturer sa bouche dans un baiser.

Il devait admettre qu'il aimait vraiment être le seul gars que Jeremy ait jamais embrassé. Bien que pour ce qu'il en savait, ce n'était plus le cas. Jeremy pouvait être sorti la veille au soir et avoir dragué. Il était peut-être allé sur l'application et avait invité un inconnu dans sa chambre. Ce n'étaient pas ses affaires.

— Ça va ? demanda Jeremy.

Max réalisa qu'il agrippait le volant comme s'il était sur le point de lui être arraché des mains. Il se força à rire et se détendit.

— Ouais. Je pensais qu'il y avait une plaque de glace.

Après une autre minute de silence, la station de radio passant à Led Zeppelin, Jeremy déclara :

— Ta famille est géniale. Et je ne suis pas sûr d'avoir vu une maison plus typique de Noël dans ma vie.

Max rit.

— Je t'avais prévenu.

— Effectivement, acquiesça Jeremy avec un sourire. Alors, c'est quoi l'histoire avec les gars qui dirigent cette ferme de sapins de Noël ?

— Nick Spini et son « jeune amant » ont fait scandale il y a quelques années. Non seulement il y a une différence d'âge, mais Nick est totalement un daddy. Genre, un daddy pervers. Comme l'a dit Meg, ils sont tous les deux sexy. Les langues se sont agitées, mais Pinevale est aussi l'endroit le plus ennuyeux de tous les temps, alors c'était la première chose excitante qui s'était produite depuis l'ouverture d'un Boston Pizza.

— Les gens sont d'accord avec le fait qu'ils soient gay ?

— Ouais. Je suis sûr qu'il y a des gens qui désapprouvent secrètement parce qu'ils sont des connards sans nom, mais la ferme se porte mieux que jamais depuis que Hunter a emménagé et a intensifié le marketing et le reste. Nick est resté seul pendant longtemps après la mort de son partenaire, là-bas avec son chien, se cachant du monde.

— Waouh. C'est tellement triste. Comment se sont-ils rencontrés ?

Max sourit.

— Nick s'est laissé entraîner à jouer le père Noël dans l'ancien centre commercial, et Hunter était son elfe. Je ne vais pas mentir, mon imagination s'est emballée sur ce coup-là. Je parie que c'était sacrément coquin.

Jeremy eut l'air un peu scandalisé, c'était *adorable*. Il rit.

— C'est… ouais, c'est…

Sa voix se réduisit à un murmure pour admettre :

— Un peu chaud.

Max reporta ses yeux sur la route.

— Quoi qu'il en soit, ils ont l'air vraiment heureux.

— C'est super.

Jeremy sortit son téléphone de sa poche alors qu'il vibrait avec un faible bourdonnement et aspira un peu d'air quand il regarda l'écran.

— Ça va ?

— Ouais. Mon père a envoyé un texto depuis un port. Je suppose que c'est la première fois qu'ils ont un signal. Il prend juste des nouvelles et dit qu'ils passent un bon moment.

— C'est vrai. Très… courtois.

Jeremy resta silencieux. Du coin de l'œil, Max le regarda fixer le message. Il baissa le son de la guitare stridente à la radio.

— Désolé. Tu vas bien ?

Après une longue expiration, Jeremy dit :

— Ouais. C'est pourtant le cas. Courtois. Polis. Ce n'est pas comme si mes parents pourraient être *impolis* ; ils détestent ça. Mais j'ai lu ce texto et une partie de moi espérait qu'il dirait qu'ils m'aiment comme je suis et que tout ira bien. Que tout redeviendra normal. Je…

Jeremy s'interrompit et regarda par la vitre, son genou remuant tandis qu'il s'agitait.

— Une partie de moi était soulagée qu'ils fassent cette croisière parce que ça m'a permis de ne pas rentrer chez moi pour Noël. Parce que j'avais peur qu'ils me disent de ne pas venir.

Max agrippa à nouveau le volant alors qu'il ralentissait en direction de la ferme forestière. Il pensait à beaucoup de mots choisis pour les Rourke, mais il ne rendrait aucun service à Jeremy en traitant ses parents de connards égoïstes. Cela lui permettrait de se sentir mieux, mais ce n'était pas à propos de lui. Il demanda :

— Et cet été ?

— Je ne sais pas. Nous n'en avons pas parlé. Je suppose que je rentrerai chez moi, mais je pense que je pourrai m'inscrire à quelques cours et rester sur le campus. En supposant qu'ils paieront toujours mes frais de scolarité et ma résidence. Sans quoi je devrai obtenir un prêt.

Il remuait constamment en avouant :

— Ça représentera beaucoup de dettes.

C'était comme si Max pouvait voir l'anxiété s'accumuler comme une tornade sur le point d'atterrir.

— Ne pense pas à ça maintenant. Valerie te dirait de ne pas te tracasser et elle aurait raison. Quoi qu'il arrive, tu trouveras une solution. Pour l'instant, ton père t'a envoyé un texto et ça veut dire qu'il pensait à toi. Tu devrais répondre. Concentre-toi sur ce que tu peux contrôler pour le moment. Tu ne sais pas exactement quelle est la stratégie de l'autre équipe, alors pense à la tienne.

— Vas-tu commencer à parler de touchdowns et de placages ?

Max rit alors qu'il s'engageait dans l'allée, passant sous une énorme banderole annonçant la journée portes ouvertes.

— Je pourrais !

Il fut soulagé de voir un petit sourire se dessiner sur les lèvres de Jeremy.

— On doit s'occuper d'un match à la fois. Tout donner sur le terrain.

— Se donner à cent dix pour cent ?

— Maintenant, tu comprends. Il n'y a pas de matchs faciles à ce niveau. Mets la pression sur la défense. Joues des deux côtés du ballon. Vas-y et fonce.

— Oui, compris, Capitaine.

Jeremy lui adressa un salut.

Max salua en retour et ils éclatèrent de rire. Il remonta dans l'allée sinueuse et enneigée. Les bancs de neige formés ici par le chasse-neige étaient encore plus hauts qu'à la maison.

— Tu veux de l'aide pour savoir quoi envoyer par SMS ?

— Je vais me contenter d'un « Amusez-vous bien ! Je suis dans une ferme d'arbres de Noël ». Puis j'enverrai une photo ?

— J'aime ça. Montre-leur que tu ne restes pas assis à avoir honte de toi, en attendant leurs miettes. Il y a un super endroit où on peut voir les arbres au loin. Je suis sûr que ça ne dérangera pas Nick.

— Génial.

Ils arrivèrent à la ferme et se garèrent. Ella, le beagle, accourut pour enquêter, la neige volant de ses pattes. Elle atteignit Jeremy en premier, et il s'accroupit, murmurant un bonjour, alors que sa queue remuait violemment.

Jeremy commença à caresser le chien, et bon sang si Max ne voulait pas le caresser lui. Le bonnet de Jeremy était toujours dans le camion et ses cheveux roux étaient magnifiques. Max baissa les yeux sur sa tête, les doigts impatients de les passer dans sa tignasse.

— Ignore-la ! lança Nick.

Il sortit de la grange devant le chalet rustique avec de grandes fenêtres. La grange et la maison étaient décorées pour les fêtes avec des guirlandes, des couronnes fraîches et des tonnes de lumières. Max retint un rire alors que Nick se rapprochait. Ce dernier portait sa tenue de travail à carreaux typique, plus un bonnet rose extrêmement inhabituel avec un pompon vacillant.

Hunter sortit de la maison, fermant sa veste et tirant un bonnet sur ses cheveux blonds.

— Pourquoi ignoreraient-ils le chien le plus mignon du monde ?

Nick eut l'air de vouloir discuter – ce qui semblait être son expression par défaut d'après l'expérience limitée de Max –, mais il grogna. Il tendit la main à Max, et putain, c'était vraiment un grand daddy bûcheron. Max était assez grand, mais Nick irradiait de cette aura intimidante. Même avec ce bonnet.

Ils firent les présentations, et Hunter fut, comme d'habitude, souriant et énergique. Lui et Nick semblaient être des opposés, mais Max supposait que c'était ce qui leur permettait de travailler ensemble. Hum. Lui et Jeremy étaient-ils opposés ? Peut-être un peu. Jeremy était anxieux et incertain et de petite taille. Max…

Il réalisa que tout le monde le regardait.

— Hum ? Désolé, Ella est trop adorable pour que je me concentre sur autre chose. Pas vrai ?

Il s'accroupit pour la caresser et elle s'imprégna avidement de l'affection comme une éponge sèche.

— Ne l'encourage pas, grommela Nick. On pourrait croire qu'on l'a ignorée toute la journée.

Il gratta sa barbe poivre et sel. Max se leva et plissa les yeux vers le bonnet que portait Nick. La laine rose était-elle parsemée de… paillettes ?

Nick fronça les sourcils, puis arracha le bonnet avec un juron murmuré, lançant à Hunter un regard noir. Hunter sourit, ses yeux bleus brillant d'amusement. Nick dit à Max :

— Merci pour le sirop. Tes parents ont besoin de plus de verdure ?

— Non, nous sommes bons. J'adore le bonnet au fait.

— Ça lui va bien, non ? demanda Hunter avec une innocence feinte.

— Ça va avec l'écossais vert, proposa Jeremy avec une réelle innocence qui donna à Max envie de l'embrasser à nouveau.

— C'est ce que j'ai dit ! s'exclama Hunter.

Il attira le visage de Nick vers lui et pressa un baiser sur sa joue barbue.

— Tu vois ? jubila-t-il.

Secouant la tête et luttant clairement contre un sourire, Nick retourna à la grange, Ella sur ses talons. Hunter ricana.

— Je le lui ai donné comme bâillon à Noël dernier, mais l'intérieur est super doux, et en secret il adore ça.

Max tendit son poing et Hunter le cogna.

— Laisse-moi te prendre le sirop.

— Au fait, ça te dérange si nous marchons et prenons quelques photos de la ferme ? Jeremy a besoin de quelques clichés Insta.

— Pas de problème. Vous voulez que je vous fasse visiter ?

Bien sûr, ils acceptèrent, et Hunter les emmena dans tous les meilleurs endroits pour prendre des photos. Il faisait froid et la neige était profonde, mais le vent était doux. Les joues de Jeremy étaient roses quand ils retournèrent au camion, et alors qu'il répondait rapidement au texto de son père, Max le fixa tandis qu'il se mordait la lèvre de concentration.

Peut-être que s'il cédait et l'embrassait une fois de plus, il le sortirait de son organisme…

Ils se remirent en route, les lunettes de Jeremy s'embuant lorsque la chaleur du camion se fit sentir. Il les enleva et les essuya sur son écharpe avant de sortir un mouchoir froissé de sa poche.

— C'était génial. Je n'ai jamais… On a vu beaucoup de couples sur Church Street et tout, mais c'était cool de voir deux gars qui vivent ensemble.

Il secoua la tête.

— C'est stupide, conclut-il.

— Pas du tout.

— Je veux dire, évidemment, beaucoup de couples de même sexe vivent ensemble.

— Exact. Mais il y a le savoir et le voir par soi-même.

Jeremy hocha la tête avec enthousiasme.

— Tout à fait. Tu comprends. Tout a été tellement théorique pour moi. Puis je t'ai rencontré.

Il baissa la tête, nettoyant ses lunettes si vigoureusement que le tissu se déchira. Il replaça ses lunettes et garda son regard sur la route devant lui en reprenant :

— Je ne veux pas seulement dire… ce que nous avons fait ensemble. Te rencontrer a tellement élargi mon monde en, genre, une semaine. Merci.

Pendant un moment, Max ne put plus respirer et il ne pouvait certainement pas parler, alors qu'il s'engageait sur la route étroite. Il voulait dire à Jeremy que ça avait été la meilleure des surprises et qu'il y avait tellement plus qu'il voulait lui montrer.

Pas seulement du sexe, il voulait l'emmener dans tous les endroits instagrammables, et tous les endroits bizarres où ils pourraient être eux-mêmes et se voir, et lui montrer… tout. Plus que cela, il voulait découvrir de nouveaux endroits ensemble.

Mais vivraient-ils dans la même ville l'année prochaine ? Il avait postulé à la faculté de droit de Toronto, mais aussi de Kingston, Halifax, Ottawa, Calgary et Vancouver. Selon ses résultats au test d'admission, il pourrait même ne pas être accepté. Il pourrait même ne pas vouloir y aller.

C'était exactement la raison pour laquelle ils avaient besoin de faire une pause. Max devait décider ce qu'il voulait avant de se laisser emporter par un nouveau mec sexy et adorable.

Il s'éclaircit la gorge.

— Pas de problème. C'est quand tu veux.

— Vous vous êtes bien amusés ?

Max se retourna pour trouver Meg en train de fermer la porte de sa chambre. Elle s'y appuya, la tête inclinée et les bras croisés, un sourire trop innocent sur le visage.

— Ouais. Bien sûr. Hunter te passe le bonjour.

Son sourire ne changea pas.

— Vous étiez partis un bon moment.

— Ouais, on a fait visiter à Jeremy.

Ses bras tombèrent et son sourire aussi.

— Mec, allez. Tu as dit que tu ne le baisais pas !

— Je ne le baise pas ! Nous sommes allés à la ferme Spini pour déposer le sirop, et ils nous ont fait faire un petit tour pour Jeremy. Nous n'avons rien fait d'autre.

Après tout, c'était la vérité. Il attendit les mains sur les hanches.

Les yeux de Meg se plissèrent.

— OK. Tu sembles dire la vérité.

Il soupira.

— Toi et ton « semble ».

Cela l'embêtait toujours qu'elle ne lui dise pas de quoi il s'agissait.

— C'est toi qui « sembles » quand tu mens. Ne détestez pas le joueur, détestez le jeu. Alors, disons que je te crois quand tu dis que cette excursion n'était que pour le boulot. Mais tu veux le baiser. Et tu l'as déjà fait.

— Non, ce n'est pas le cas.

Cela dépendait de la définition du mot. Max se retourna vers son sac, le vidant dans le panier à linge dans le coin.

— As-tu apporté quelque chose qui n'a pas besoin d'être lavé ?

— Bien sûr que non.

— Moi non plus, pour être honnête. Donc ? Tu mens.

Il tendit les mains en signe de protestation, passant en revue chaque mouvement qu'il avait fait. Qu'est-ce qui l'avait trahi ?

Meg continua.

— Je veux dire, la façon dont vous vous bouffiez des yeux ce matin à la gare routière, même la vieille dame derrière nous était comme, prenez une chambre.

— Nous ne sommes pas…

Il jeta sa trousse de toilette sur le lit et referma son sac vide, le balançant dans le coin près du placard.

— Bien, on a eu un petit truc d'amis avec avantages, mais juste pendant quelques jours. Je lui ai parlé des règles de la maison et nous avons tous les deux convenu de ralentir. C'est un gentil garçon. Vas-tu nous dénoncer ? Aurais-tu préféré qu'il passe Noël seul dans la résidence ?

Elle retroussa sa lèvre.

— Bien sûr que non. Pour quel genre de connasse tu me prends ? En plus, maman et papa ne le jetteraient pas dehors, alors arrête d'en faire un drame. Ils sont juste gênés à l'idée que nous dormions dans le même lit que quelqu'un d'autre à la maison. Même si nous sommes censés être des adultes, c'est leur maison, alors peu importe. Toi et Jeremy avez le droit de sortir ensemble. Vous dormez dans des chambres séparées, alors pourquoi te comportes-tu bizarrement à ce sujet ?

— Parce que je ne suis pas censé l'aimer autant ! s'écria Max à mi-voix.

Meg sourit triomphalement, mais garda sa voix basse.

— Je le savais.

— Ouais, ouais.

Elle fronça les sourcils.

— Alors, quel est le problème ? Il a l'air vraiment adorable. Un peu ringard, pas ton type habituel, mais rien de mal à ça.

— Je comptais juste jouer un peu au parrain fée. L'aider à trouver son chemin puisqu'il a fait assez récemment son coming out et qu'il n'a pas encore vraiment d'amis à l'école.

De toute évidence, Max n'allait pas trahir la confiance de Jeremy et lui parler de l'histoire de virginité.

— Je ne suis pas censé tomber amoureux de lui.

— Pourquoi pas ?

— Parce que ce n'est pas le plan.

Mais est-ce qu'il voulait vraiment ce plan ?

— Je sais que l'école de droit t'occupera beaucoup, mais je suis à peu près sûre que tu pourras quand même sortir avec quelqu'un pendant cette période.

L'école de droit était la dernière chose qu'il voulait aborder.

— J'ai tout prévu depuis si longtemps et maintenant…

Elle sourit, puis adopta son ton taquin.

— Tu sais, c'est acceptable que le capitaine Max n'ait pas tout prévu. Tu peux réclamer un changement de tactique.

— Changer le jeu à la dernière minute ne marche pas toujours bien.

À ses funérailles, j'ai promis à maman que je serais avocat comme elle.

Mais est-ce que je veux vraiment être avocat ? Est-ce que je préférerais être enseignant ? Ou autre chose ?

Maman comprendrait-elle ?

Meg argumenta :

— Mais parfois, ça permet de marquer.

— Les enfants ! appela Valerie d'en bas. C'est l'heure du sapin !

Mettre de côté le tourbillon d'émotions contradictoires fut un soulagement, les petits murmures s'estompant. Ils rencontrèrent Jeremy dans le couloir sortant de la salle de bain et ils descendirent. Max inspira la délicieuse odeur provenant de la cuisine avec délectation alors que Jeremy demandait :

— Waouh. Qu'est-ce que c'est ?

— Le cidre de pomme à l'érable et au bourbon de Papy, répondit Max. C'est notre tradition pour la décoration du sapin.

Papy entra dans le salon avec un plateau de tasses fumantes, ses pas traînants assez réguliers, même si Valerie et John semblèrent vouloir lui arracher le plateau des mains. Mais il le posa lui-même sur la table basse avec un gémissement en se baissant, puis alla chercher les pâtisseries.

Ils prirent tous une boisson, Max réchauffa ses mains autour, soufflant sur le cidre fumant. Son père attisa le feu dans une pluie d'étincelles, et Valerie déballa les vieilles boîtes de décorations, déroulant des paquets soigneusement ficelés de guirlandes lumineuses dorées.

— Oh ! s'exclama Jeremy en avalant une gorgée de cidre. Est-ce que c'est alcoolisé ?

— Bien sûr, confirma Papy en revenant avec une assiette remplie de pets-de-nonne.

— Nous sommes des Canadiens français, déclara Meg. Alcool, érable, culpabilité catholique. Les trois grands groupes alimentaires.

Jeremy éclata de rire.

— Quel est le quatrième ?

— Hum, réfléchit Meg. Papy, qu'en penses-tu ?

— Les tourtières.

— Pas de la poutine ? le taquina Max, sachant que Papy n'était pas fan.

Papy lui lança un regard noir alors qu'il s'installait à sa place sur la causeuse du milieu.

— La tourte à la viande est meilleure et tu le sais.

Max sourit et prit une bouchée de pâte au beurre.

— Mmm. Papy, c'est incroyable.

Il haussa les épaules, mais parut satisfait.

— La recette de ta maman est la meilleure. Simple.

La bouche pleine, Meg marmonna :

— Mmm. Beurre, cassonade, érable. Il n'y a pas mieux.

John se leva et frappa dans ses mains.

— Très bien, cet arbre ne va pas se décorer tout seul.

— C'est ton travail d'allumer les lumières pendant que nous regardons, fit remarquer Max.

— Comique.

Mais son père ne discuta pas, enroulant méthodiquement les fils de lumières autour de l'arbre. Derrière le sapin, à travers la fenêtre de devant, l'après-midi commençait déjà à sombrer. Les lumières de Noël colorées sur la grange et la maison étaient raccordées à une minuterie, elles ne tardèrent pas à s'allumer.

Agenouillé sur le tapis, Max déballa les décorations, l'une des boîtes en carton était si vieille et miteuse qu'un des rabats se déchira lorsqu'il essaya doucement de le déplier.

Assis à côté de Papy, Jeremy sirotait son cidre, les joues un peu roses. Il était silencieux, les écoutant tous se taquiner, mais il souriait. Quand il croisa le regard de Max, il chuchota :

— Quoi ? J'ai quelque chose sur mon visage ?

Il s'essuya la bouche.

— Non, tu es bien.

Max pencha la tête pour examiner les ornements, déballant des boules de verre d'anciens papiers de soie.

— Fini ! proclama son père.

Il s'affala sur l'une des causeuses en décrétant :

— Les guirlandes, c'est votre travail, les enfants.

Meg avait préparé les longues guirlandes métalliques rouges et vertes et Max l'aida à les enrouler autour de l'arbre. Ils durent replacer l'une d'elles trois fois avant d'obtenir la couverture uniforme parfaite.

— Tu veux nous aider à accrocher les décorations ? demanda Max à Jeremy.

— Tu es sûr ?

— Évidemment ! s'exclama Valerie en lui passant une boîte. Viens participer.

Meg, Max et Jeremy travaillèrent pendant que les autres buvaient et mangeaient, indiquant où ils devaient accrocher les objets afin qu'il n'y ait pas de zones nues. Accrochant une décoration en argent qui pendait, Jeremy se pencha vers l'arbre et inspira profondément.

— Ça sent incroyablement bon. Maintenant, je comprends pourquoi les gens ont de vrais arbres.

— N'as-tu jamais eu de vrai arbre auparavant ? questionna Valerie, les sourcils levés.

— Non. Ma mère dit que c'est trop salissant et qu'il y a un risque d'incendie.

— Eh bien, oui, admit Valerie, mais c'est la *tradition*. En plus, ça nécessite plus de cidre.

Papy commença à se balancer comme il le faisait quand il allait se lever pour se mettre debout, alors Max s'empressa de dire :

— Je m'en occupe !

— Je vais t'aider, proposa Jeremy en suivant Max dans la cuisine.

Son téléphone sonna et il le sortit.

— Oh !

— Ton père t'a répondu ?

Inhalant les délices sucrés et épicés, Max remua la marmite de cidre qui avait été laissée à feu doux.

— Non, c'est… je n'avais pas réalisé… oh ! Putain de merde.

Jeremy plaqua une main sur sa bouche et jeta un coup d'œil vers le salon.

En riant, Max demanda :

— Quoi ?

Jeremy murmura :

— Quand j'ai déballé mes affaires, j'ai regardé cette application de rencontres. J'étais juste curieux de voir s'il y avait quelqu'un d'autre ici qui l'utilisait. Je ne voulais pas sortir avec quelqu'un !

Max s'efforça de garder son sourire en place.

— Ça va, mec. Tu as le droit de vouloir sortir avec quelqu'un.

Ce qui était absolument vrai. Il n'y avait aucune raison pour que Max exerce une prise mortelle sur la louche.

— Habituellement, il faut aller à Barrie, mais de temps en temps, il y a des « hétéros » coincés dans la cambrousse qui veulent s'activer dans leur pick-up.

— Waouh.

Jeremy sembla légitimement choqué, c'était adorable.

— Je n'avais même pas réalisé que quelqu'un pouvait voir mon profil.

— Il faut probablement désactiver cette option dans les paramètres.

C'était tout ce que Max pouvait faire pour ne pas lui arracher son téléphone et supprimer l'application, ce qui serait certainement un mauvais coup pour un parrain fée. Il ne devrait pas décourager Jeremy si c'était ce qu'il voulait. Il était libre d'explorer et de s'amuser.

— Alors, c'est qui ?

Il ne put pas s'empêcher d'ajouter :

— Je ne peux pas imaginer qu'il y ait réellement quelqu'un qui vaut vraiment la peine d'être vu dans le coin.

Jeremy leva son téléphone.

— Euh, Upbeat_batteur_mec. Il habite près de Barrie.

— Quel nom d'utilisateur as-tu choisi ?

— Oh, juste une variation de mon Insta. J'ai dû ajouter un tiret supplémentaire ou quelque chose comme ça.

— Cool, cool, cool. Alors, que penses-tu de lui ?

Max remua brutalement le cidre, la louche claquant contre les parois de la marmite et le liquide chaud éclaboussant la cuisinière.

— Il a l'air... mignon ? Il montre son visage. Un peu hipster, je suppose ? Des cheveux hirsutes et une barbe. De notre âge. Je ne sais pas comment il peut vraiment le savoir, mais il dit que j'ai l'air mignon.

Il a raison.

— Il a clairement bon goût.

Max se rappela que c'était l'idée initiale lorsqu'il avait pris Jeremy sous son aile. C'était le parrainage féerique qu'il avait prévu. La chose responsable et désintéressée à faire était d'encourager Jeremy, pas de le retenir.

Les mots agressèrent sa gorge sèche lorsque, avant qu'il ne puisse changer d'avis, il dit :

— Demande-lui s'il veut que vous vous retrouviez pour prendre un café.

Parce que ce serait égoïste d'agir différemment. Les parrains fées n'étaient pas censés casser le coup de leur protégé.

— Euh... Vraiment ? s'étonna Jeremy en clignant des yeux, le front plissé. Tu veux que je sorte avec lui ?

— Eh bien, tu es totalement libre de le faire.

Ce qui ne répondait pas exactement à la question.

— Je dois aller à Barrie demain pour les achats de Noël. Je peux te déposer et revenir te chercher ou quoi que ce soit.

Il s'agita d'un pied sur l'autre en remuant, le regard calme de Jeremy lui piquant la peau.

— Est-ce que... tu veux que je le fasse ?

Max se concentra sur un ton joyeux.

— À toi de décider, évidemment.

Jeremy resta silencieux pendant un instant.

— Je suppose que je devrais ?

— Bien sûr, pourquoi pas ?

Le cerveau de Max avait un tas de suggestions bruyantes pour expliquer pourquoi non, mais il les étouffa brutalement.

— Il y a un café de jeux sympa à Barrie. Dis-lui de te retrouver là-bas vers onze heures.

Et s'il ne peut pas venir, tant pis !

— D'accord.

Jeremy n'avait pas l'air trop enthousiaste, mais il tapota son téléphone et attendit.

— Et ne te sens pas mal s'il répond non. Il est peut-être occupé, ou peut-être qu'il veut juste une rencontre et non un rendez-vous, ou…

— Il vient de dire oui.

Jeremy resta bouche bée devant l'écran.

— Je suppose que je vais le faire.

— Si tu le veux.

Dis que tu ne veux pas.

— Eh bien, je ne peux plus annuler maintenant. C'est moi qui lui ai demandé de sortir.

— Exact.

Parce que Max l'avait suggéré ; parce qu'il était un *putain d'idiot*.

— Je ne veux pas blesser ses sentiments.

La confusion frustrée de Max se dissipa dans une bouffée d'affection pour Jeremy.

— Non. Bien sûr que non.

Jeremy avait raison, ce type ne méritait pas qu'on se moque de lui.

— C'est un rendez-vous matinal. Ça n'a pas besoin de devenir toute une histoire.

— Ouais, admit Jeremy en souriant faiblement. C'est le genre de chose que les gens font tout le temps, n'est-ce pas ?

— Totalement. Tu devrais y aller et t'amuser.

Il essaya très fort de le penser. Jeremy méritait d'avoir ces expériences. Un bon ami et un parrain fée ne le retiendrait pas.

— Est-ce que *toi*, tu vas sortir avec des mecs pendant que nous sommes ici, à Pinevale ? Genre, avec des gars dans des pick-up ou autre ?

— Non, répondit Max en riant. J'ai déjà donné.

— Oh, murmura Jeremy, son visage devenant rouge. Je suppose que je devrais le faire aussi ?

Il faudra marcher sur mon cadavre. Saisissant la louche, Max prit une inspiration apaisante et se montra honnête.

— Non, je ne pense pas que ce soit ton truc. Et ce n'est pas grave.

Mais tu as regardé l'application pour une raison.

— Je t'ai dit que j'étais juste curieux !

— *Exactement.* Tu as dix-neuf ans. Tu vis loin de chez toi pour la première fois. Bien sûr que tu es curieux. C'est bien d'être curieux. Je soutiens ta curiosité.

Jeremy eut l'air dubitatif.

— Merci.

Soulevant la gamelle à deux mains, Max se dirigea vers le salon, ayant besoin que cette foutue conversation embarrassante s'achève. Ce qui était fait était fait. Jeremy avait un rendez-vous.

Youpi.

Il tint la marmite pendant que Jeremy versait des louches pour tout le monde, puis il la ramena sur la cuisinière. De retour près du sapin, Jeremy et lui décorèrent en silence pendant que papa, Meg, Papy et Valerie avaient un débat animé sur la défense des Maple Leafs, ou son absence de défense.

Alors qu'il se hissait sur la pointe des pieds pour accrocher un flocon de neige en verre sur le côté du sapin face à la fenêtre, Jeremy chuchota à Max :

— Je vais bientôt être saoul.

Il laissa échapper ce petit rire adorable qui disait que le bourbon lui était peut-être déjà monté à la tête. Son sourire s'estompa.

— Je n'arrive pas à croire que je vais à un rendez-vous avec quelqu'un que je n'ai jamais rencontré.

Il se mordit la lèvre.

— Mais tu penses que je devrais le faire, pas vrai ?

— Absolument.

Max entrechoqua leurs tasses, se forçant à sourire. Il essaya très fort de ne pas penser à la façon dont il venait d'inciter Jeremy à aller à un rendez-vous avec un autre gars, et il ne pensait certainement pas à la façon dont, s'ils s'embrassaient maintenant, cela aurait le goût de Noël.

Chapitre neuf

DANS LE VESTIBULE du café, Jeremy se cacha à côté d'une énorme plante artificielle en pot, attendant que ses lunettes se désembuent.

Eh bien, il ne se *cachait* pas. Il rassemblait son courage. Pour aller à un rendez-vous avec un parfait inconnu. Il jeta un coup d'œil à travers la porte vitrée et repéra le véhicule de Max tournant sur la route principale. C'était fou de penser que Max était un parfait inconnu à peine une semaine plus tôt. Peut-être que ce batteur serait tout aussi génial.

Alors pourquoi Jeremy espérait-il qu'il ne l'était pas ?

Il leva mentalement les yeux au ciel. *Je me demande pourquoi.* Mais Max semblait vouloir qu'il se rende à ce rendez-vous. Ou était-ce lui ? Honnêtement, Jeremy n'en était pas sûr. Il avait fixé le plafond la moitié de la nuit à rejouer l'étrange conversation dans la cuisine.

S'ils ne faisaient qu'une pause entre eux, pourquoi Max voudrait-il qu'il rencontre un autre gars ? Peut-être que Max en avait fini avec lui et n'avait tout simplement pas eu le courage de le lui dire. Mais pourquoi l'inviterait-il chez lui ? Jeremy était-il pathétique à *ce* point ? Il espérait que non.

Il supposait que, s'il était honnête, ils avaient convenu qu'ils seraient simplement des amis au cours des deux prochaines semaines. Ils étaient tous les deux libres de faire ce qu'ils voulaient et avec qui ils voulaient. Mais peut-être que Jeremy n'était pas aussi mature, évolué ou cool que les autres, car il détestait vraiment l'idée que Max sorte avec quelqu'un d'autre.

Il. Détestait. Ça.

Et il avait l'impression que Max n'aimait pas ça non plus. Sur le chemin du café, les sourires de Max avaient été si pincés et brefs qu'on aurait dit qu'il n'était pas du tout heureux à l'idée que Jeremy voie quelqu'un d'autre.

Il écrasa la fleur de doux bonheur et d'espoir. Max l'aidait, c'était un ami, mais allait-il vraiment finir par devenir son *petit ami* ? Il avait donné l'impression qu'ils reprendraient là où ils s'étaient arrêtés en janvier, mais Jeremy devait garder ses attentes réalistes. Max était bien mieux que lui.

Il avait de la chance d'avoir pu toucher, goûter et apprendre, et que Max et sa famille aient été si généreux. Un vœu pieux pour l'avenir ne le mènerait nulle part. Il devait se comporter en adulte et aller à ce rendez-vous. Même si tout ce qu'il voulait faire était de courir après la voiture de Max et de ne jamais regarder en arrière, il avait accepté de rencontrer ce mec et ne pouvait pas lui faire faux bond.

Depuis l'endroit où il se cachait, il ne pouvait pas vraiment voir le café, qui s'étendait sur sa droite après l'étroite entrée. Alors il imagina qu'il ne pouvait pas être vu non plus et s'accorda une minute de plus pour calmer sa nervosité. C'était bien.

Upbeat_batteur_mec avait probablement eu des tas de rendez-vous. Ce n'était pas grave. Jeremy devait commencer par se détendre. Maintenant que lui et Max s'étaient amusés, c'était censé être plus facile.

Ouais. Pas tant que ça.

Il gémit intérieurement. Penser à s'amuser avec Max était dangereux. Quand il n'avait pas rejoué de manière obsessionnelle la conversation de la cuisine la nuit précédente, il avait fantasmé sur Max se faufilant dans le couloir et le surprenant. Ce qui l'avait évidemment conduit à se masturber aussi silencieusement que possible.

Maintenant qu'il avait embrassé et touché Max pour de vrai – avait ressenti la chaleur humide de sa bouche sur son sexe – se faire jouir s'avérait décevant. Même s'il avait éjaculé en se souvenant d'avoir joui dans sa bouche, savoir Max si près, et pourtant si loin, avait été une torture.

Arg, s'il n'arrêtait pas d'y penser immédiatement, il allait avoir une trique à l'entrée du café à onze heures du matin comme un gros pervers. Non pas qu'il y ait un bon moment de la journée pour avoir une érection palpitante dans un café.

Il chassa toutes pensées de Max et d'érections, puis se força à entrer dans le café à la recherche de Upbeat_batteur_mec, tout en se rendant compte qu'il ne connaissait pas encore son nom. Merde. Il aurait dû demander. Quel idiot. Il n'était pas doué pour ça. Il devrait faire demi-tour et…

Upbeat_batteur_mec lui faisait signe depuis une table près du fond. Jeremy lui répondit d'un geste de la main, puis la laissa retomber. Avait-il eu l'air trop enthousiaste ? Ringard ?

Que ferait Max ?

Prenant une profonde inspiration, il passa devant divers groupes de personnes jouant à des jeux de société et riant bruyamment afin de rejoindre son rendez-vous à table. Il lui serra la main et apprit que son nom était Levi. Jeremy accrocha son manteau sur un portant à proximité. Il n'avait pas apporté ses Blundstone, il était donc dans ses bottes encombrantes. Mais compte tenu de la quantité de neige qu'il y avait à Barrie, il n'était certainement pas le seul. Il résista à l'envie de jeter un coup d'œil sous la table pour voir ce que Levi portait.

Levi ressemblait à sa photo : blanc, cheveux bruns hirsutes, barbe. Il portait une chemise à carreaux et un jean, donc il était peut-être un peu hipster. Jeremy était parti avec son nouveau pull rose et son jean habituel. Il ajusta ses lunettes et essaya de ne pas s'agiter tandis que Levi se dirigeait vers le comptoir pour faire le plein de son café et offrir un cappuccino à Jeremy.

— Je ne suis jamais venu ici auparavant, déclara Levi à son retour, en posant leurs tasses. C'est sympa. Tu viens souvent ici ?

— En fait, non. C'est ma première fois.

Jeremy s'obligea à ne pas rougir, ses mots évoquant un tas d'autres pensées.

— Je passe les vacances avec un ami et sa famille. C'est lui qui l'a recommandé.

— Il habite à Barrie ?

— Non, près de Pinevale. Ils ont une ferme de sirop d'érable. C'est vraiment cool. Si on aime le sirop d'érable. Je suppose que c'est le cas de la plupart des gens. Mais peut-être pas.

Oh, Seigneur. Il devait arrêter de parler.

Levi sourit.

— Ce serait anti-canadien de ne pas aimer le sirop d'érable.

— Oui ! acquiesça Jeremy trop fort. Euh, alors, ouais. Ils ont cette ferme de sirop d'érable. Il y a une journée portes ouvertes demain, en fait. Ça s'appelle la Ferme Nadeau, si tu as envie d'aller y jeter un coup d'œil.

Attendez, venait-il accidentellement de proposer à Levi un autre rendez-vous ?

— Je veux dire, tu n'aimes probablement pas le maquillage et les bonbons à l'érable.

— En fait, mes nièces aimeraient ça et j'ai besoin d'un endroit où les emmener demain. Cela semble très sain.

— Euh, ouais. Super !

Son esprit partait en vrille. *Dis quelque chose. Quelque chose de pas complètement pathétique.*

— Désolé. Je suis vraiment nerveux.

En riant, Levi déclara :

— Je l'avais plus ou moins compris. Jouons à quelque chose. Une suggestion ? Je ne suis pas un grand joueur, mais ceux-ci ont l'air cool.

Il désigna les bibliothèques qui bordaient le mur intérieur du café et qui étaient remplies de jeux de société.

Jeremy aurait voulu ramper sous la table.

— Je suis désolé. On peut aller ailleurs.

— Non, ce n'est pas ce que je voulais dire. Je ne suis pas à fond dans les jeux vidéo.

Il rit en se reprenant :

— C'est un mensonge. Le problème c'est que je deviens complètement obsédé par ça et ça prend le dessus sur ma vie. Je dois juste dire non aux jeux vidéo. Le Monopoly, je peux le supporter.

Il serra le bras de Jeremy, sa main s'attardant un instant en ajoutant :

— C'est une excellente suggestion.

— Oh. D'accord.

Jeremy ne savait pas quoi penser. Levi avait l'air sympa, donc c'était bien, non ? Il était censé vouloir aller à des rendez-vous, alors il était là.

— Je suppose que nous pourrions essayer quelque chose d'un peu plus avancé que de passer par la case départ et de collecter deux cents dollars.

— Bien sûr, acquiesça facilement Levi, repoussant sa chaise. Ils observèrent lentement une étagère à proximité, et Levi constata :

— Il y a une tonne de jeux dont je n'ai même jamais entendu parler.

— Nous vivons définitivement à l'âge d'or des jeux de société. Celui-ci est censé être vraiment bon.

Il se mit sur la pointe des pieds, s'efforçant d'attraper *Dead of Winter* sur une étagère en hauteur.

En riant, Levi l'attrapa facilement puisqu'il mesurait quelques centimètres de plus.

— Celui-ci ? questionna-t-il en observant la boîte. Des zombies ? Allons-y.

Ils s'installèrent, sirotant un café tout en jouant. Le début fut lent, avec beaucoup de consultation sur les instructions, mais ils finirent par comprendre. Que ce soit un jeu coopératif leur permettait de travailler ensemble ce qui était amusant.

Leurs genoux se cognaient de temps en temps sous la table, ils riaient et élaboraient des stratégies. Jeremy était soulagé de ne pas avoir eu à raconter sa vie et à parler de sa famille. Il se contenta de dire qu'il ne retournait pas à Victoria pour les vacances. Il interrogea Levi sur la batterie et apprit qu'il jouait dans un groupe local et qu'il étudiait la mécanique à l'université de Barrie.

Ils discutèrent et essayèrent de sauver le monde des zombies. Ils achetèrent finalement des sandwichs et des pintes de bière. Jeremy pensait qu'il se débrouillait bien pour ce rendez-vous après tout. Mais voulait-il embrasser Levi ? Alors que Levi réfléchissait à son prochain mouvement, caressant sa barbe distraitement, Jeremy essaya de s'imaginer sortir avec lui. Ce n'était pas que ce serait mauvais, mais…

Ce ne serait pas Max.

Une douleur l'envahit et il se dit que ce désir était ridicule. C'était son tour et il essayait de se concentrer sur les mouvements qu'il pouvait effectuer et ce qui serait le mieux pour leurs personnages.

— Hé, tu connais ce mec ?

Jeremy se tourna sur sa chaise pour suivre le regard de Levi et cligna des yeux de surprise de voir Max de l'autre côté du café, la tête baissée.

— C'est mon ami, dit Jeremy. Je pense qu'il a fini ses courses.

— Tu es sûr qu'il n'est pas ton garde du corps ? Il nous surveille de très près.

Un frisson parcourut Jeremy. Il l'étouffa, se forçant à rire.

— Il savait que j'étais nerveux, alors il est probablement juste en train de…

Quoi, exactement ? Jeremy agita la main, incapable de trouver le mot juste.

— Hum. OK. As-tu besoin de partir, ou…

— Non, je suis sûr que ça va. Finissons la partie.

Il jeta un coup d'œil par-dessus son épaule, mais Max était absorbé par son téléphone.

Ils jouèrent jusqu'à ce que Levi dise :

— D'accord. C'était sympa, mais j'ai l'impression d'être la troisième roue du carrosse.

Jeremy tourna la tête après avoir de nouveau jeté un coup d'œil à Max pour faire face à Levi d'un air coupable.

— Je voulais juste m'assurer qu'il allait toujours bien dans son coin et qu'il ne voulait pas partir. Je suis désolé, dit-il avec une grimace. Je suis un horrible rencard. Je n'ai aucune idée de ce que je fais.

Levi s'adoucit avec un soupir.

— C'est bon. Es-tu sûr que vous n'êtes que des amis ? Parce que vous ne pouvez pas vous détourner l'un de l'autre.

— Vraiment ? Nous nous sommes rencontrés il y a seulement une semaine. Bien qu'il m'ait donné mon premier baiser. Et une pipe.

Est-ce que je viens de dire ça à voix haute ? Oh, mon Dieu.

— Mais nous ne sommes que des amis !

— Ton premier… ah, d'accord.

Levi éclata de rire.

— Je ne sais pas, mec. Parce qu'il a l'air jaloux comme pas permis.

Il leva les mains.

— Écoute, c'est cool. Je ne vais pas me mettre au milieu de tout ça.

— Je ne t'en veux pas, assura Jeremy en secouant la tête. Je suis si embrouillé.

Il retira ses lunettes et les nettoya sur son chandail doux, ce qui ne fit qu'aggraver une tache. Tête baissée alors qu'il essayait avec une serviette sur le verre, il soupira et déclara :

— Tu as l'air génial, mais j'aime vraiment Max.

C'était la vérité et ça ne servait à rien de la combattre.

— Pas de problème. C'est dommage, parce que tu es sacrément mignon.

Sentant son visage s'échauffer, Jeremy remit ses lunettes.

— Euh, merci.

— Je suis presque sûr que Max partage cette opinion.

— Quoi ? Non.

Jeremy haussa les épaules et tripota la croûte de son sandwich.

— Il est tellement hors de ma portée. Regarde-le ! Littéralement capitaine de l'équipe de football et en dernière année. Je suis un première année maigre sans amis. Je veux dire, je ne l'ai rencontré que parce que je me suis cassé la figure sur de la glace et qu'il a eu pitié de moi.

Levi éclata de rire.

— Aie. Mais je ne perçois pas de pitié. Il donne plutôt l'impression d'avoir envie de me frapper et t'emmener sur son épaule.

— Certainement pas. C'est lui qui a arrêté de m'enseigner. Ou de nous mettre en pause. Nous sommes en pause.

— T'enseigner ?

— Oublie ça.

Pourquoi diable avait-il évoqué cela ?

— Ah. J'ai compris.

— Quoi qu'il en soit, revenons à la partie. Donc, nos stocks alimentaires sont vraiment bas. Je crois que nous devrions aller à l'épicerie, bien qu'il y ait un risque assez élevé à effectuer ce déplacement.

Mais Levi ne se laissa pas décourager.

— Alors ton ami Max, là-bas, te donnait des cours *particuliers* ?

Le bout des oreilles brûlant, Jeremy hocha la tête.

— Mais maintenant, nous logeons avec sa famille, donc tout est en attente. À cause des règles de la maison et parce que ce serait juste bizarre. Ce qui me convenait, car il ne reste que deux semaines avant janvier, puis nous pourrons… reprendre. Mais il m'a encouragé à te rencontrer, alors peut-être qu'il ne veut pas vraiment de moi ? Je ne suis pas sûr. C'est tellement déroutant.

Levi fronça les sourcils.

— On dirait qu'il joue à un jeu avec toi.

— Non, ce n'est pas comme ça.

— Hum. Peut-être devrais-tu *lui* apprendre à ne pas te prendre pour acquis.

Il fit signe à Jeremy de s'avancer.

— Approche, je vais te dire un secret.

Ne sachant pas trop à quoi s'attendre, Jeremy se pencha par-dessus la table. Levi chuchota :

— Il nous regarde en ce moment. Je parie que si je touche tes cheveux ou quelque chose comme ça, de la vapeur va lui sortir des oreilles.

Lui faisant un clin d'œil, il effleura à peine la tête de Jeremy.

— De là où il est assis, ça donne probablement l'impression que je vais t'embrasser… oh, putain, je suis bon. Il arrive. Ne regarde pas. Ris comme si j'étais incroyablement drôle.

Jeremy était assis, figé, essayant de rire, le cœur battant. Max approchait ?

Puis il fut là, se profilant à côté de la table, ouvrant la bouche pour dire quelque chose avant de la refermer. Il essaya à nouveau et dit :

— Euh… Salut.

— Salut, répondit Jeremy avec prudence. Tu vas bien ?

Le visage de Max était rouge et il avait l'air mortifié.

— Ouais. Désolé de t'interrompre. J'étais… Salut ! Je suis Max.

Il tendit la main à Levi, qui se leva à moitié et la serra, offrant son nom avant de se rasseoir. Max se racla la gorge.

— Je voulais juste m'assurer que tout allait bien.

Jeremy remua, mal à l'aise. D'un côté, si Max était réellement jaloux, c'était incroyable, mais de l'autre, il était un peu con d'être venu. Peut-être voulait-il simplement s'assurer que Jeremy n'avait pas besoin d'être secouru ? Ce qui le rendait chaud et mièvre. Et peut-être que Jeremy *devrait* le rendre jaloux.

— Ouais, on s'entend bien. C'est un jeu amusant. Des zombies et tout ça.

— Cool.

Max se balança sur ses talons en répétant :

— Cool, cool, cool, cool.

Levi reprit la parole :

— Je dois y aller. Je ne pensais pas que le café durerait aussi longtemps, mais le temps passe vite quand on est en bonne compagnie.

Il adressa un clin d'œil à Jeremy.

— On se parle bientôt ? Je te verrai demain.

Demain ? Jeremy réussit à répondre :

— Ce serait cool. Merci pour cette super partie.

— Demain ? répéta Max en écho.

— Ouais, cette histoire de sirop d'érable a l'air amusante. Parfait pour mes nièces. Je vous verrai tous les deux alors.

Jeremy repoussa sa chaise et donna à Levi l'étreinte la plus maladroite du monde parce qu'une poignée de main ne semblait pas adéquate.

— C'était vraiment bon de te rencontrer.

— Fais comme moi demain, murmura Levi. Ce sera amusant.

Max lança un regard assassin au dos de Levi qui s'en allait. La frustration l'envahit, parce que cela avait été vraiment impoli de sa part d'intervenir, et qu'aller à ce rendez-vous avait déjà été assez terrible pour Jeremy, il méritait mieux.

— Pourquoi es-tu intervenu ?

Max haussa les épaules.

— J'avais fini de faire les magasins et je me suis dit que je devais vérifier comment ça se passait. Tu n'étais même pas censé savoir que j'étais là.

— Je n'avais rien vu, mais Levi a remarqué que tu le fixais.

Max rit mal à l'aise.

— Pardon. Je n'essayais pas de…

— Quoi ?

— Je ne sais pas.

Croisant les bras, Jeremy essaya d'en rire.

— C'est toi qui voulais que j'aille à ce rendez-vous au départ.

Mais Max ne rit pas.

— Pas exactement. Je t'ai encouragé. Je pensais que ce serait un bon exercice. Je pensais que tu voulais avoir des rendez-vous.

Jeremy ne savait pas quelle était la bonne réponse.

— J'ai l'impression que je suis censé le faire. Tu as dit que nous étions juste amis maintenant, pas vrai ? C'est ce que tu as dit.

— Ouais. C'est ce que j'ai dit.

Il se frotta le visage.

— Tu as raison. Je suis un connard. Désolé. Je n'aurais pas dû intervenir dans ton rendez-vous. Il a l'air sympa.

Mais ce n'est pas toi.

— Ouais, il est décontracté. Il est batteur dans un groupe.

— Et tu as obtenu un deuxième rendez-vous ! déclara Max en levant sa paume. Ton parrain fée est très fier.

Jeremy ne le laissa pas en plan pour le high five, même si le *triomphe* n'était pas l'une des nombreuses émotions tourbillonnant dans son ventre en une grosse boule d'anxiété. Si Levi avait raison et que Max était jaloux, pourquoi ne l'avait-il pas simplement dit ? Jeremy aurait voulu poser la question, mais il n'arrivait pas à faire sortir les mots. La peur de s'humilier était trop forte.

S'il le disait à voix haute et que Max le niait – ou pire, se moquait de lui –, cela le dévasterait. Peut-être que Jeremy était un lâche, mais la dernière chose qu'il voulait pour Noël était un cœur brisé.

MACAULAY CULKIN SE tapait les joues sur la grande télé au-dessus du feu crépitant, et ils rirent tous. Jeremy terminait la majeure partie de sa troisième part de pizza et piochait dans la croûte paresseusement. Il regardait à moitié le film, ses pieds recouverts de chaussettes recroquevillés sous lui sur le canapé, son genou pressant confortablement la cuisse de Max à travers l'épaisseur de leurs jeans.

Max s'était-il étalé exprès pour qu'ils puissent se toucher ? Ou Jeremy se faisait-il trop d'idée ? Probablement cette dernière possibilité. Ils étaient assis sur la causeuse la plus proche du sapin et l'odeur de pin emplissait son nez. En dessous, il y avait une faible senteur de noix de coco, Jeremy aurait aimé pouvoir se pencher sur sa droite et se blottir contre la silhouette forte de Max.

Le téléphone sonna dans la cuisine – un vieux téléphone à cadrant rotatif qui était probablement fixé au mur depuis de nombreuses décennies et qui avait apparemment été remis en place après la rénovation. Récupérant la boîte à pizza vide et quelques assiettes, Valerie bondit pour répondre.

Jeremy eut la pensée ridicule que c'était peut-être sa mère qui l'appelait et il réprima la soudaine bouffée d'espoir. Ses parents n'avaient pas ce numéro. Ils ne savaient même pas que Max ou sa famille existaient. Il était difficile de croire que Jeremy non plus, jusqu'à la semaine dernière. Il devait s'en souvenir. Se rappeler que tout cela était nouveau et très probablement transitoire.

Valerie appela :

— John ! Ce sont tes parents. Sur haut-parleur.

Tout le monde rit et Jeremy sourit.

— Y a-t-il quelque chose de particulier ?

John se leva de l'autre bout du canapé en répondant :

— Ouais. Ils parleront en même temps, les chiens aboieront et ce sera le chaos.

Il sourit tendrement et haussa les épaules en concluant.

— Les parents.

Le souffle de Jeremy se coupa sous l'effet d'un coup de poing au sentiment de perte tandis qu'il hochait la tête. Il fixa la télé, l'un des voleurs tombant dans les escaliers avec un énorme cri et des effets sonores. Sa main se posa sur sa jambe recroquevillée, et sa respiration se troubla de nouveau quand Max la couvrit avec la sienne, la tirant vers le bas, cachée entre eux, même si Meg le remarqua indéniablement. Max regardait toujours la télé en riant, mais il frotta les jointures de Jeremy avec son pouce pour le rassurer jusqu'à ce que John revienne et dise à Max que c'était son tour.

Quand Max revint et annonça à Meg que c'était son tour, il se laissa tomber sur la causeuse. Il croisa les mains sur ses genoux et Jeremy essaya de ne pas regretter ce petit contact que Max lui avait accordé. Papy ne se leva pas pour discuter avec sa belle-famille, mais il cria des salutations, les pieds sur un pouf.

Quand Meg revint avec Valerie, ils mirent la télé en pause et tout le monde rit de quelque chose concernant les tantes et les oncles, Jeremy ne suivit pas tout. Cependant, cela ne le dérangeait pas. C'était bien d'être avec une famille, même si ce n'était pas la sienne.

— L'appel téléphonique mensuel est toujours extraordinaire quand ils sont à Goa, déclara Meg.

— L'expression des griefs est à un niveau supérieur, convint Max.

Il ajouta pour Jeremy :

— Ils passent l'hiver à Goa désormais. Ils ont une maison près de la plage. C'est incroyable. Nous y sommes tous allés il y a plusieurs Noëls.

Papa et Valerie y vont quelques semaines en janvier.

Valerie demanda à John :

— Tu crois qu'ils vont essayer de t'obliger à te confesser, toi et tes sœurs ?

John rit.

— Mon père va probablement essayer.

À Jeremy, il expliqua :

— Quand j'étais adolescent, mon père m'a fait monter avec mes trois sœurs dans la voiture et nous a conduits à l'église de Scarborough. Il nous a conduits à l'intérieur et s'est tenu là, les bras croisés, tandis que nous entrions l'un après l'autre dans le confessionnal. J'étais le dernier, et j'ai dit au curé que mon père m'obligeait à le faire et que je n'avais rien à dire. Le pauvre prêtre a secoué la tête et a demandé : « Combien êtes-vous encore ? »

Jeremy éclata de rire.

— Tu es juste resté assis là en silence pendant quelques minutes ?

— Nan, on a discuté des trous dans l'offensive des Habs. Le père Rossi ne pensait pas que la prière suffirait pour passer le premier tour des séries éliminatoires. Il avait raison.

Ils nettoyèrent le reste des assiettes et Jeremy se leva d'un bond pour les aider. Dans la cuisine, Valerie demanda :

— Est-ce que l'un de vous peut sortir le composteur, s'il vous plaît ?

Elle sortit un seau vert de sous l'évier et le posa sur le comptoir près de la porte de derrière.

— Max peut le faire, déclara Meg.

Bien sûr, il répliqua :

— Tu peux le faire.

— Non. C'est toi.

Elle lui jeta une mini pomme de pin d'un pot-pourri de Noël d'un bol sur l'îlot de la cuisine.

Max lui en lança une en retour.

— Toi.

— Toi.

— Toi.

Ils se renvoyaient la balle et Jeremy riait. Valerie poussa un soupir exagéré.

— Quel âge avez-vous tous les deux ?

Meg haussa les épaules.

— Nous ne serons jamais trop vieux pour nous balancer des trucs.

Pour ponctuer son propos, elle pointa un bâton de cannelle sur Max.

— Tu y vas.

— Je vais le faire ! proposa Jeremy, enfonçant ses pieds dans la grosse paire de Crocs en caoutchouc posée près de la porte, qui, supposait-il, servait précisément à cette fin. Il ouvrit la porte principale et déverrouilla la moustiquaire.

Max fit le tour de l'îlot avec un sourire.

— Non, je vais le faire. Va t'asseoir.

— Je m'en occupe ! assura Jeremy.

Il était ravi d'aider et il attrapa le seau vert.

— Merci, et attention, mon chou, avertit Valerie. Ça pourrait être glissant.

Le porche arrière n'était pas couvert et n'avait pas été nettoyé ce jour-là, mais il n'y avait que quelques marches. Jeremy se dirigea vers le composteur, jeta le seau, puis le referma d'un coup sec.

Un peu trop d'ailleurs, car il perdit brièvement l'équilibre, faisant un pas en arrière. Au même moment, les Crocs usées se dérobèrent sous lui alors qu'il s'écrasait, atterrissant sur les fesses sur le porche enneigé.

Encore une fois, sérieux ?!

— Merde ! s'écria Max.

Il se précipita dehors, tombant à genoux devant Jeremy.

— Est-ce que tu vas bien ?

— Ouais. Je suis juste la personne la plus maladroite de tous les temps.

Son visage s'empourpra. Il essaya de se relever, tenant toujours le seau.

— Oh, mon Dieu ! s'exclama Valerie sur le pas de la porte. Es-tu blessé ? John, tu étais censé saler le porche arrière !

Les mains de Max étaient fortes autour de la taille de Jeremy tandis qu'il le soulevait sur ses pieds – et presque loin du sol.

— Ton coccyx, ça va ?

— Ouais.

Ça faisait mal, mais la neige avait un peu amorti sa chute, d'après lui. Il baissa les yeux.

— Tu es en chaussettes, fit-il remarquer à Max.

Ses pieds devaient être gelés, mais il l'ignora, ramenant Jeremy dans la cuisine, où le reste de la famille se pressait.

— Je vais bien ! assura Jeremy.

Meg lui prit le seau.

— Tu es sûr ?

— Ça va te mettre du poil sur le torse, déclara Pierre.

Jeremy fut obligé d'en rire.

— Je n'ai pas grand-chose, alors c'est bien.

— Papy pense que tout ce qui est désagréable te met du poil sur le torse, dit Max en frottant le bras de Jeremy.

Valerie secoua la tête.

— Je suis vraiment désolée. On peut t'emmener aux urgences pour te faire examiner.

— Honnêtement, je ne suis pas tombé si fort.

Jeremy écarta les autres inquiétudes de la part de Valerie et John qui se sentaient clairement coupables.

— D'accord. Les garçons, enlevez ces vêtements mouillés.

Valerie les chassa à l'étage.

En plus de ses pieds mouillés, les genoux du jean de Max étaient humides. Les fesses de Jeremy avaient subi le plus gros, mais ses chaussettes avaient aussi été un peu mouillées. Il alluma la lumière dans la chambre d'amis, surpris quand Max le suivit.

— Honnêtement, je vais bien.

Le front de Max était plissé.

— Tu es sûr que ça ne fait pas trop mal ?

— Affirmatif.

Jeremy se pencha pour enlever ses chaussettes et ne put dissimuler une grimace. Avant qu'il ne comprenne ce qu'il se passait, Max était à genoux, ses mains se stabilisant sur les hanches de Jeremy.

— Lève, ordonna-t-il en tapotant l'un des pieds de Jeremy.

Celui-ci fit ce qu'on lui demandait, se tenant aux épaules de Max alors qu'il retirait doucement ses chaussettes et frottait ses pieds froids l'un après l'autre. Ses mains étaient si grandes, et c'était sacrément bon. Bien, bien trop agréable. Ensuite, ces mains furent sur la braguette de Jeremy, et il déboutonna son jean, l'aidant à en sortir.

Dans une position idéale pour voir le sexe de Jeremy gonfler.

Le souffle de Max se coupa de manière audible. Il observa Jeremy à travers des cils épais. Ses lèvres s'entrouvrirent et l'air entre eux sembla soudain électrique. Le cœur battant, Jeremy agrippa ses épaules.

—Je vais bien, murmura-t-il d'une voix rauque. Tu n'as pas à t'inquiéter.

C'était le moment où il devait reculer, mais il resta cloué au sol.

Lentement, Max se remit sur ses pieds, passant ses mains sur l'extérieur des cuisses de Jeremy pour les reposer à nouveau sur ses hanches. Il baissa les yeux, leurs regards se rencontrèrent.

— Tu es sûr ?

Jeremy ne put qu'acquiescer.

Encore plus lentement, la main de Max glissa pour effleurer les fesses de Jeremy par-dessus son boxer.

— Ça ne fait pas mal ?

Jeremy secoua la tête, déglutissant difficilement. La main de Max reposait là, sur ses fesses, et il mourait d'envie de s'appuyer dessus et de s'y frotter. De supplier pour plus de caresses. Même s'ils en avaient fait beaucoup plus, il y avait quelque chose de si excitant dans ce léger contact.

Lentement, Max fit glisser sa main dans le dos de Jeremy, une traînée de chaleur dans son sillage, passant autour de son épaule et s'arrêtant sur sa joue. Il traça un montant des lunettes, en suivant la monture noire.

— Au moins, celles-ci ont survécu cette fois.

Essayant de sourire, Jeremy hocha la tête. Il émit un petit son qui ressemblait de façon embarrassante à un gémissement. Le souffle de Max était chaud contre son visage et Max se lécha les lèvres. Il se pencha, son corps pressé contre lui…

— Jeremy, comment vas-tu ? questionna Valerie.

Sa voix était trop proche, les escaliers grinçant.

Max et lui se séparèrent d'un bond. Jeremy bondit vers le lit, attrapa son bas de pyjama et remonta la flanelle à carreaux. Max fonça à travers le couloir dans sa chambre, alors que Jeremy enlevait son sweat-shirt et le mettait en boule sur ses genoux pour cacher son érection. Il replia ses orteils sur le tapis par réflexe.

— Ça va super !

Sa voix était beaucoup trop aiguë et fluette.

Valerie apparut dans l'embrasure de la porte, l'inquiétude évidente sur son visage.

— Vraiment ? Je me sens terriblement mal.

— Honnêtement, je vais tout à fait bien. Allons-nous regarder la fin du film ?

— Absolument. John est en train de remuer le chocolat chaud, dit-elle en lui faisant signe de la suivre. Allons nous mettre à l'aise.

Heureusement, il avait réussi à maîtriser son corps. Max les rejoignit portant son propre pyjama et des chaussettes propres. Valerie prit sa joue en coupe et l'embrassa. Elle serra Jeremy dans une demi-étreinte et ils descendirent ensemble.

Recroquevillé sur la causeuse, Jeremy sirota son chocolat chaud crémeux et parfaitement sucré à côté de Max — si proche, mais si horriblement loin.

Chapitre dix

L A NOTIFICATION PAR e-mail apparut en haut de l'écran, s'attardant pendant quelques secondes avant de disparaître. Les pouces de Max se figèrent, son texto à Honey à moitié terminé.

Résultats tests d'admission. On y était.

Plissant les yeux sous le soleil d'une journée froide et gelée, parfaite pour la journée portes ouvertes, il enfila ses lunettes de soleil et acheva rapidement le texto avant de ranger son téléphone. Debout près de la longue et étroite jardinière qu'ils avaient installée sur deux tables en face de la grange, il tassa de la neige propre avec une paire de gants en nylon fraîchement sortie du sèche-linge.

Bientôt, les enfants feraient la queue pour des bonbons au sirop d'érable obtenus en versant du sirop chaud sur la neige, mais en cet instant, Max avait la tête qui tournait. Les doutes qu'il avait étouffés – réprimés – pendant des mois trouvaient leur chemin. Voulait-il vraiment être avocat ?

— Il suffit de regarder les résultats, marmonna-t-il en versant un autre seau de neige dans la jardinière et en la tassant.

Il respirait difficilement sans raison valable, les nuages de son souffle s'échappant par à-coups.

Il fallait qu'il en parle. C'était comme si les mots lui remontaient dans la gorge et luttaient pour sortir.

Meg rangeait des balles de foin à l'arrière du gros chariot qu'un voisin avait prêté pour la journée pour des excursions le long des routes de service à travers l'érablière. Il pouvait aller la rejoindre et tout déballer en sachant qu'elle n'édulcorerait pas son opinion. Mais même s'il aimait sa sœur, il ignorait s'il pourrait supporter son honnêteté en ce moment.

Papy communiait avec les chevaux empruntés qui tireraient le chariot, et Max ne voulait pas l'embêter. Son père et Valerie s'affairaient autour de la grange dont les portes étaient grandes ouvertes. Il savait qu'ils se montreraient compréhensifs, même s'il avait peur de décevoir son père. Mais était-il prêt à le leur dire ? Bon sang, il ne savait même pas ce qu'il leur dirait. Et la journée portes ouvertes commencerait d'une minute à l'autre.

À l'extérieur de la grange, Jeremy versait des échantillons de sirop dans de minuscules gobelets en papier pas beaucoup plus gros que des dés à coudre, les plaçant en rangées ordonnées sur une table. On aurait dit qu'il les classait par variété, du plus clair au plus foncé, ajustant les tasses par fractions pour que les rangées soient identiques. Il portait son nouveau bonnet vert et sa parka, et même de loin, Max pouvait voir que ses joues étaient roses à cause du froid.

Ce ne fut que lorsque Jeremy leva les yeux et cilla avec surprise que Max se rendit compte qu'il fixait l'autre côté du vaste parking. Qu'il regardait Jeremy s'organiser avec un grand sourire niait. C'était à lui qu'il désirait parler. Le nœud de tension dans son ventre se desserra.

Timidement, Jeremy lui rendit son sourire et lui adressa un petit salut de la main. Max le lui retourna, le rejoignant à mi-chemin.

— Tu peux m'aider à aller chercher quelque chose à la maison ?

— Bien sûr, répondit Jeremy en lui emboîtant le pas. C'est une journée parfaite, hein ? La neige fraîche d'hier soir est magnifique sur les arbres. Ça me rappelle Whistler, sans les montagnes. Et ce sont surtout des érables, donc pas du tout comme Whistler. C'est juste le seul endroit où j'ai vu autant de neige, je suppose.

— Logique.

Max avait passé toute la matinée à essayer de ne pas penser à l'embrasser – ou à se mettre à genoux comme il l'avait fait la nuit dernière –, mais Jeremy était si mignon quand il parlait comme ça, les mots sortant tout seuls.

— Les enfants doivent adorer. Beaucoup de bonshommes de neige et tout ça.

— La neige n'est pas idéale pour le moment, elle doit être un peu plus humide. Mais oui, quand j'étais enfant, j'adorais ça. N'importe quel type de neige peut atterrir dans le col de ta sœur.

Jeremy éclata de rire.

— Je suppose que c'est le job d'un frère.

Son sourire vacilla.

— Sean doit te manquer.

— Ouais, admit-il avec un haussement d'épaules. Mais on dirait qu'il s'amuse.

Il sortit son téléphone et afficha une photo de son frère souriant à la balustrade d'un bateau de croisière.

— Mon père l'a envoyé. Nous nous envoyons mutuellement des photos maintenant. J'espère que c'est bon signe.

— Tout à fait. C'est un progrès.

Max monta les marches du porche couvert en claquant ses bottes. Peut-être qu'il ne devrait pas ennuyer Jeremy avec ses problèmes. Il avait assez des siens. Pour autant que Max le sache, il était occupé à envoyer des SMS à Levi. Il n'avait pas besoin de s'occuper de la crise de Max, qui n'était même pas au quart de sa vie.

— Vas-tu revoir ce mec aujourd'hui ? demanda Max.

Il garda les yeux baissés alors qu'il frappait la brique près de la porte. Cela ne le dérangeait pas. Eh bien, cela ne *devrait* pas le déranger serait plus exact.

La veille au soir, lorsque Jeremy avait glissé sur la glace, Max avait eu envie de le prendre dans ses bras et ne pas le lâcher. Il avait été à peine capable de se contrôler quand l'érection de Jeremy avait tendu son caleçon. Il pouvait imaginer la courbe lisse de son sexe jaillissant des poils roux et il avait été dévoré par l'envie de l'avaler jusqu'à la base. Pas seulement pour satisfaire son propre désir, mais pour le réconforter et le faire jouir. Pour voir Jeremy sourire, l'entendre haleter et lui donner du plaisir.

Il réalisa que Jeremy mettait beaucoup de temps à répondre et était sur le point de s'excuser pour sa curiosité. Max devrait se concentrer sur ses propres problèmes et arrêter d'interférer avec ceux de Jeremy. Pas qu'avoir un gars intéressé soit un *problème*. Max était censé être content pour lui.

— Je crois que oui, dit Jeremy. Il a donné l'impression qu'il allait venir. Dois-je lui envoyer un texto pour confirmer ?

— Non. Tu ne veux pas avoir l'air trop impatient.

Dès que les mots furent prononcés, Max grimaça intérieurement. C'était un mauvais conseil. Ce n'était pas ainsi que les parrains fées étaient censés fonctionner. Ni des amis, d'ailleurs. Il ajouta :

— Mais si tu l'aimes bien, tu devrais envoyer un SMS. Il y a un temps et un lieu pour se la jouer cool, mais il n'y a rien de mal à montrer à quelqu'un qu'on l'aime bien. Vas-y.

— Eh bien, il a dit qu'il venait, donc je ne veux pas paraître insistant. Il est gentil, mais…

Max fut bien trop content de ce « mais ».

— Pas de pression, mec, rappela-t-il.

Il poussa la porte, les clochettes de la guirlande sonnèrent joyeusement. Ils retirèrent leurs bottes, leurs gants et leurs bonnets, toutefois ils gardèrent leurs manteaux. Maintenant, Max ne pouvait que cracher le morceau, ou inventer une excuse pour avoir amené Jeremy à la maison.

Jeremy le fixa dans l'expectative. À présent, le téléphone de Max semblait creuser un trou dans la poche de son jean.

— Je, euh…

Les sourcils roux de Jeremy se rejoignirent tandis qu'il demandait :

— Ça va ?

Il ne toucha que légèrement le bras de Max à travers son manteau épais, pourtant cela envoya quand même des étincelles au sexe de Max. Il se rendit compte que c'était le premier homme avec lequel il était sorti qui avait eu cet effet sur lui. Il se sentait ivre sous cette sensation.

Sauf que nous ne sortons pas ensemble parce que je suis un idiot.

— Max ?

— Ouais. Je ne sais pas. Je veux dire, oui. Je vais bien.

Son esprit s'emballa, oscillant entre les résultats du test d'admission et l'envie de prendre Jeremy dans ses bras et de l'embrasser comme si rien d'autre n'avait d'importance. Sauf qu'il n'était pas censé ressentir cela aussi fort, aussi vite.

Il avait déjà aimé des hommes. Était déjà sorti avec des mecs. Il ne s'était jamais senti aussi dénué de contrôle. C'était exactement la raison pour laquelle il y avait mis un frein. La boule de neige dévalant la pente avait besoin de ralentir son roulement. Il avait assez à gérer.

Comme cet e-mail en attente. Il avait déjà besoin d'arracher le pansement. Être adulte et y faire face.

Le téléphone de Jeremy sonna dans sa poche.

— Désolé, je…

Il fixa l'écran.

— Ma mère.

— Prends l'appel, décroche.

Max se glissa dans le salon pour lui offrir de l'intimité. Sauf que la mère de Jeremy parlait si fort que Max pensa une seconde qu'il était sur haut-parleur.

— Où es-tu ?

— Quoi ?

Jeremy sembla instantanément bouleversé tout en demandant :

— Qu'est-ce qui ne va pas ?

— *Où es-tu ?* J'ai vu les photos que tu as envoyées à ton père.

Elle le lança comme une accusation.

— Ça ne ressemble pas à Toronto.

Waouh. Max se figea près de la cheminée où il allait balayer les cendres froides de la nuit précédente. Il aurait dû se rendre dans la cuisine et arrêter d'écouter, mais il semblait incapable de bouger.

— C'est… ce n'est pas le cas. Je suis près de Pinevale. C'est à quelques heures au nord.

— Avec qui es-tu ?

Debout dans le hall, les yeux de Jeremy croisèrent ceux de Max de l'autre côté du salon. Sa pomme d'Adam dansait.

— Un ami de l'école. Je loge dans sa famille pour les vacances.

— Qui est cet ami ?

— Il s'appelle Max.

— Et quel genre *d'ami* est-ce ?

Elle criait à présent.

Jeremy tressaillit.

— Juste un ami, dit-il, sa voix se brisant.

Max eut du mal à ne pas marcher, prendre le téléphone et dire à sa mère d'aller se faire foutre.

— Pourquoi ne nous l'as-tu pas dit ? Tu es censé être sur le campus !

Ouvrant la bouche, Jeremy la referma alors que sa mère criait, parlant d'honnêteté et de conserver sa confiance. La tension artérielle de Max grimpa en flèche alors qu'il l'écoutait traiter Jeremy de menteur, ne lui laissant pas placer un mot. Jeremy se recroquevilla sur lui-même, fixant le sol. Quand il releva les yeux vers Max, il grimaça, et Max put voir les excuses dans cette moue.

Encore une fois, il lutta contre l'envie de s'avancer, de prendre le téléphone et de lui dire ses quatre vérités. Il désirait protéger Jeremy et lui crier dessus pour l'avoir abandonné. Au lieu de cela, il dit :

— *Ce sont des conneries !*

Les yeux fixés sur ceux de Max, Jeremy prit une profonde inspiration et se redressa, roulant ses épaules en arrière. Il interrompit sa mère.

— Pourquoi ne devrais-je pas passer les vacances avec un ami ? Il est super et sa famille est géniale. Tu préférerais que je sois tout seul dans mon dortoir pour Noël ? C'est ce que tu veux, maman ? C'est censé être ma punition ?

Ses mots restèrent suspendus dans l'air, suivis d'un terrible silence. Max retint son souffle.

Une sorte de gémissement de douleur résonna à travers le téléphone.

— Non.

Sa voix était plus faible maintenant, mais Max pouvait encore distinguer les mots.

— J'étais inquiète. Je m'inquiète pour toi. Tu ne le croiras peut-être pas, mais c'est vrai.

Des larmes brillèrent dans les yeux de Jeremy. Il remonta ses lunettes et les essuya. Il chuchota :

— Je vais bien, maman. Tu n'as pas à t'inquiéter.

Elle ajouta quelque chose que Max ne parvint pas vraiment à comprendre, puis il y eut un silence, mais Jeremy tenait toujours le téléphone contre son oreille. Quelques secondes plus tard, une voix jeune et forte s'exclama :

— Cherry ! C'est moi !

La joie illumina son beau visage et Max eut envie de prendre une photo. Jeremy répondit :

— Salut, Sean ! Tu me manques tellement. Vous vous amusez à Hawaï ?

Max finit par bouger, levant le pouce à Jeremy et se précipitant vers la cuisine pour enfin lui offrir de l'intimité. Il ouvrit son manteau et tira sur son écharpe. Il restait quelques pâtisseries de Papy, il en mangea une avec reconnaissance. Il ne fallut pas longtemps avant que Jeremy apparaisse.

— Désolé pour tout ça.

— Ne le sois pas.

Max lécha les miettes de pâtisserie de ses doigts.

— Ça va ?

— Je pense que oui, admit-il en souriant. C'était génial d'entendre la voix de Sean. Il s'éclate.

— C'est bien. Ta mère a l'air… intense.

Jeremy grimaça.

— C'est une façon de le dire.

Il enleva ses lunettes et se frotta le visage.

— Elle me rend complètement dingue.

Max serra Jeremy dans ses bras. Il oublia ses propres soucis, Jeremy avait l'air d'avoir été taclé par un linerbacker. Max voulait qu'il aille bien. Il voulait revoir son sourire. Jeremy s'affaissa contre lui, ses bras entourant sa taille, une parka épaisse entre eux. Il appuya sa tête contre l'épaule de Max.

— Parfois, je la déteste presque, murmura-t-il. Mais c'est ma mère.

Max lui caressa les cheveux.

— Je suis désolé que ce soit comme ça actuellement.

Il voulait la traiter de tous les noms auxquels il pouvait penser, mais cela n'aiderait pas Jeremy à se sentir mieux.

— J'espère que ça changera, dit-il. Je suis sûr qu'elle était vraiment inquiète pour toi. Je pourrais être un tueur en série pour ce qu'elle en sait.

Jeremy rit doucement et releva la tête, replaçant ses lunettes.

— Si c'est le cas, tu prends ton temps.

— Peut-être que c'est mon mode opératoire. Peut-être que toute ma famille est dans le coup. Nous attendons le bon moment.

Jeremy écarquilla les yeux.

— Qu'y a-t-il vraiment dans ces bouteilles de sirop d'érable super foncées ?

— Tu le sauras bientôt. À la dure.

Il rit de façon machiavélique et Jeremy gloussa.

— Merci. Je me sens mieux.

Il regarda Max, leurs corps toujours proches.

Max prit les épaules de Jeremy entre ses mains, pressant en rythme le tissu gonflé.

— Désolé d'avoir écouté.

— Non, quand elle est comme ça, je crois que les gens de toute la région peuvent l'entendre.

À contrecœur, Max annonça :

— Nous devrions y retourner. Les gens vont arriver d'une minute à l'autre.

— Qu'est-ce qu'on devait récupérer pour les bonbons ?

Max dut rire d'un air penaud alors qu'il attrapait la boîte de bâtons à glace et la brandissait en l'air.

Jeremy haussa un sourcil.

— Dois-je prendre un côté ? Je ne sais pas si tu peux y arriver tout seul.

— Je te ferai savoir que c'est une boîte géante.

— C'est écrit ici, noir sur jaune. C'est clairement un travail pour deux. Je suis content d'être là pour aider.

Il hésita.

— Quelqu'un pourrait penser que tu essayais de me voir en tête-à-tête.

Les moteurs des voitures grondaient à l'extérieur, il n'eut donc pas le temps de poser ses lèvres sur la jolie rougeur sur les joues de Jeremy. Mais il allait devoir retrouver Jeremy seul bientôt. Règles ou pas règles. Plan ou pas plan. Pourquoi se retenait-il ? S'ils le voulaient tous les deux, pourquoi ne pas foncer ?

Ils enfilèrent leurs bottes et se précipitèrent dehors, Max était sur le point de suggérer qu'ils s'éclipsent plus tard une fois que la foule se serait éclaircie lorsqu'une voix retentit.

— Jeremy !

Max retint son grognement. Levi s'était montré, comme promis. Un stupide mec gentil, fiable et sexy en plus. Beurk. À quoi avait-il pensé quand il avait encouragé Jeremy à aller à ce rendez-vous pour un café ? Maintenant, il devait sourire et serrer les dents alors que Levi s'avançait et serrait Jeremy dans ses bras. Un câlin !

Deux petites filles avec des couettes suivaient Levi, elles saluèrent Max avec des bonjours joyeux. Il ne pouvait pas vraiment pousser accidentellement Levi dans le banc de neige le plus proche avec les enfants qui regardaient. Pas qu'il devrait le bousculer, d'ailleurs. Il grommela intérieurement. Pouvaient-ils revenir en arrière et se retrouver quelques minutes plus tôt quand Jeremy était en sécurité et au chaud dans ses bras ?

Il évita d'avoir à serrer la main de Levi, ce qui était un peu merdique, et s'échappa. Les voitures affluaient à présent dans l'allée, il fallait qu'il lance la confection de bonbons, sinon Valerie se mettrait en colère. Eh bien, pas tant en colère que déçue, ce qui était en quelque sorte pire.

Max alluma le réchaud de camping au kérosène et posa une casserole de sirop dessus. Il se dépêcha de jeter le reste de la neige fraîche, en la tassant dans la jardinière en bois. Pendant qu'il travaillait, il garda un œil sur Jeremy et Levi. Ils avaient amené les filles à la station de maquillage que le père de Max tenait avec de grands sourires et sa main ferme habituelle.

Ils parlaient de quelque chose et Levi continuait de toucher le bras de Jeremy. Il n'était pas nécessaire de le toucher autant. Certainement pas besoin de se pencher si près. Jeremy pouvait sûrement l'entendre correctement.

De quoi parlaient-ils ? Pourquoi souriaient-ils autant ?

Pourquoi suis-je si bête ?

La douce odeur alerta Max juste à temps alors qu'il se retournait et arrachait la marmite bouillonnante du réchaud de camping.

— Merde !

Il attrapa l'ancien thermomètre à bonbons ayant appartenu à Mamy. Il était en degrés Fahrenheit et il pouvait à peine distinguer les chiffres effacés. Deux cent cinquante, ce qui faisait au moins dix degrés trop chaud, mais bon. Le premier lot serait un peu croquant au lieu de moelleux.

Il cria :

— Qui veut des bonbons au sirop d'érable ?

Bientôt, il fut submergé d'enfants qui prirent un bâton à glace et s'alignèrent le long de la jardinière. Max versa le sirop chaud en ligne le long de la jardinière, les enfants y roulant leurs bâtons pour créer une sorte de sucette. Pendant la saison, ils le faisaient avec de la sève tout droit sortie des arbres, mais cela fonctionnait encore bien avec le sirop.

Max fut occupé avec un flux constant de clients. Quand il se retourna du poêle avec une nouvelle casserole, Jeremy et Levi se trouvaient là. Et les nièces, qui roulaient avec enthousiasme leurs bâtons. Ce lot était parfaitement moelleux, et ils riaient de joie en le tirant avec leurs dents.

Max ne pouvait que regarder Levi rouler une boule de caramel et l'offrir à Jeremy, la mettant directement dans sa bouche. Jeremy la lécha, sa langue rose sortant, et *pourquoi Max l'avait-il encouragé à aller à ce stupide rendez-vous* ? Levi et ses nièces partiraient sûrement bientôt.

Sauf que ce ne fut pas le cas.

Une heure s'écoula, les enfants ne s'ennuyaient pas et Levi s'accrochait à chaque mot de Jeremy, s'accrochant parfois à son corps, un bras autour de ses épaules ou une pression sur ses biceps.

— On dirait que Jeremy s'est fait un nouvel ami.

Max réprima un gémissement.

— Tais-toi, Meg.

Il alimenta le poêle avec davantage de kérosène, l'ignorant et espérant qu'elle s'en irait. Évidemment, elle se tenait là, souriante et placide, quand il se retourna.

— Quel est le problème, grand frère ?

— Tu sais exactement quel est le problème, grommela-t-il.

Avec un rire franc, elle admit :

— Je le sais bien. Tu l'adooooores.

— *Meg.*

— OK, OK.

Elle leva les mains en signe de reddition.

— Maman va donner une pause à Papy et faire le prochain tour en chariot. Je ferai les bonbons si tu veux reprendre la cabane à sucre. Oh, regarde, Jeremy et son copain vont là-bas.

Max la maudit dans sa barbe, adressant un sourire éclatant à une famille proche alors qu'il passait devant eux. Effectivement, Jeremy et Levi étaient dans la cabane à sucre, examinant les boîtes de friandises au sucre d'érable. À en juger par l'épuisement du stock, ils en avaient vendu pas mal.

— Salut, les amis ! lança-t-il à la quinzaine de personnes qui s'affairaient. Je serais heureux de répondre à toutes vos questions et je peux vous parler de notre entreprise.

Dans le silence, son regard glissa vers Jeremy et Levi, ce dernier passa son bras sur les épaules de Jeremy et adressa à Max un sourire éclatant.

— Combien d'entailles faites-vous dans les arbres ? questionna Levi.

— Nous avons euh…

Max s'éclaircit la gorge et avala une gorgée de sa bouteille d'eau en métal.

— Désolé. Un chat dans la gorge. Je suis sûr que vous avez tous vu les tubes courir le long des arbres en entrant. Lorsque la sève commencera à couler, probablement en mars, nous remettrons les robinets dans les arbres et le sirop circulera à travers les tubes. Nous ferons environ trois mille quatre cents entailles.

La nièce de Levi demanda :

— Est-ce que ça sort des arbres comme ça ?

Elle désigna les bouteilles transparentes d'ambre alignées sur les étagères.

— Non, c'est juste de la sève quand elle sort de l'arbre et chemine jusqu'à la cabane à sucre.

Il désigna l'équipement métallique qui dominait l'espace.

— C'est notre évaporateur, il est au bois. Nous y faisons cuire la sève jusqu'à ce qu'elle devienne le sirop que vous versez sur vos pancakes.

Il répondit à d'autres questions et vendit quelques produits à la petite caisse. Lorsque ce groupe partit, il soupira de soulagement avant de réaliser que Levi et Jeremy étaient toujours là. Et Levi était toujours trop tactile, se penchant tout près et chuchotant quelque chose à l'oreille de Jeremy près de l'évaporateur.

Dans lequel Max était sur le point de pousser Levi.

— Tu devrais y aller, lâcha Max.

Jeremy et Levi le regardèrent avec surprise.

— Nous avons une limite de deux heures. Pour, euh, donner une chance à d'autres personnes, ajouta faiblement Max, désignant les nouveaux véhicules s'arrêtant à l'extérieur.

— Oncle Levi, j'ai faim de vraie nourriture ! J'aurai mal au ventre si je mange plus de sucre.

Levi sourit à ses nièces.

— Des hamburgers et des frites ? Ne le dites pas à votre mère.

— Super !

Les filles sautaient sur place.

— Tu veux venir avec nous ? demanda Levi à Jeremy, dont le visage avait rougi.

C'était parfaitement raisonnable, se rappela Max.

— Non, je devrais rester pour aider.

C'était la partie où Max aurait dû lui dire d'aller déjeuner, mais il n'arrivait pas à laisser sortir les mots. Parce qu'il était un connard.

— Désolé, nous sommes restés trop longtemps, s'excusa Levi à Max en lui offrant sa main. C'était sympa de te revoir.

Max grimaça intérieurement.

— Non, c'est cool. Vous pouvez rester aussi longtemps que vous le souhaitez.

Il serra la main de Levi.

— Burgers et frites ! s'exclama l'une des nièces, et Levi les fit sortir.

À la porte, il dit :

— À plus tard, Jeremy.

Il lui fit un clin d'œil. Parce qu'il était mauvais, même s'il semblait dégoulinant de gentillesse et de raison.

Max se détendit. Le mec était parti. Maintenant, il allait dire à Jeremy à quel point il avait été idiot, sauf que celui-ci le fixait. Son ventre se noua.

— C'était vraiment grossier ! siffla Jeremy alors que Valerie conduisait une famille aux joues rouges dans la cabane à sucre.

Secouant la tête, il se faufila à travers le groupe, disparaissant à l'extérieur.

— Attends !

Max demanda à Valerie de prendre le relais et se précipita derrière lui, traversant rapidement le terrain pour ne pas attirer l'attention. Jeremy s'approcha de la maison. Jurant, Max le suivit à l'intérieur et retira ses bottes avant de sprinter dans les escaliers, les grimpant deux marches à la fois, Jeremy disparaissant à l'angle.

Aucun doute là-dessus. Il voulait Jeremy. La boule de neige dévalait toujours la pente. Elle se transformait en une putain d'avalanche, et il avait fini de la combattre.

Chapitre onze

J EREMY TENDIT LA main derrière lui pour fermer la porte de la salle de
bain, mais elle heurta de la chair solide à la place. C'était Max, et il le
poussa à l'intérieur et referma la porte derrière eux. Il enleva son bonnet
et ses gants, les jetant sur le comptoir. Il portait encore son manteau.

— Écoute…

— Non, toi, écoute ! s'écria Jeremy.

Il avait la mâchoire serrée, la frustration et l'embarras s'affrontant.
Levi avait seulement essayé de l'aider.

— C'est un gars sympa, et tu as été vraiment impoli.

— J'étais juste…

Max soupira avant de conclure :

— Grossier. Oui.

Il leva les mains et les laissa retomber.

— J'ai été un connard. Je suis désolé.

Jeremy ne sut pas quoi dire d'autre que :

— C'est tout ?

Après l'appel avec sa mère, il était automatiquement en mode dis-
pute, s'attendant à des justifications défensives et des réprimandes.

Max se balançait sur la pointe de ses chaussettes, l'air agité. Il dézippa
son manteau et alluma et éteignit à plusieurs reprises le plafonnier,
même si la lumière du soleil filtrait par la fenêtre à l'extrémité de la petite
salle de bain.

— Je suis vraiment désolé. J'ai dépassé les bornes.

— Non, je veux dire… tu l'admets simplement ?

Jeremy avait accroché sa parka à un crochet dans le hall, il tripota les manches de son pull avant de croiser les bras.

Max fronça les sourcils.

— Préférerais-tu que je ne le fasse pas ?

— Non.

Il rit avec gêne, Max lui adressa un sourire hésitant et sa colère fondit.

— Je crois que je n'ai pas l'habitude.

Il se mordit la lèvre. Tant pis.

— Tu es jaloux ?

La question resta en suspens. Max était toujours près de la porte fermée, et Jeremy s'était retranché au fond de l'étroite salle de bain près des toilettes, l'ancienne baignoire sur pattes et la douche à sa droite. Il joua avec le rideau de douche en attendant la réponse de Max. Levi en avait été si sûr, mais…

— Oui.

Max le regarda, ses yeux bruns fixés sur lui comme s'il n'y avait rien d'autre au monde.

— Je suis jaloux comme pas permis.

Le cœur battant, Jeremy conserva une expression neutre, du moins, l'espérait-il.

— Et si j'essayais de te rendre jaloux ?

Les sourcils de Max se haussèrent.

— Ça a marché. J'ai détesté te voir avec lui. Je ne voulais pas qu'il te touche.

Il s'approcha et prit le visage de Jeremy en coupe, déplaçant ses mains sur ses épaules.

— La vérité, c'est que je ne veux pas que quelqu'un te touche. Je te veux pour moi tout seul.

Jeremy put à peine résister à l'envie de se jeter dans ses bras, mais il tint bon. Il devait déterminer si sa confiance était justifiée.

— Et si je dis que tu ne peux pas m'avoir ?

Inspirant brusquement, Max recula et fourra ses mains dans ses poches.

— Alors je ne pourrai pas t'avoir. J'ai vraiment tout foutu en l'air.

La chaleur gonfla dans sa poitrine et Jeremy ne put dissimuler son sourire.

— Pouvons-nous arrêter de prétendre que nous ne sommes que des amis ?

Dans un souffle, Max l'attira dans ses bras. Jeremy se cramponna à ses larges épaules à travers son épais manteau, ses orteils touchant à peine le carrelage usé.

Le baiser fut tout ce qu'il avait imaginé : chaud, tendre et absolument dévorant, la langue de Max envahissant sa bouche. Il avait un léger goût de chocolat et de menthe et Jeremy se demanda si c'était du chocolat à la menthe, ou du chocolat et du dentifrice, ou peut-être du chewing-gum. Il rencontra la langue de Max avec la sienne, et ce dernier manifesta son approbation d'un fredonnement.

Il n'avait jamais goûté, senti ou ressenti une autre personne aussi intimement. Cela faisait moins d'une semaine qu'ils s'étaient embrassés pour la dernière fois, et cela semblait être une éternité. Jeremy était presque fou de désir, se hissant sur la pointe des pieds pour se frotter contre Max. Son sexe était douloureux, pressé contre la braguette de son jean. Il essaya d'accrocher une jambe autour de son amant, le soulagement et la joie prenant le pas sur la luxure.

Max s'écarta avec un sourire, cet éclair alvéolé de dents blanches enflammant encore plus le sang de Jeremy. Il se débarrassa de son manteau et se pencha pour soulever Jeremy, calant ses fesses sur le bord du lavabo. Jeremy enroula ses jambes autour de lui, gémissant alors que leurs érections se rejoignaient à travers leurs jeans. Respirant fort, Max s'éloigna.

— Je suis censé être celui qui a de l'expérience, mais j'ai vraiment merdé cette partie.

— Vas-tu recommencer à parler avec des clichés du football ?

Il glissa ses mains sous le pull de Max, caressant ses mamelons et le faisant haleter. Ce halètement jeta de l'huile sur le feu, la confiance de Jeremy grandissant. Max le *désirait*. Il avait été jaloux !

Jeremy plaisanta avec audace :

— Parce que je devrai peut-être rattraper Levi si tu le fais.

Max rit.

— Oh, je vois. Très bien, je le mérite.

Il pinça l'oreille de Jeremy, ses doigts se faufilant dans ses cheveux.

— J'ai été un imbécile. Je n'ai jamais eu envie que tu ailles à ce rendez-vous. J'ai même détesté que tu aies ouvert l'application.

— Sincèrement, j'étais juste curieux ! Crois-moi, je ne veux personne d'autre hormis le mec de mes rêves dormant juste de l'autre côté du couloir.

Max gémit.

— Seigneur, les deux dernières nuits ont été une torture.

Il frotta l'érection de Jeremy à travers son jean.

— Surtout hier soir. Je ne pouvais pas m'empêcher d'y penser. Poser ma bouche sur toi.

Jeremy frissonna, se cambrant sous les caresses de Max.

— Je mourais d'envie que tu te faufiles près de moi, avoua-t-il.

Max l'embrassa. Sauvagement. Quand il rompit le baiser, il chuchota :

— Tu ignores à quel point tu es sexy.

Jeremy ouvrit et ferma la bouche. Max éclata de rire.

— Tu vas te disputer avec moi, pas vrai ? Dis-moi que tu n'es pas sexy. Tu es si innocent, mais tu me rends dingue. Tu me taquines avec ta langue. Une pichenette et je pense aux fellations. Je pense à toutes les façons d'enfreindre les stupides règles de la maison.

Le sexe de Jeremy gonfla encore plus, son corps picotant.

— Nous ne devrions pas. Je suis un invité.

— Tu veux que j'arrête ?

Il frotta Jeremy, se penchant pour lui sucer le cou.

— Ne t'avise pas de le faire. Peux-tu…

Jeremy s'interrompit, soudain timide.

— Quoi ? Tout ce que tu veux, bébé.

— Peux-tu m'embrasser à nouveau ?

Max caressa sa joue de sa main rugueuse et unit leurs lèvres. Ce baiser fut doux au début. Sec et léger. Leurs nez se cognèrent et Jeremy rit doucement.

— Désolé. Je n'ai toujours aucune idée de ce que je fais.

— Ne t'inquiète pas, dit Max, traçant la pommette de Jeremy avec son pouce. Moi, si.

Il sourit, puis inclina la tête de Jeremy et l'embrassa plus profondément.

À présent, c'était de nouveau humide, le frottement râpeux de la barbe de Max était merveilleux sur sa peau. Jeremy se sentait vraiment *embrassé*, et quand Max glissa sa langue à l'intérieur, il gémit et agrippa ses bras épais. Être envahi de la sorte l'excita beaucoup, il s'abandonna avec gratitude, aspirant de l'air chaque fois qu'il le pouvait.

Toujours en l'embrassant, Max le renversa sur le lavabo, utilisant une main pour écarter davantage ses jambes. Jeremy grimaça à la pression sur les nouvelles contusions sur ses fesses.

— Qu'y a-t-il ?

Max cligna des yeux dans la lumière du soleil traversant les rideaux jaunes de la petite fenêtre. Il se redressa pour se tenir droit entre les cuisses écartées de Jeremy.

— Est-ce que ça fait mal ?

— Un peu. Ne t'en fais pas.

Jeremy tira sur son pull, mais Max ne bougea pas.

— Je ne peux que m'inquiéter que tu souffres. Ce n'est pas une bonne douleur.

Il remit Jeremy sur ses pieds.

— S'il te plaît, ne t'arrête pas.

Jeremy se fichait à quel point ses fesses meurtries lui faisaient mal.

— Oh, ne t'inquiète pas, déclara Max alors qu'un sourire étirait ses lèvres charnues. Je n'arrête pas. Ce ne serait pas sympa de ma part de te laisser dans cet état. Tu en as vraiment besoin, hein ?

Il frotta lentement le membre raide sous le jean tendu.

— S'il te plaît, supplia Jeremy.

Il arqua le dos, avide de plus de pression sur sa verge. Il avait déjà joui dans son pantalon avant, et à cet instant, il ne semblait pas se soucier de savoir si ce serait embarrassant ou non.

— Je m'occupe de toi. C'est bon.

Max leva la main, attrapant l'ourlet du pull de Jeremy et le faisant passer par-dessus sa tête.

Jeremy leva les bras, frissonnant tandis que Max jetait le lainage sur le côté. Ses yeux parcoururent le torse dénudé, ses mains le redessinant. Jeremy cria presque au contact léger. Il était chatouilleux et se tortillait.

Max sourit, ses doigts dansant sur ses côtes.

— Sensible, hein ?

— Euh, ouais. S'il te plaît, juste…

— Juste te faire jouir ?

Il haussa un sourcil. Au hochement de tête de Jeremy, il rit doucement, ses doigts effleurant sa peau.

— Je vais le faire. Je veux savoir ce que tu aimes.

— Ça. J'aime ça. Tout. S'il te plaît.

Riant à nouveau, Max se pencha pour l'embrasser profondément. Il se blottit contre la joue de Jeremy et baissa la tête, suçant ce qui deviendrait sûrement une marque sur sa clavicule.

— Nous ne sommes pas censés faire ça. Dépêche-toi.

Max sourit contre la peau de Jeremy.

— Tout le monde est occupé. Nous pouvons faire une pause.

Lorsque Max referma sa bouche sur son mamelon, Jeremy cria. Rougissant, il serra les lèvres. C'était comme si toutes ses terminaisons nerveuses, hormis celles monopolisées par sa verge, étaient centrées sur son mamelon, et qu'il y avait une chaîne invisible entre ce nœud de chair et ses bourses.

Max leva la tête et suça son index, le relâchant avec un *pop* qui poussa Jeremy à se déhancher. Il mourait d'envie d'obtenir une friction sur son membre.

— J'aimerais pouvoir t'entendre, avoua Max.

Il fit des cercles sur l'autre mamelon avec son doigt mouillé avant de baisser à nouveau la tête pour lécher et taquiner le premier.

— Mais on doit…

Il le mordilla avec ses dents.

— Garder le silence. Au cas où.

Jeremy pressa ses lèvres si fort que ça lui fit mal. Il haleta pour respirer, laissant sa bouche s'ouvrir. Quand il s'était branlé dans sa jeunesse, il devait généralement être silencieux. Ce n'étaient que des halètements étouffés et des petits cris noyés par la douche ou son visage dans son oreiller. D'une manière ou d'une autre, devoir être silencieux avec Max l'excitait encore plus que lorsqu'il avait pu être bruyant dans son dortoir.

Puis Max tomba à genoux et Jeremy dut étouffer un gémissement. Il repensa à la nuit dernière et à quel point il avait été excité. Se tenir debout avec Max – grand, musclé et si masculin – agenouillé à ses pieds était incroyablement sexy. Il se concentra pour ne pas jouir avant même que son jean ne soit défait.

— Je suppose que si on enfreint les règles, on doit faire en sorte que ça en vaille la peine, chuchota Jeremy.

Le rire de Max fut bas, il envoya un frisson dans le dos de Jeremy. Le frisson se transforma en un tremblement de tout son corps alors que Max libérait sa verge et l'avalait. Il fredonna autour de lui, la vibration le faisant haleter si fort qu'il plaqua une main sur sa bouche.

Max se contenta de rire à nouveau, et tout ne fut que lèvres, langue, salive, souffle et perfection. Jeremy dut le toucher, tenant la tête de Max à deux mains, faisant attention à ne pas lui tirer les cheveux. Avoir à nouveau sa bouche sur lui était tout ce qu'il avait imaginé. Ses bourses étaient si crispées. Il n'allait pas durer, mais Seigneur, il le voulait.

Il ne put retenir la poussée de ses hanches, et Max s'étouffa un peu.

— Désolé ! siffla-t-il, reculant et relâchant la tête de Max.

Max lâcha le membre humide de salive, respirant profondément. Les yeux sur ceux de Jeremy, il traça ses lèvres avec le gland, léchant les gouttes de liquide pré-éjaculatoire avec un gémissement. Puis il prit les mains de Jeremy et les remit sur sa tête.

— Baise ma bouche. Aussi fort que tu veux.

Ces mots le firent presque jouir.

— Oh, Seigneur.

Respirant faiblement, la gorge sèche, Jeremy se guida à l'intérieur. Max referma ses lèvres autour de lui, hochant la tête. Jeremy poussa d'un centimètre ou deux. Il ne voulait pas lui faire de mal, mais Max hocha à nouveau la tête, attrapant les hanches de Jeremy dans son jean ouvert, l'encourageant à continuer.

Jeremy trouva à peine son rythme avant de se décharger, gémissant beaucoup trop fort. Max déglutit et le maintint cloué au lavabo par les hanches, le vidant jusqu'à ce que les genoux de Jeremy soient sur le point de lâcher et que ce soit trop.

Max se releva, se pencha et le serra contre lui. Il lui frotta le dos, se blottissant contre sa tête, et Jeremy aurait voulu rester là éternellement, au chaud, rassasié et… *aimé*.

— Tu m'aimes bien, n'est-ce pas ? questionna Jeremy.

Il grimaça. Il l'avait dit à haute voix, pas vrai ?

Mais Max ne se moqua pas de lui. Il s'écarta, le regard sérieux.

— Je t'aime beaucoup. Je suis désolé d'avoir hésité. On peut définitivement arrêter de prétendre que nous ne sommes que des amis.

Il grimaça et ajouta :

— Mais si nous le disons à ma famille, ils vont être casse-pieds. Ce ne sera pas de ta faute, ce sera à cent pour cent la leur.

Jeremy éclata de rire.

— C'est bon. Ça peut être notre petit secret. On doit toujours obéir aux règles de la maison de toute façon.

Max frotta leur nez ensemble.

— Je dois d'abord jouir.

Il caressa le renflement du sexe de Max.

— Tu veux que je te fasse jouir ?

C'était une question stupide – *sans déconner*, la réponse était assez évidente –, mais cela lui procura un frisson de la poser à voix haute.

— Tu n'es pas obligé.

— J'en ai envie.

Avec un souffle tremblant, Jeremy attrapa la braguette de Max, le repoussant pour l'appuyer contre la porte. Max gémit.

— Alors, oui, bébé. Fais-moi jouir.

Max était dur quand Jeremy tomba à genoux et libéra son sexe. Devant ses yeux, il avait l'air énorme. Hésitant, Jeremy lécha le bout qui fuyait, savourant le goût amer. Pas parce que c'était particulièrement bon, mais parce que c'était Max. Il avait fantasmé sur l'idée de sucer des queues plus de fois qu'il ne pouvait les compter, et maintenant il en avait une, charnue, et de grosses bourses poilues à quelques centimètres de sa bouche.

— Tu n'es pas obligé, murmura Max, passant une main sur la tête de Jeremy.

Celui-ci remonta ses lunettes sur son nez, croisant le regard de Max alors qu'il le prenait dans sa bouche. Il suça la hampe, goûtant la peau chaude alors qu'il gémissait. *Enfin*. Il lécha de haut en bas et autour, enroulant une main autour de la base et la tordant comme il l'avait vu quand lui et Kara regardaient secrètement du porno sur son ordinateur portable, riant et curieux.

Max avait dû avoir de bien meilleures fellations, mais il ne fit que des éloges. Il caressa ses cheveux, murmurant à quel point il se débrouillait bien, le rassurant par des murmures et des attouchements.

— C'est incroyable. J'aime ta bouche. Tu es si beau avec ma queue en toi.

Jeremy gémit autour de lui, suçant plus fort. C'était vrai, la verge de Max était en lui. À quoi cela ressemblerait-il de l'avoir dans son cul ? Il fut tenté de se retourner sur les mains et les genoux et de supplier pour être baisé, mais il devait aller jusqu'au bout. Il fallait qu'il sache ce que c'était de l'avoir en lui.

Max ne força pas, ne poussa pas, lui donnant un contrôle total. Il haleta et gémit, luttant visiblement pour rester silencieux. Clairement poussé à bout par *Jeremy*. L'explosion de confiance enivrante l'incita à l'avaler plus profondément, s'étouffant presque, respirant fort par le nez.

— Je vais jouir, murmura Max.

Jeremy suça, ses lèvres s'étirèrent et sa salive dégoulina. Max semblait énorme au-dessus de lui, ses lèvres entrouvertes, sa gorge en mouvement. Il tenait la tête de Jeremy, ses doigts se resserrant au moment où il éjaculait, cogna sa tête contre la porte alors qu'il se libérait.

Déglutissant désespérément, Jeremy toussa, mais en avala la majeure partie. Il relâcha la hampe avec un bruit humide, les dernières gouttes de sperme éclaboussant ses joues chaudes.

— Seigneur, souffla Max.

Il passa son pouce sur les lèvres humides de Jeremy, lui offrant les gouttes perdues. Il le remit sur ses pieds et l'embrassa profondément, leurs langues s'emmêlant. Jeremy redevenait dur, mais il s'affaissa contre Max, content de se détendre dans ses bras.

— Max, tu es là ?

La voix de Papy retentit, accompagnée d'un coup sourd.

L'adrénaline traversa Jeremy comme une fusée, tandis qu'ils se séparaient. Jeremy pensait que Papy ne pouvait pas monter les escaliers, mais apparemment il s'était trompé. Il fixa Max avec horreur, mais celui-ci se plia de rire, plaquant une main sur sa bouche pour l'étouffer.

Quand il le put, il répondit :

— Ouais, Papy.

— Une fois que vous aurez terminé là-dedans, nous avons besoin que tu retournes aux bonbons.

Oh, mon Dieu, le savait-il ? La tête de Jeremy tournait. *S'il te plaît, fais-lui croire que Max fait caca.*

— D'accord ! lança Max trop fort.

Après quelques instants, il essaya d'étouffer d'autres éclats de rire.

Jeremy ne put s'empêcher de l'imiter, même si la culpabilité suivit rapidement. Il était un invité et il devait suivre les règles de la maison. Il se nettoya rapidement, le visage brûlant.

— Ça ne peut plus se reproduire. Nous devons être bons.

— Oh, on est bon ensemble.

Derrière lui, au lavabo, Max l'entoura dans ses bras, frottant sa nuque.

— Hum.

Jeremy se pencha en arrière avant de secouer la tête et de le repousser, se tournant pour lui faire face.

— Arrête de me tenter. On doit suivre les règles. Ta famille a été si incroyable avec moi. Je ne veux pas les décevoir en brisant leur confiance.

Max soupira dramatiquement et chuchota :

— D'accord, d'accord. On suit les règles puritaines. Au moins pour le reste de la journée.

Il pressa ses lèvres sur le front de Jeremy, un baiser si doux qu'il lui coupa le souffle.

— Je suis désolé d'avoir été un connard, déclara-t-il en lui prenant la main.

— Ce n'est pas grave. Après tout, Levi et moi avons essayé de te rendre jaloux, dit-il en serrant les doigts de Max. Il a compris ton numéro dès qu'il t'a vu espionner notre rendez-vous.

— Je suppose que je lui dois un remerciement, grommela Max, un sourire apparaissant. Bon, allons-y, soyons sages.

ÊTRE BON ÉTAIT très surfait.

Jeremy se retourna sur le côté, donnant constamment des coups de pied dans la couette emmêlée. Il devrait céder et se branler à nouveau, mais que se passerait-il si quelqu'un l'entendait ? Seigneur, et si quelqu'un l'avait entendu la nuit précédente ? Il repassa le petit déjeuner comme un film dans sa tête, fouillant sa mémoire à la recherche d'indices de Valerie, Meg ou John qui auraient deviné ce qu'il avait fait.

Bien sûr, il avait fait bien plus que se branler furtivement. Son estomac se retourna, ce souvenir étourdissant ne l'aidant pas à s'endormir. Il avait eu Max dans la bouche, plus que ça, il l'avait fait jouir. Après avoir passé tant de temps à se faire des nœuds au cerveau et à trop réfléchir, avec Max, il pouvait lâcher prise.

Sauf qu'il ne pouvait pas parce qu'ils n'étaient pas censés sortir ensemble. John et Valerie étaient tellement sympas, et leurs règles sur le langage et l'interdiction de sexe à la maison étaient mignonnes d'une certaine manière. Pas envahissantes et stressantes, mais... saines.

Ses parents auraient sûrement la même règle de ne pas avoir de relations sexuelles dans la maison... à condition qu'ils laissent un petit ami dormir chez eux. Mais ce ne serait pas mignon. Ce serait stressant, critique et condamnant. La simple idée que Max les rencontre provoquait une montée d'acide dans son estomac, même s'il savait que c'était stupide d'anticiper et de s'en inquiéter.

Il fixa le flou des rideaux vaporeux éclairés par la lueur argentée de la lune. Il aurait pu baisser le store existant, mais il avait eu peur d'essayer de dormir dans l'obscurité totale. Il n'y avait pas de lampadaires et le clair de lune se reflétant sur la neige était doux et paisible. Cela aurait dû être parfait pour s'endormir, mais son cerveau ne se mettait pas en pause.

Au lieu de rejouer d'anciens incidents humiliants comme d'habitude – combien de fois devait-il se souvenir d'avoir demandé à Jake Podowski s'il avait eu la varicelle alors qu'il s'agissait en fait d'une terrible nouvelle crise d'acné –, il songea au fait que Max était son petit ami.

Cependant, il n'avait que des visions fugaces de ce en quoi ce serait génial : se tenir la main, faire des choses ensemble, s'embrasser et se toucher quand ils le voulaient. Surtout, il s'inquiétait de ce que ses parents allaient en penser. Ils avaient déjà eu assez de mal avec l'idée théorique que Jeremy était gay. La crise de sa mère plus tôt n'augurait rien de bon quant à l'acceptation d'un petit ami.

Il s'allongea sur le dos, fermant résolument les yeux. Peut-être que s'il jouissait silencieusement, il pourrait s'endormir. Il y avait tellement de matériel dans sa boîte à fantasmes qu'il ne savait pas par où commencer, tandis qu'il glissait sa main dans son bas de pyjama et se caressait légèrement.

Et voilà. Il se concentra sur le souvenir de la nuit précédente, ici, dans cette pièce, la main forte de Max posée sur ses fesses. Elle était posée, sans serrer ou presser. Promettant tellement…

La porte de la chambre d'amis s'ouvrit en grinçant. Jeremy relâcha son sexe et se précipita sur ses lunettes, découvrant Max dans l'embrasure de la porte en tee-shirt et bas de pyjama, la lueur argentée de la lune l'éclairant. Bon sang, il était *magnifique*. Son souffle s'accéléra, alors que le désir s'enflammait.

Max fit un geste, demandant clairement s'il pouvait entrer. Jeremy hocha la tête. Peut-être qu'il avait oublié de dire ou de demander quelque chose, ou peut-être qu'il voulait juste discuter ? Ou peut-être…

Le cœur de Jeremy s'emballa alors que Max haussait les sourcils, faisant un signe de tête vers le lit. Une autre question, Jeremy acquiesça vigoureusement, retirant sa main de son entrejambe et ouvrant la couette. Il frissonna à l'air frais. Un sourire s'épanouissant sur son magnifique visage, Max grimpa à l'intérieur et tira la couette sur eux deux.

Pas seulement grimpé dedans, il grimpa sur Jeremy, son corps musclé pressant Jeremy contre le matelas, le couvrant, délicieusement chaud et fort. Ils s'embrassèrent jusqu'à ce qu'ils respirent fort dans le silence, les lèvres humides et les langues explorées.

— Salut, murmura Max en frottant leur nez.

— Salut. Je croyais que nous étions sages.

— J'ai essayé. Il est minuit passé, nous l'avons donc *été* le reste de la journée.

Il sourit avant de demander plus sérieusement :

— Veux-tu que je m'en aille ?

Inutile de faire semblant.

— Non.

Son sourire revint avec force, brillant au clair de lune et coupant le souffle de Jeremy.

— Que veux-tu ?

— Tout.

Le mot sonnait cru. Désespéré.

Max l'embrassa durement, puis doucement.

— Je sais, bébé.

Il écarta les jambes de Jeremy pour se placer complètement entre elles, leurs sexes en érection se rencontrant à travers la flanelle.

— Patience, murmura-t-il.

Jeremy ne voulait pas être patient. Il avait besoin de *plus*. Pas seulement plus, mais… de liberté. Il avait besoin d'être *libre*. Être entier et complet. Il ne savait pas pourquoi, mais il tira sur son tee-shirt et son pyjama. Le coton et la flanelle ne paraissaient pas acceptables. Trop contraignants. Il haleta, les doigts maladroits alors qu'il se tortillait sous Max.

Les sourcils froncés, Max immobilisa les mains de Jeremy.

— C'est bon.

Jeremy secoua la tête.

— S'il te plaît. J'ai besoin de…

Il faisait confiance à Max. Il semblait juste d'être totalement nu et vulnérable avec lui. D'être vu.

— Peut-on être nus ?

C'était probablement stupide puisqu'ils s'étaient sucés, mais d'une certaine manière, être complètement déshabillés ensemble paraissait encore plus intime.

Hochant la tête, Max l'aida à enlever son tee-shirt, puis recula pour lui retirer son bas de pyjama et ses chaussettes. Il fit courir ses paumes sur les tibias poilus de Jeremy, le frottement le faisant frissonner. Max était toujours habillé, la couette autour des épaules. Jeremy était totalement nu au clair de lune, les jambes écartées, son sexe raide se redressant en dépit du froid.

Et Max l'admira comme s'il était précieux, caressant son corps avec ses mains. Jeremy était étalé, exposé pour lui, prêt à tout. Plus que disposé, impatient, presque désespéré. Désespéré non seulement de jouir, mais d'en être *digne*. Pour que tout cela soit réel, vrai et juste.

— Tu es magnifique, tu le sais ? murmura Max.

— Moi ? Je suis trop petit et maigre. Regarde-*toi* !

Secouant la tête, Max se pencha pour embrasser et caresser l'intérieur de ses cuisses et glisser son nez sur ses bourses qui picotaient.

— Tu n'es ni trop ni trop peu. Tu es juste comme il faut. Format de poche et parfait.

Max s'écarta, mais uniquement pour retirer son pyjama plus rapidement que Jeremy ne le pensait possible. Son sexe imposant était dur entre ses cuisses puissantes quand il s'agenouilla à nouveau entre ses jambes. Ses abdominaux et son torse étaient musclés et poilus, il tordit ses propres mamelons pointant en frissonnant.

— Le chauffage est nul dans cette vieille maison.

Il remonta à nouveau la couette sur ses épaules et s'installa entre les cuisses de Jeremy, tous deux gémissant doucement.

— C'est bon ? demanda Max.

Jeremy hocha la tête. Ils étaient nus ensemble et il se sentait merveilleusement en sécurité même s'ils se voyaient en cachette et ne pouvaient parler qu'à voix basse.

— Je me suis toujours demandé à quoi ça ressemblerait, avoua-t-il.

Max posa une main sur le torse de Jeremy et joua avec son mamelon.

— Peau contre peau ?

Il remua leurs corps l'un contre l'autre, frottant leurs jambes et leurs bras.

— Tu aimes ?

— C'est agréable, je suppose.

Jeremy ne pouvait pas garder un visage impassible. Il passa ses mollets sur ceux de Max, avide de friction. Sous la couette, ils étaient bien au chaud dans leur petit monde, il ne put retenir ses mots.

— Je veux que tu me baises.

Max l'embrassa, gémissant dans sa bouche avant de reculer.

— Tu veux ma queue en toi ? Y as-tu pensé ?

Jeremy n'était pas sûr s'il parlait d'être baisé ou de sa queue en particulier.

— Je te veux. J'ai toujours voulu être baisé. Maintenant, je te fais confiance.

Déposant des baisers sur le visage de Jeremy, Max chuchota :

— Merci.

Il recula et croisa le regard de Jeremy.

— As-tu regardé beaucoup de porno ?

— Ouais. Surtout depuis que je suis à l'école. Quand j'étais plus jeune, je devais faire très attention. Mais ma mère a toujours lu des romans d'amour. Tu sais les gros livres avec un pirate torse nu serrant une femme avec de gros seins. Je les prenais en cachette quand elle avait fini. Je fantasmais là-dessus. D'être…

Il déglutit difficilement avant d'achever :

— Pris.

Il jura que les yeux de Max brillaient de luxure au clair de lune, un souffle le traversant de manière visible. Max fit rouler son membre raide contre celui de Jeremy.

— Tu veux qu'on te prenne, hein ?

Le rire silencieux de Jeremy le secoua et Max sourit. Il l'embrassa joyeusement, mais profondément, d'une langue autoritaire. Jeremy gémit dans sa bouche.

Quand Max rompit le baiser, ils haletèrent tous les deux. Max chuchota contre son oreille avec une autre rafale chaude :

— J'ai tellement envie de te baiser, mais pas ici. Pas quand je ne t'entends pas. Mais nous pouvons encore explorer. D'accord ?

Jeremy hocha la tête.

— Veux-tu…

Il espérait que Max ne pouvait pas le voir rougir.

— Quoi, bébé ? demanda Max en embrassant sa joue brûlante. Tu peux tout me dire. N'aie pas peur.

Il éclaircit sa gorge sèche.

— Tu veux toucher mon cul ?

— Oui, bien sûr. Tu veux bien te retourner pour moi ? Laisse-moi t'admirer.

Le cœur battant, Jeremy s'allongea sur le ventre, posant son menton sur ses mains pour que ses lunettes ne s'écrasent pas dans l'oreiller. L'air froid lui donna la chair de poule alors que Max tirait en partie sur la couette. Il s'attendit à ce que Max le touche immédiatement, mais les secondes s'écoulèrent et quand il jeta un coup d'œil par-dessus son épaule, Max le fixait longuement et lentement. Être examiné était éprouvant pour les nerfs et embarrassant, mais *excitant*.

Max siffla doucement, passant enfin une main sur ses fesses.

— Quelle vue.

Son contact fut léger tandis qu'il explorait, traçant du bout des doigts les globes de ses fesses et taquinant sa raie. Frissonnant, Jeremy se tortilla, recherchant plus de pression. Il se mordit la lèvre alors que Max les écartait.

Il se rendit compte que les bruits doux et humides étaient ceux de Max crachant dans le pli de son cul, les éclaboussures légèrement chaudes. Le sexe raide de Jeremy était coincé contre le matelas, il était sur le point de glisser sa main sous lui quand Max lécha une longue bande le long de sa raie.

Son cri fut bien, *bien* trop fort.

Jeremy sursauta alors qu'il s'échappait de ses lèvres, et avant qu'il ne puisse s'excuser, la main de Max se posa sur sa bouche, son poids sur le dos de Jeremy. Ils restèrent ainsi pendant près d'une minute, et Jeremy put sentir le cœur de Max contre lui.

Silence.

Pas de grincements de bois dans le couloir, pas de piétinements curieux ou inquiets ou de coups doux ou de questions murmurées.

Le souffle chatouillant l'oreille de Jeremy, Max relâcha sa main.

— C'est ma faute. J'aurais dû t'avertir que j'allais te bouffer le cul.

— Oh mon Dieu, souffla Jeremy.

Tant de fantasmes qui prenaient vie.

— J'ai toujours désiré ça.

— Ah, oui ?

Il acquiesça.

— Tu te souviens quand tu m'apprenais à sexter ? C'est ma réponse.

Pour la chose la plus sale que j'ai imaginé faire.

Il rit avec embarras en ajoutant :

— Je sais, c'est probablement un peu trop facile.

— Pas du tout. Certaines personnes en sont définitivement effrayées, ce qui est tout à fait acceptable. Mais toi, tu aimes ? Tu veux que je te lèche le cul ? questionna Max en embrassant la nuque de Jeremy. Tu as pris une douche avant de te coucher, n'est-ce pas ?

Il fit le tour de l'anus de Jeremy du bout du doigt.

— Euh, ouais !

Prenant son temps, Max embrassa sa colonne vertébrale. Quand Jeremy avait vu pour la première fois un anulingus dans un porno, il était passé de penser que c'était un peu dégoûtant à en devenir instantanément dur. Sentir Max écarter ses globes, son souffle chaud sur son orifice, puis le coup humide et texturé de sa langue juste *là* fut incroyable.

Il n'allait pas pouvoir rester silencieux.

Son sexe était douloureusement dur. Il gémit et se tortilla, les sensations de la langue humide et puissante le taquinant trop pour être supportables. Sa poitrine était serrée, ses dents s'enfonçant dans sa lèvre inférieure. Il baissa sa main et tira la main gauche de Max jusqu'à sa bouche.

Le rire de ce dernier contre son cul fut chaleureux.

— Tu as besoin d'aide pour ne pas être bruyant, hein ?

Jeremy hocha la tête, soupirant de soulagement alors que Max se déplaçait et couvrait sa bouche avec sa paume. À plat ventre, les jambes écartées avec Max sur lui, Jeremy se sentait épinglé de la plus étonnante des manières. Il ne s'était jamais attendu à ce qu'il se sente si bien, mais c'était le cas. Ils enfreignaient les règles, et Jeremy devait se taire, l'aspect interdit l'excitant autant que la sensation de la langue de Max.

Max les positionna sur le côté pour pouvoir étouffer les gémissements de Jeremy d'une main pendant qu'il s'occupait de son cul. Jeremy agrippa le bras de Max, les genoux levés, son entrée exposée. Max s'écarta et Jeremy aurait pu crier, mais gémit contre la paume humide de Max à la place.

— Je sais, dit Max en glissant son majeur dans la bouche de Jeremy. Mouille-le bien.

Jeremy suça le doigt comme s'il s'agissait de sa queue et Max inspira profondément, luttant contre un sourire.

— Tu apprends vite.

Il libéra sa main et repositionna la couette sur eux avec une bouffée de chaleur.

— Ce serait mieux avec du lubrifiant, murmura Max. Mais il fait trop froid dehors pour aller le chercher.

Avec Max délicieusement sur lui à nouveau, Jeremy l'agrippa.

— Ne va nulle part. Je peux le supporter.

Ce n'était qu'un doigt et Jeremy s'était déjà doigté seul. Cependant, c'était différent. C'était un autre homme. *Max*. Jeremy était nu, ses jambes étaient ouvertes et il était pénétré. C'était une autre personne pressée en lui. C'était *Max*.

Dans le silence de la nuit, leurs yeux étaient verrouillés. Leurs souffles irréguliers remplissaient l'air, assez doux pour que personne d'autre ne l'entende, mais englobant tout dans leur monde secret et intime sous la couette.

Même avec tout ce qu'ils avaient fait auparavant, Jeremy n'avait jamais ressenti une telle intimité. Max le regarda dans les yeux, frottant lentement son doigt à l'intérieur, toute son attention fixée sur lui comme si Jeremy était la seule chose qui comptait.

— Imagine à quoi ça ressemblera quand ce sera ma queue.

Le murmure de Max fut à peine audible.

Le souffle de Jeremy se coupa, il pouvait l'imaginer très clairement. Ce serait énorme en comparaison, et cela ferait sans aucun doute mal, peu importe la quantité de lubrifiant utilisée. Il aurait l'impression d'être écartelé, comme si cela ne rentrerait jamais, alors qu'en même temps il se sentirait complet, parfait et *entier*.

Les sourcils de Max se rencontrèrent et son doigt cessa de bouger.

— Est-ce que ça fait trop mal ?

— Non ! chuchota Jeremy en se penchant pour saisir le poignet de Max. Ne t'arrête pas. S'il te plaît.

— Mais on dirait que tu vas pleurer.

— Je suis simplement heureux. Désolé.

Un petit sourire étira les lèvres charnues de Max. Il embrassa tendrement Jeremy et courba son doigt, frottant contre l'endroit parfait. Jeremy haleta, son sexe tremblant. Il relâcha le poignet de Max, passant ses mains sur ses larges épaules nues.

— Ne sois pas désolé, murmura Max.

Il déposa de petits baisers sur son front, ses tempes et ses joues, tout en caressant sa prostate. Ce serait plus doux avec du lubrifiant, mais Jeremy gémit de plaisir à la rudesse, à l'invasion, au frottement et à la pression directe.

— *Max.*

Ce fut un gémissement, mais Jeremy n'avait pas pu le retenir.

— Je sais, bébé. C'est agréable ? Tu en veux plus ?

Jeremy hocha la tête, regardant avec avidité Max s'écarter, la couette glissant de ses larges épaules, il cracha sur son index près de l'anus de Jeremy, le majeur toujours à l'intérieur. En plus de sa propre respiration douce et haletante, le seul son était les clapotis humides de Max rassemblant de la salive.

C'était le genre de choses que certaines personnes pourraient trouver dégoûtantes, mais Jeremy ne pouvait pas détourner le regard, sa verge lui faisait mal. L'intimité de tout ceci était étrangement belle. Une semaine plus tôt, il n'aurait pas pu imaginer être aussi exposé avec une autre personne. Comme s'il avait été mis à nu. À vif et vulnérable. Mais alors que Max enfonçait un autre doigt, l'étirement brûlant alors qu'il entrait et sortait, taquinait et tourmentait, Jeremy lui faisait entièrement confiance.

— Tu as besoin de jouir, bébé ?

— *Oui !*

— Laisse-moi te voir jouir.

Max s'appuya sur son coude, continuant à le doigter. La pression sur la prostate de Jeremy était presque trop forte.

— Touche-toi, ordonna-t-il. Mets ta main sur ta queue.

Tâtonnant pour caresser son sexe négligé, Jeremy trembla de partout, plongeant dans les yeux de Max au clair de lune alors que l'orgasme explosait dans un puissant jet. Il se tendit, le dos et le cou cambrés, Max posant sa main libre sur sa bouche ouverte. Jeremy recouvrit son ventre et son torse de sperme, essayant de garder les yeux ouverts pour voir la façon dont Max l'observait avec les lèvres entrouvertes et les pupilles dilatées.

Lorsque Jeremy s'avachit, épuisé et haletant, Max prit son sexe dur en main, se branlant rapidement et jouissant sur Jeremy avec des halètements rauques. La vision du sperme blanc, combiné avec le sien, fit trembler les bourses de Jeremy.

Max l'embrassa sans ménagement, soupirant dans sa bouche alors qu'il les déplaçait sur le côté, glissant sa cuisse charnue entre celle de Jeremy.

— Je ne savais pas qu'un doigté pouvait être comme ça, déclara Jeremy.

Il le dit avant même d'avoir eu la chance de réfléchir et de sur-analyser ses mots.

Max rit doucement, frottant sa joue.

— Attends. Ce n'est que le début.

Humide et collant dans les bras de Max, Jeremy voulait désespérément que ce soit vrai.

Chapitre douze

MAX SE RÉVEILLA après sept heures avec une furieuse érection malgré le sexe de la nuit. Il mourait d'envie de se faufiler dans la chambre d'amis et de pilonner Jeremy jusqu'à ce qu'aucun d'eux ne puisse voir – ou marcher – droit, mais ce n'était toujours pas le bon moment ni le bon endroit.

Il n'avait pas réglé son réveil, mais il se dépêcha de sortir du lit comme d'habitude, le parquet frais sous ses pieds nus. Il pouvait sentir le grésillement de la viande – du bacon de dinde, probablement – et entendre le murmure de son père et de Valerie qui discutaient en bas. Étonnamment, la porte de Meg était ouverte et sa chambre vide, même si elle n'était généralement pas du matin. La porte de Jeremy était fermée et Max sourit intérieurement en passant dans la salle de bain du couloir.

Bon sang, ça avait été *chaud*.

Il avait enfreint les règles sans aucun regret. Caché sous les couvertures avec Jeremy sous lui, impatient et confiant… Max n'avait jamais eu de relations sexuelles comme ça auparavant. Il n'avait jamais été aussi prêt à jouir avec un anulingus et en doigtant quelqu'un.

Sous la douche, il se masturba, imaginant à quoi ressemblerait de baiser Jeremy avec sa queue au lieu de ses doigts. Max ne voulait pas lui faire de mal, même s'il savait qu'une petite douleur était inévitable la première fois.

La première fois.

Il avait conscience que c'était stupide de devenir un homme des cavernes et d'être possessif à l'idée de baiser un puceau, mais il ne pouvait pas nier le picotement dans ses bourses et la flambée de *désir* quand il songeait à être le premier de Jeremy dans tous les sens. Il voulait que ce soit parfait. Il voulait que ce soit la plus grande première fois de l'histoire des premières fois. Il voulait…

Plus qu'il n'en avait jamais désiré auparavant.

Max caressa sa hampe plus fort, écartant les jambes et posant une main sur le carrelage humide. Fermant les yeux, il s'imagina s'enfoncer en Jeremy, remplir son corps et embrasser sa douce bouche. Lui montrer à quel point cela pouvait être bon, l'entendre crier de plaisir…

L'eau devint gelée et il glapit, bondissant hors du jet et trébuchant sur le tapis de bain pelucheux. Jurant, il ne put s'empêcher de rire alors qu'il tendait la main pour fermer l'eau. Maudite ancienne plomberie.

Il enroula une serviette autour de sa taille, son érection diminuant. Il devait descendre pour le petit déjeuner de toute façon ; cela semblait rendre Valerie si heureuse de les nourrir. Hésitant à quitter la chaleur embuée de la salle de bain, il ouvrit la porte, se préparant à l'air plus froid.

Jeremy était là, en pyjama, la main levée pour frapper. Ils sursautèrent tous les deux, puis éclatèrent de rire. Jeremy déclara :

— J'ignorais s'il y avait quelqu'un à l'intérieur ou si la porte était simplement fermée. Ma grand-mère avait l'habitude de garder la porte de la salle de bain fermée tout le temps parce que c'était vulgaire ou…

Son regard parcourut le corps humide de Max.

— Un truc du genre, acheva-t-il.

Sous la serviette blanche autour de sa taille, le sexe de Max revint à la vie. Avec un sourire enjoué, il se frotta à travers le tissu doux.

— Vulgaire, hein ?

Les lèvres entrouvertes, Jeremy déglutit avec difficulté, son regard fixé sur l'aine de Max avant de lever les yeux pour croiser les siens. Il ouvrit la bouche et la referma comme s'il allait dire quelque chose.

Il regarda à gauche et à droite.

Repoussant Max dans la salle de bain avec une main étonnamment forte sur son torse nu, il verrouilla la porte derrière lui. Ses lunettes étaient embuées sur les bords.

Putain, ouais.

Les règles étaient faites pour être enfreintes, pas vrai ? Max porta son doigt à ses lèvres.

— Chut.

Mais alors que Jeremy inspirait profondément et retirait la serviette de Max avec détermination, ce dernier dut retenir un gémissement bruyant.

— J'ai créé un monstre, plaisanta-t-il.

Au lieu de rire, Jeremy hésita, agrippant la serviette.

— Est-ce trop ? Suis-je trop…

Il fit un geste saccadé, la serviette se balançant.

— Quoi ?

Max n'avait pas encore bu de café, il essaya de comprendre quelle corde sensible il avait touchée.

— Quel que soit le problème que ton esprit anxieux imagine, la réponse est non. Tu n'es pas trop. Tu es juste ce qu'il faut.

Jeremy poussa un long soupir.

— OK. J'ai juste peur… commença-t-il avant de secouer la tête. Peu importe.

Il tripota la serviette avant de la laisser tomber.

— Dis-moi de quoi tu as peur.

Max l'attira à lui et l'embrassa. Même l'haleine matinale de Jeremy était adorable.

— Je ne sais pas, admit Jeremy en levant les yeux au ciel. De tout faire de travers. D'être trop exigeant. Trop impatient.

— Ouais, je déteste quand un mec magnifique, doux et sexy a envie de ma queue. Un tel fardeau.

Baissant la tête, Jeremy éclata de rire.

— OK, OK.

Il leva les yeux, repoussant ses lunettes sur son nez avant d'ajouter :

— Je veux plus que ça aussi. Non pas que ta queue ne soit pas… je veux dire…

Se frottant le visage, il marmonna :

— Voilà pourquoi je ne devrais pas ouvrir la bouche.

Le cœur de Max se déploya et il ne put s'empêcher d'embrasser Jeremy jusqu'à ce qu'ils perdent leur souffle.

— Tu devrais toujours parler, murmura Max. Tu es bien meilleur à ça que tu ne le crois.

Avec une lueur déterminée, Jeremy tomba à genoux sur la serviette abandonnée, et Max eut envie de crier à la lune. Ou au soleil, ou à n'importe quoi. Écartant les jambes pour avoir une position stable, il caressa son sexe raide de la racine à la pointe.

— Tu la veux ? chuchota-t-il.

Jeremy hocha vigoureusement la tête, agrippant fermement les hanches de Max.

— Tu aimes ça, hein ? Une si jolie petite salope.

Respirant difficilement, Jeremy acquiesça à nouveau désespérément.

— Je peux ? S'il te plaît ?

— Bébé, je suis tout à toi.

Max dut saisir le bord du lavabo de sa main gauche, la chaude succion de la bouche avide de Jeremy faisant déjà faiblir ses genoux. Il avait été proche dans la douche, et il fut au bord en un rien de temps. Jeremy utilisa davantage sa langue cette fois et bien qu'il apprenait encore, c'était la pipe la plus sexy dont Max se souvenait.

Il passa ses doigts dans les magnifiques cheveux de Jeremy, le désordre de sa coiffure au saut du lit si adorable que cela le fit sourire. Il oscillait entre un puissant flot de désir et une douce et chaleureuse affection pour Jeremy.

Voir son sexe disparaître entre ses lèvres rougies lui faisait tourner la tête. Jeremy léchait et suçait avec une concentration totale, et maintenant il fixait Max. De la salive coulait de sa bouche étirée, ses narines se dilatant. Ses lunettes s'étaient éclaircies et Max le regarda dans les yeux en lui caressant la tête.

— Tu es si spontané, murmura-t-il. Je suis si fier de toi.

Jeremy émit un petit gémissement autour de son membre, puis Max jouit. Jeremy s'accrocha à ses hanches, ne le laissant pas reculer, avalant autant qu'il le pouvait. Le plaisir fut si intense que les genoux de Max vacillèrent, mais Jeremy le retint d'une prise ferme.

Max haleta alors qu'il éjaculait une dernière fois, le sperme coulant sur le menton de Jeremy alors qu'il s'arrêtait pour respirer. Max le remit debout et l'embrassa profondément, se goûtant, Jeremy gémissant dans sa bouche.

Jeremy était dur comme de la pierre dans son pyjama, aussi Max tomba à genoux pour le libérer et l'avaler. Jeremy trembla et gémit, se vidant dans sa gorge presque immédiatement. Max avala tout, puis il se leva et l'embrassa à nouveau. Leurs deux saveurs se mélangeaient sur leurs langues, et il serra Jeremy contre lui.

Le coup sur la porte les fit presque sauter au plafond.

— Tu viens déjeuner ? demanda Meg depuis le couloir.

Max et Jeremy se regardèrent, figés avec horreur, puis ils se mirent à rire sans retenue. Max se racla la gorge.

— J'arrive.

C'était bien la vérité.

— Joyeux Noël, frangin !

Honey sauta de la Yaris cabossée en portant un bonnet de Noël et en affichant un sourire.

— Nous sommes prêts à lancer notre pays merveilleux d'hiver.

Il agita son bras vers la neige fraîche. Le temps était nuageux, mais on ne prévoyait pas de chute avant un certain temps.

Il y eut une rafale de câlins et de salutations, John et Valerie venant de la cabane à sucre pour dire bonjour à Honey et Alicia, cette dernière était superbe dans son legging noir, ses bottes montantes, son manteau rouge cintré et son rouge à lèvres assorti. Sa peau foncée était impeccable. Max avait toujours plaisanté avec Honey en disant qu'elle était à un niveau supérieur, et Honey n'avait pas contesté.

— Je suis tellement content que vous ayez pu venir tous les deux, déclara son père.

— Désolé d'avoir dû manquer la journée portes ouvertes, s'excusa Alicia en lançant un regard en biais à Honey. *Quelqu'un* a besoin de noter des choses dans son calendrier, afin qu'on ne fasse pas de double réservation.

Honey haussa les épaules.

— Tu n'as pas tort, mais maintenant nous avons tout l'endroit pour nous seuls.

Il passa un bras autour de Max et poursuivit :

— Tu m'as finalement fait venir ici. Je suis prêt à plonger dans une cuve de sirop ou quoi que ce soit que vous faites pour vous amuser. Où est Meg ?

— Sortie avec des amis. Tu n'auras qu'à la taquiner sans pitié la prochaine fois.

— Oh, comme si elle ne commençait pas chaque fois, commenta Honey en ajoutant un *hmph*. Mais voici mon homme, Jeremy !

Il se dirigea vers le porche, d'où Jeremy avait émergé, emmitouflé et souriant timidement comme s'il attendait à être la cible d'une plaisanterie.

— Ohh, dit Alicia à voix basse. *Mignon.*

Elle donna un coup de coude joueur à Max.

— Il n'est pas ton genre habituel.

— On est juste amis !

Max répliqua bien trop vite et avec bien trop de vigueur. Il jeta un coup d'œil à son père et à Valerie, qui bavardaient et, espérons-le, n'y avaient pas prêté attention. Il était ridicule. Il était censé être un adulte. La règle de la maison consistait uniquement à ne pas coucher avec quelqu'un sous leur toit.

Valerie sourit comme d'habitude, les rides autour de ses yeux se froissant.

— Viens à la cabane à sucre quand tu seras prêt et prends le réchaud de camping. Vous, les enfants, vous pouvez vous charger des bonbons.

Elle et le père de Max retournèrent au travail en passant en revue l'inventaire restant.

Les sourcils gracieux et sculptés d'Alicia se rencontrèrent.

— Désolée. Je pensais que vous étiez ensemble ? Honey racontait qu'il ne t'avait jamais vu aussi amoureux d'un mec. Il était sûr que vous alliez sortir ensemble dans tous les sens du terme. Ses paroles.

Max regarda vers le porche, où Honey racontait avec animation une histoire à Jeremy. La tension avait disparu des épaules de Jeremy. Son sourire illuminait son visage, la musique de son rire portée par le vent.

— Euh…

Il se tourna vers Alicia.

— Désolé. Quoi ?

En riant, elle dessina un cercle dans les airs près du visage de Max avec ses gants en cuir lisses.

— Je vois ce qu'il veut dire. Ton visage impassible a besoin d'être travaillé.

— Bien, marmonna-t-il. On sort ensemble.

Cependant, il n'aimait pas la manière dont ces mots sonnaient. Il précisa :

— Nous sommes ensemble.

Alicia fronça les sourcils.

— Alors, quel est le problème avec ta famille ? Tu as honte de lui ou quoi ?

— Non !

Il le cria pratiquement.

— C'est tellement nouveau. Je voulais que ça reste entre nous. Et ma famille peut être si embarrassante. Qu'ils grimacent et en fassent tout un plat. Je ne ramène généralement pas mes mecs à la maison. Genre, jamais.

— Alors laisse-les en faire toute une histoire. Tu as peut-être été capitaine de l'équipe de football, mais n'agis pas comme si tu étais trop cool.

— Mais nous nous sommes rencontrés il y a à peine une semaine. Ça pourrait ne mener nulle part.

Encore une fois, Alicia passa son doigt près du visage de Max.

— Ça va quelque part. Je te suggère donc de faire avec. Quand j'ai rencontré Honey, je pensais que ce serait une nuit et puis fini. Lorsqu'on s'y attend le moins, le bon se présente à toi. Maintenant, présente-moi.

Peu de temps après, Max avait allumé le réchaud de camping, le sirop bouillant alors que tous les quatre mettaient de la neige fraîche dans le pot et bavardaient d'un tas de choses. Quand ils eurent tous leurs boules de bonbon sur des bâtons de glace, Honey mangea le sien presque en une bouchée avant de se lancer dans une diatribe sur l'attaque des Steelers.

Alicia continua à orienter la conversation vers Jeremy, lui posant des questions sur tout, de sa matière principale aux conseils touristiques en Colombie-Britannique. Elle passa son bras sous le sien et lui demanda de lui montrer où se trouvait la salle de bain, même si c'était clairement dans la maison et que c'était une excuse pour l'avoir en tête-à-tête.

Honey les regarda partir avec un sourire.

— Maxwell, elle s'est entichée de ton mec, alors tu ferais mieux de ne pas tout foutre en l'air.

Son sourire s'élargit, alors qu'il demandait :

— Tu as déjà fait éclater cette cerise ?

— Presque.

Max dut sourire en retour, venant cogner le poing de Honey. L'excitation le traversa. Il devait emmener Jeremy seul là où ils pourraient avoir une réelle intimité. Non pas que se faufiler n'était pas excitant à sa manière. Hum, le souffle humide contre sa paume quand il avait posé sa main sur la bouche de Jeremy…

— Je te l'avais dit.

— Exact.

Une idée surgit dans sa tête avec une joyeuse clarté.

— Tu veux m'aider à organiser un rendez-vous ?

Peu après, Max avait un sac à dos bombé de fournitures, caché hors de vue, et la motoneige hors du garage.

— Je peux conduire ? questionna Honey en se frottant joyeusement les mains.

— Certainement pas, intervint fermement Valerie. Max a suivi un cours de sécurité en motoneige, et il est le seul autorisé à conduire.

— Oh, allez, madame N-P ! plaida Honey en battant des cils. S'il vous plaît ?

Valerie lui adressa un sourire guilleret.

— Non !

— Mec, fais-moi confiance, dit Max en riant. Aucune chance qu'elle change d'avis.

— Aucune chance, pas question, confirma Valerie. Mettez un casque ! Alicia et Jeremy, voulez-vous faire un tour après Honey ? Vous pouvez utiliser mon casque. Il est un peu plus petit.

— Non, madame, répondit Alicia, secouant énergiquement la tête. Je leur laisse le besoin de vitesse.

Jeremy eut l'air incertain, Max s'adressa à lui :

— Je peux t'emmener plus tard si tu veux. Ce sera amusant.

Plus amusant que tu ne l'imagines. Jeremy hocha la tête, et Max essaya de ne pas sourire trop largement, l'anticipation le traversant.

— Pendant que les garçons s'amusent, puis-je acheter une bouteille de sirop à rapporter à ma mère ? demanda Alicia.

— Tu ne peux pas en acheter une, répondit Valerie, mais tu peux emporter la bouteille que tu veux chez toi.

— Merci beaucoup !

Alicia rayonnait en disant à Max :

— Ta mère est la plus gentille.

Le souffle de Max se coupa et il se figea sur place. Valerie sourit et remercia Alicia, ne semblant pas du tout déconcertée.

— Connais-tu les différences de saveur entre le clair et le foncé ? Toi et Jeremy, venez avec moi à la cabane à sucre.

Max les regarda partir. *Ma mère.* Ce n'était pas la première fois que quelqu'un parlait de Valerie de cette façon, et il se sentait toujours bizarre, mal à l'aise et coupable. Ce qu'il savait n'avoir pas vraiment de sens. Elle avait été incroyable avec lui depuis le jour où ils s'étaient rencontrés, même quand il était un petit con maussade. Meg appelait son père « papa » si facilement. Qu'est-ce qui n'allait pas avec lui pour qu'il soit si stressé à ce sujet ?

— Tu vas bien ? demanda Honey.

— Euh, ouais.

Il les regarda disparaître dans la cabane à sucre.

— Qu'est-ce que tu as ? Oh merde, as-tu eu les résultats du test ?

Max se recentra sur Honey.

— Non, mentit-il.

Eh bien, il supposait que c'était la vérité puisqu'il n'avait pas vu les résultats, dans la mesure où il ne les avait *pas* encore *lus*.

— D'accord. Alors, allons-y.

Honey leva sa paume.

Max la frappa, repoussant les sentiments désagréables. Il pourrait s'occuper de tout cela plus tard. Il attrapa le sac, là où il l'avait laissé à l'écart, et Honey le mit sur son dos avant qu'ils ne s'éloignent le long de la voie de service à travers les hectares d'érablière.

Ils avaient du travail à faire.

Chapitre treize

LES BRAS SERRÉS autour de la taille de Max, Jeremy tenait bon, la visière du casque protégeant son visage du vent froid alors que la motoneige filait le long de la route étroite à travers la forêt. Il se pencha vers Max, incapable de résister à un « Waouh ! »

Max se mit à rire, ralentissant dans un virage et criant en retour :

— Je t'avais dit que ce serait amusant !

Jeremy n'était jamais monté sur une moto ou une motoneige, et sans ses lunettes, qui ne rentraient pas sous le casque, le monde était flou. Mais il était avec Max, donc ce n'était pas effrayant. Max fit vrombir le moteur alors qu'ils attaquaient une autre ligne droite et Jeremy laissa échapper un nouveau cri d'adrénaline.

Honey et Alicia étaient retournées en ville, Jeremy était ravi d'avoir Max pour lui tout seul pour le reste de l'après-midi. Valerie leur avait emballé des sandwichs et un thermos de chocolat chaud, et cela ressemblait beaucoup à un rendez-vous. Était-ce un rendez-vous ? Lui et Max étaient amoureux l'un de l'autre. Mais sortaient-ils officiellement ensemble maintenant ?

Profite du moment !

Jeremy essaya de calmer ses pensées tourbillonnantes tandis que Max ralentissait et quittait la route, suivant des traces de motoneige fraîches le long d'un sentier. Une tache grise apparut au loin, et après une minute, Max gara la motoneige à l'extérieur. Jeremy fut réticent à le lâcher, mais il retira son casque, son souffle flottant dans l'air glacial. Ses cheveux étaient humides de sueur à l'arrière de son cou. Il sortit son étui à lunettes de sa poche de manteau et les enfila.

— Oh !

Il jeta un coup d'œil à la petite maison en pierre désormais nette.

Max laissa son casque sur le siège de la motoneige.

— C'était une ferme à l'époque des pionniers. Nous l'utilisons parfois pendant la saison pour nous réchauffer et faire une pause.

— Cool. Elle a été construite pour durer.

— Ouais. Je crois que c'étaient généralement des cabanes en rondins à l'époque, mais je suppose qu'il y avait un tailleur de pierre dans les parages.

La fumée sortait de la cheminée, se fondant dans le ciel gris.

— Est-ce qu'il y a quelqu'un à l'intérieur ?

— Non, répondit Max avec nervosité. Viens.

Curieux, Jeremy le suivit, donnant des coups de botte contre le mur de pierre. La porte de la cabane grinça et une vague d'air chaud embua ses lunettes. Il loucha en regardant la pièce à travers le flou brumeux. La fenêtre du chalet ne laissait pas entrer beaucoup de lumière, mais des flammes vacillaient dans la grande cheminée en pierre.

Jeremy retira ses lunettes, dézippa son manteau pour les essuyer sur son sweat à capuche avec impatience. Il les remit et son cœur s'emballa.

— Oh.

Il y avait des guirlandes lumineuses autour de quelques chaises en bois à une vieille table délabrée, d'autres étaient posées dessus. Elles ressemblaient à des LED alimentées par batterie, ce qui était logique puisque la cabane ne semblait pas avoir d'électricité. Il n'y avait pas beaucoup de meubles dans le petit espace, les coins étaient vides. Mais devant la cheminée, de douces couvertures bordeaux avaient été étalées.

C'était simple, mais Jeremy ne pouvait rien imaginer de plus romantique.

Max remua d'un pied à l'autre.

— Si j'avais eu plus de temps, ce serait mieux.

— C'est parfait. Merci.

Jeremy se hissa sur la pointe des pieds et embrassa profondément Max.

— Tu as fait tout ça pour moi ?

— Honey m'a aidé. Je sais, je sais, on ne devrait jamais laisser quelque chose brûler sans surveillance. Mais je voulais que ce soit prêt pour toi.

Jeremy inspira profondément l'air doux et boisé.

— Est-ce que j'imagine des choses ou est-ce que le feu sent le sirop d'érable ?

— Ce sont les bougies que nous vendons.

Max désigna quelques boîtes sur la table.

— On peut également les acheter en ligne à plusieurs endroits.

— Oh !

Jeremy en inspecta une. La boîte striée était du genre rouge et blanc à l'ancienne qui indiquait qu'il s'agissait de sirop d'érable pur avec une image d'une grange rustique enneigée dessus.

— On dirait ta ferme ! Je ne savais pas que c'étaient des bougies.

Les mèches étaient en bois et émettaient un léger crépitement. Il inspira profondément.

— Ça sent vraiment le sirop d'érable.

Il désigna leur environnement d'un geste en ajoutant :

— Tout ça est vraiment chaleureux.

Et romantique ! Et c'est pour moi *!*

— J'ai juste pensé que nous pourrions sortir. Avoir un peu d'intimité.

— Euh, ouais.

Jeremy hocha la tête, son excitation prenant une tournure résolument lascive.

— Ce serait cool, admit-il.

— As-tu faim ? On pourrait prendre ces sandwichs.

— Oui. Bien sûr.

Il hocha la tête, la gorge soudainement sèche, avant de proposer :

— Ou on pourrait…

Max haussa un sourcil, un sourire taquin étirant ses lèvres.

— Quoi ?

— On pourrait baiser.

Il savait qu'il rougissait, mais peu importe, il continua :

— Plus précisément, tu pourrais me baiser.

— Je pourrais.

Max le rapprocha de lui et ils s'embrassèrent profondément. Il frotta son nez contre la joue de Jeremy, sa barbe de trois jours grattant agréablement.

— Tu es prêt, Cherry ?

— Cherry est très prêt à abandonner officiellement sa virginité.

Ils rirent puis s'embrassèrent encore, et quand Max se frotta contre son sexe en érection, Jeremy retint automatiquement un gémissement.

— Tu peux être aussi bruyant que tu le souhaites ici, déclara Max en souriant. Il n'y a que nous. Pas de règles.

— Oh mon Dieu, murmura Jeremy. Est-ce que c'est vraiment en train de se produire ?

Max se pencha et le prit dans ses bras.

— Oui.

Il grimaça.

— Mais nous devons d'abord enlever nos bottes et nos vêtements.

Il ramena Jeremy à la porte, et ils enlevèrent rapidement leurs vêtements d'extérieur et se précipitèrent vers les couvertures pour finir de se déshabiller. Max attisa le feu, les flammes projetant une lueur chaude sur leur peau.

Jeremy ignorait combien de temps ils se contentèrent de s'embrasser et de frotter leurs corps près du feu ardent. Ils étaient durs, et une partie de Jeremy voulait se frotter contre Max pour jouir, ce qu'il aurait pu faire en un rien de temps. Cependant, il était en sécurité dans les bras de Max et il voulait que ça dure.

Il murmura :

— Je pourrais faire ça éternellement.

Max lui sourit.

— On peut faire ce que tu veux. Pas de pression.

— Je sais.

Il était encore étourdi de voir à quel point il ne ressentait aucune honte avec Max. Il était toujours un peu nerveux, mais il le désirait. Il voulait tout.

— Je suis prêt. Je veux vraiment perdre ma virginité. Ma virginité anale, pour être technique.

Max rit.

— Je crois que c'est le nom scientifique pour ça.

— Clairement. Ma matière principale est la science, rappelle-toi.

— Désolé.

Les épaules de Max tremblèrent, son sourire creusant ses joues.

— Tu me fais rire. C'est ce que j'aime chez toi.

Aimer. Le mot donna à Jeremy l'impression de voler. Non, ce n'était pas une véritable déclaration d'amour, mais cela le faisait se sentir si spécial.

— Toi aussi, réussit-il à répondre.

Ils s'embrassèrent encore et encore, et Max l'ouvrit du doigt avec du lubrifiant jusqu'à ce qu'ils soient tous les deux haletants, les jambes de Jeremy largement écartées.

— Comment veux-tu le faire ? demanda Max.

— Euh, la manière normale ? Comme tu veux.

Max gloussa, un son bas et essoufflé.

— Eh bien, hier soir, tu as mentionné quelque chose à propos de pirates et d'être *pris*.

Jeremy frissonna, serrant ses fesses autour des doigts de Max toujours enfouis en lui. Ce n'était plus douloureux, mais ce n'était pas vraiment confortable non plus.

— Ouais. Comme ça.

— Une fois que tu pourras le supporter, je vais te pencher et te baiser si fort que tu pourras à peine marcher.

— Seigneur, gémit Jeremy en bougeant ses hanches et en se contractant à nouveau. Oui, s'il te plaît. Je peux le supporter.

— Je ne veux pas te faire de mal.

Max passa un doigt sur les lèvres entrouvertes de Jeremy.

— Et aujourd'hui, je veux voir ton visage quand je serai en toi. Je dois m'assurer que tu es à l'aise. Tu es d'accord ?

Jeremy hocha la tête. Honnêtement, il ferait à peu près tout ce que Max lui demanderait, mais son cœur s'emballa à l'idée qu'il ne voulait pas lui faire de mal. Qu'il veuille être face à face. Il gémit alors que Max retirait ses doigts.

— Ne t'inquiète pas. Il y a plus à venir.

Max sourit et s'assit sur ses talons, caressant sa queue.

— Beaucoup plus.

Il lorgna, de manière complètement exagérée, et ils partagèrent un autre rire. Jeremy examina son membre, ne sachant pas comment il allait s'adapter.

Mais il était impatient de le découvrir.

Max enfila un préservatif et ajouta plus de lubrifiant avant de s'allonger sur le dos, exhortant Jeremy à le chevaucher.

— On va faire comme ça. Tu peux contrôler combien de moi tu prends. T'ouvrir lentement. Tu peux jouer, voir ce qui te fait du bien.

Le sexe de Max effleura le cul de Jeremy et celui-ci se positionna. Son cœur battait fort.

— Comme ça ?

— Ouais. Tu as le contrôle pour l'instant. Continue.

Max sourit en frottant doucement les cuisses de Jeremy.

— Utilise-moi.

Une queue était bien plus grosse que des doigts.

Ce n'était pas une surprise, mais la réalité du poids de son sexe – son poids et sa puissance, son épaisseur – remplissait Jeremy d'une manière à laquelle les doigts, les siens ou ceux de Max, ne pouvaient se comparer. Il l'avait imaginé, fantasmé, s'était demandé à quoi ça ressemblerait.

La réalité était tellement… *trop*.

— C'est ça. Lentement et régulièrement.

Max passa ses mains sur la poitrine de Jeremy et caressa ses mamelons.

Les cuisses fléchies, Jeremy poussa sur le gland de Max. Cela étira son ouverture et il respira profondément à travers la douleur, inhalant l'odeur de pin du feu avec un soupçon de sirop sucré. Il grogna en s'ouvrant. Sur un halètement, il fit entrer le gland complètement en lui et glissa vers le bas, presque insupportablement plein, mais adorant ça.

— C'est si agréable, bébé, murmura Max en caressant sa colonne vertébrale avec ses doigts. Ça va ?

— Ouais. C'est beaucoup, mais… ouais.

Il s'appuya sur la large poitrine de Max.

— Que veux-tu que je fasse ?

— Cette partie du programme t'appartient. Ça ne tient qu'à toi. Nous pouvons faire tout ce que tu veux.

Le souffle de Jeremy se coupa.

— Tout ?

— Bien sûr. Pourquoi ?

Les joues de Max se creusèrent.

— Y a-t-il des trucs pervers que tu veux essayer ? Dis-moi tout.

Il caressa les cuisses et les hanches de Jeremy.

— Je… je ne sais pas.

Il ne savait vraiment pas. Tout n'était qu'étirement et sensation, et il pouvait à peine réfléchir en se concentrant sur la plénitude de son cul.

— Je veux… je veux m'assurer que tu apprécies, dit-il.

— Tu sens à quel point ma queue est dure en toi, pas vrai ? Fais-moi confiance. J'en profite.

Ses sourcils se froncèrent.

— Mais tu n'es pas obligé de vouloir quelque chose de spécifique. Pas de pression.

— Exact.

Jeremy hocha la tête. Il était assis, immobile, avec Max dur comme du fer en lui, aucun d'eux ne poussant, ne bougeant ou ne gémissant pour le moment. Ils étaient juste… en train de le faire. Ce fut soudain plus intense que lorsqu'ils cherchaient à atteindre l'orgasme. Il était calme. Paisible.

L'intimité était presque trop. Ils se dévisagèrent à la lueur du feu, le cottage s'assombrissant à mesure que l'après-midi diminuait. Les délicates guirlandes lumineuses à proximité rendaient tout encore plus magique, comme s'ils étaient suspendus dans un monde fantastique. Jeremy fit des cercles avec ses hanches précautionneusement, et ils gémirent tous les deux.

— C'est ça, dit Max. Essaye des trucs. Même si tu crois que c'est trop sale. Ici, il n'y a aucun jugement.

Pour une raison quelconque, Jeremy songea au sexe par téléphone qu'ils avaient eu et au tutoriel de Max sur l'utilisation des applications.

— OK, accorda-t-il en souriant. Tu ne m'as toujours pas dit la chose la plus sale que tu aies jamais pensé faire avec un mec.

Max rit en caressant le torse de Jeremy, tordant ses mamelons, provoquant des étincelles.

— Ça s'appelle la tétée. En as-tu entendu parler ?

Jeremy fit une pause dans ses cercles lents et expérimentaux.

— Je ne suis pas sûr. Je ne crois pas ? Mes parents surveillaient de près Internet.

— C'est quand tu jouis dans le cul d'un mec, puis que tu le suces et que tu l'avales. Je veux dire, ça n'a pas à être avec un mec. C'est juste ce que j'ai fantasmé. Le sperme me plaît vraiment beaucoup.

Il ajouta rapidement :

— Si tu n'aimes pas ça, c'est pas grave.

Jeremy se balança lentement sur le sexe de Max et réfléchit, l'étirement et la brûlure diminuant.

— L'as tu déjà fait ?

— Non. Je n'ai baisé sans préservatif qu'avec un de mes ex, et il n'était pas pour. Je pense que la plupart des gens trouvent ça dégoûtant.

Il rit, mais le son semblait tendu.

— Oh.

Jeremy passa sa main sur le torse de Max, frottant un cercle réconfortant.

— Je ne crois pas que tu devrais te sentir mal à ce sujet. Le sexe est assez sale en général, mais d'une certaine manière également incroyable.

— C'est vrai. Merci, bébé.

Max prit la main de Jeremy et déposa un baiser sur sa paume.

— Est-ce que ça doit être à l'intérieur ? Je veux toujours utiliser des préservatifs, mais et si tu jouissais sur mon trou et que tu le léchais ?

Jeremy y réfléchit tout en faisant des cercles avec ses hanches dans l'autre sens.

Max poussa vers le haut. Fort.

— Seigneur, Cherry. Tu as l'air si innocent en disant quelque chose de si salace.

Jeremy cligna des yeux, puis sourit.

— Tu aimes cette idée ? questionna-t-il.

— On peut le dire, répondit-il en agrippant les hanches de Jeremy. Tu me donnes envie de perdre le contrôle.

Oui.

— C'est ce que je veux, admit Jeremy en cessant de rire. Je sais que ça va faire mal, mais je veux que tu sois au-dessus. Que tu me plaques et que tu me baises.

Son cul donnait l'impression d'être largement étiré, assis sur le sexe de Max. Il était prêt. Il le voulait.

— Alors jouis sur mon cul.

Les doigts tirant fort sur les cheveux de Jeremy, Max l'attira vers le bas pour un baiser brutal avant de le soulever de sa queue, les mains fermes sur ses hanches. Sa force était tellement excitante, et Jeremy soupira de plaisir, écartant les jambes avec impatience alors que Max le couvrait de son poids.

Encore une fois, la pression brutale de son gland fut importante, l'étirement brûlant. Mais Jeremy inclina ses hanches, s'accrochant à ses épaules et le pressant de continuer. Il haletait et la sueur glissait sur sa peau là où le grand corps de Max rencontrait le sien avec une poussée puissante. Jeremy était tellement ouvert, ses genoux presque sous ses aisselles, et les coups de reins dans son cul le firent trembler et rougir, chaque terminaison nerveuse étant en alerte.

Max le regarda, une main caressant son visage et ses cheveux.

— Dis-moi si c'est trop.

— Ne t'arrête pas.

Sa propre voix sembla brisée. *C'était* trop, mais aussi pas assez. C'était *tout*.

— Je peux le supporter.

Et il le fit.

Les pénétrations de Max étaient longues et puissantes, leurs chairs claquant alors qu'il s'enfonçait en lui régulièrement. Jeremy cria, Max l'encourageant à faire du bruit. À être libre. Il était plaqué sur le sol par le corps musclé, prenant chaque centimètre de son sexe, son propre membre fuyant contre son ventre.

— Tu es si serré, haleta Max. Je ne peux pas tenir plus longtemps.

Il s'activa sur la queue douloureuse de Jeremy tout en le baisant puissamment, le clouant au sol.

L'orgasme de Jeremy le ravagea et il cria en aspergeant son ventre, tremblant sous le corps lourd et tendu de Max. Le plaisir brûla comme du fer blanc. Il frissonna à cause des répliques lorsque Max se retira lentement et se rassit sur ses talons, puis arracha le préservatif et se termina par quelques caresses.

Se tenant ouvert avec des mains tremblantes, Jeremy le regarda jouir sur son cul, sentant les jets humides avant que Max plonge et le lèche avec des halètements sexy, sa langue presque frénétique alors qu'il nettoyait l'orifice tendre de Jeremy.

Jeremy gémit, la friction étant un peu trop, Max ralentit, remontant son corps et relâchant ses jambes, léchant l'éjaculation de Jeremy sur son estomac, puis le serrant contre lui et lui embrassant la gorge.

— Je ne suis définitivement plus vierge.

Jeremy eut l'idée farfelue qu'il pourrait avoir l'air différent et éclata de rire.

— J'ai toujours eu l'impression que ce serait la dernière frontière ou quelque chose comme ça.

Max gloussa avec une rafale de souffle chaud.

— Je comprends. Plus de cerise.

Il se pencha et effleura l'anus tendre de Jeremy du bout des doigts.

— Dernière frontière, hein ? Pour aller hardiment là où personne n'est allé auparavant ?

Jeremy frissonna au contact délicat et délicieux.

— Cela fait-il de toi le capitaine Kirk ?

— Excuse-toi, je suis clairement Picard.

— Désolé, je ne réfléchis plus. Tu m'as retourné le cerveau.

Max rit, frottant son nez contre la joue de Jeremy, ses doigts pressant maintenant légèrement contre l'entrée de Jeremy.

— Je te pardonne, murmura Max contre sa peau. Tu es incroyable.

— Vraiment ?

Bien que les yeux de Jeremy soient lourds, son esprit s'emballa. Max avait certainement semblé s'en tirer, mais il avait sûrement été avec des gars avec plus d'expérience. Jeremy aurait probablement pu mieux faire les choses. Comme quand il avait…

— Bébé ?

Il ouvrit les yeux pour trouver Max au-dessus de lui, appuyé sur un bras.

— Tu es incroyable, répéta-t-il. C'était incroyable. Arrête de réfléchir. Je t'entends t'inquiéter.

Jeremy fut obligé de rire.

— Je plaide coupable. Et c'était vraiment incroyable.

Il cligna des yeux, somnolent.

— Le meilleur sexe de pirate que je puisse demander.

Riant, Max embrassa son front d'une simple pression des lèvres.

— Arrgh, mec. Heureux d'avoir pu te faire frissonner.

— Tu n'auras certainement pas à marcher sur la planche.

Jeremy commençait à s'endormir.

Max bâilla.

— J'ai l'impression qu'il y a une blague de butin quelque part.

Il tira une des couvertures sur eux, et Jeremy se blottit contre lui, souriant contre le torse moite de Max.

— Qu'est-ce qui ne va pas ?

Jeremy s'arrêta pour rouler les couvertures.

De nouveau rhabillé, Max se tenait près de la table dans la douce lueur des guirlandes lumineuses. Il regardait son téléphone, l'écran s'assombrit. Il ne répondit pas.

— Max ?

Jeremy abandonna les couvertures devant la cheminée, se levant et frottant nerveusement ses mains sur son jean.

— Tu as l'air d'avoir vu un fantôme.

— Ce n'est rien.

Max coinça son téléphone dans sa poche et sourit, mais ce n'était pas un vrai sourire. Jeremy le connaissait assez bien maintenant pour s'en apercevoir.

— Ça ne ressemble pas à rien, fit-il remarquer en essayant lui-même de sourire. Je suis d'ailleurs surpris qu'il y ait du réseau ici.

— Ce n'était pas le cas avant.

Max pointa un pouce par-dessus son épaule.

— Il fait sombre. Nous devrions rentrer ou ils vont s'inquiéter.

— OK. Es-tu sûr…

— C'est bon ! craqua Max avant de prendre une grande inspiration. Je suis désolé. Je ne souhaite pas en parler. Tu n'as pas à t'en inquiéter.

— Oh.

Jeremy hocha la tête et se remit à rouler les couvertures. Il garda la tête baissée, s'obligeant à ne pas s'énerver. De ne pas se sentir ridiculement *blessé*.

Un silence tendu s'installa alors qu'ils rangeaient leurs affaires. Jeremy s'était senti incroyablement bien en se réveillant d'un sommeil câlin et bien au chaud dans les bras de Max. Après qu'ils avaient fait l'amour pour de vrai. Il s'était *envoyé en l'air*. Son cul était endolori de la meilleure des façons, Max avait été si attentionné et tout avait été parfait.

Max reprit la parole avec une joie forcée :

— Prêt à rentrer ?

C'était la partie où Jeremy était censé accepter et faire comme si de rien n'était. Max s'était excusé. Jeremy devrait juste le laisser tranquille. Ils apprenaient encore à se connaître. Ce n'était pas à lui d'insister. Mais faire semblant était ce qu'il faisait avec ses parents.

Il ne voulait pas être *poli* avec Max.

Il prit une profonde inspiration.

— Peut-être que ce ne sont pas mes affaires, mais j'aimerais que tu me dises ce qui ne va pas. Je veux t'aider.

Max soupira.

— Bébé, tu as assez de soucis.

Jeremy désigna la cheminée.

— Je pensais que nous avions un lien. Pas seulement du sexe. Les choses que nous avons faites ensemble, c'était spécial pour moi. Tu m'as amené chez toi pour Noël. Je sais que nous venons de nous rencontrer, mais…

Il s'ordonna d'arrêter de parler. Il allait tout gâcher.

Il n'avait jamais été aussi vulnérable avec une autre personne. Ni ses parents, ni Sean, ni aucun ami. Il s'était complètement ouvert à Max. Corps et âme. Peut-être qu'il n'était pas juste, mais le silence de Max ressemblait à une gifle. Comme un rejet.

Max secoua la tête avec une expression pincée. Jeremy insista :

— Je sais que tu as tout ce truc de parrain fée. Et j'aime à quel point tu es protecteur et doux. Mais je ne veux pas que ce soit à sens unique. Je t'ai dit tant de choses. Des choses importantes. Après ce que nous venons de faire, c'est douloureux que tu ne me dises pas ce qui te perturbe. Je te fais confiance. Tu ne me fais pas confiance ?

Il se retrouva à court de souffle, prenant une inspiration dans le silence et fixant la couverture qu'il tenait dans ses mains. Peut-être était-il ridicule. Max ne lui devait rien. Quand il avait invité Jeremy pour les vacances, il avait explicitement déclaré que ce n'était qu'en tant qu'amis. Même si Jeremy s'était senti plus proche de lui que de n'importe qui d'autre dans le monde, il était probablement un loser trop émotif. Tant de gens faisaient l'amour comme si de rien n'était. Même si c'était tout pour lui.

Agenouillé devant l'âtre, Max saisit les épaules de Jeremy.

— Tu as raison. Je suis désolé.

— Non, je dramatise. Ma mère dit que je réagis de manière excessive.

Max souffla.

— C'est fort venant d'elle.

Il souleva le menton de Jeremy d'un doigt, ses yeux bruns sincères.

— Honnêtement ? Je n'en ai parlé à personne. J'ai peur que tu penses que je suis un connard égoïste. Parce que j'ai l'impression de l'être. Et je ne veux pas que tu le penses. Je veux que tu m'aimes.

— C'est le cas. Je t'aime plus que n'importe qui.

Max sourit en laissant échapper une bouffée d'air.

— Je t'aime aussi. Tellement.

— Tu vois quelqu'un d'autre ou un truc du genre ?

Jeremy n'était pas sûr de vouloir savoir, mais il devait demander.

— Quoi ? Non, rien de tel, répondit Max en le dévisageant sérieusement. Honnêtement. Ce qui ne va pas, ce n'est pas toi et moi.

Il sortit son téléphone.

— J'ai reçu une autre notification par e-mail. Les gens du test d'admission me rappellent de regarder mes résultats.

— Oh ! Ils sont arrivés ? s'étonna Jeremy en clignant des yeux. Mais tu ne veux pas regarder.

Dans les braises mourantes du feu, le visage de Max était à moitié dans l'ombre.

— Exactement.

Il tapota son téléphone, l'écran s'allumant.

— Avant, je voulais juste les résultats rapidement. Maintenant, j'ai peur de les lire.

— Même si tu n'as pas fait aussi bien que tu le voulais, tu peux les repasser, pas vrai ?

Max fixa l'écran d'accueil.

— Je peux. Le problème est que je ne sais pas de quoi j'ai vraiment peur à ce stade. Une partie de moi espère que je me suis planté et que le choix m'échappe. Je veux dire, oui, je peux les repasser et les écoles pour lesquelles j'ai postulé n'auront pas encore pris de décision. Mais j'ai l'impression que si je me suis mal débrouillé, c'est un signe ou quelque chose comme ça.

Jeremy réfléchit. Il lui semblait clair, maintenant qu'il y repensait, que Max se tendait instantanément lorsque le sujet de l'école de droit était abordé et ce n'était pas lié à la nervosité à propos du test.

— Est-ce que ce souhait… ne te tente plus ?

Il leva les mains pour pouvoir préciser :

— Mais je n'en sais rien. Ne m'écoute pas.

Il grimaça face à son réflexe d'avoir ajouté ça.

Un sourire étira les lèvres de Max, alors qu'il répondait :

— Je croyais que tu voulais que je t'écoute. Et c'est le cas. S'il te plaît. Dis-moi ce que tu penses vraiment.

Encore une fois, il prit le temps de réfléchir.

— Si tu regardes les résultats maintenant et que tu as échoué, seras-tu soulagé ? N'y réfléchis pas, oui ou non.

Max ouvrit et ferma la bouche.

— Oui, admit-il en hochant la tête avec certitude. J'en serais heureux.

— Je crois que ça signifie que tu ne veux pas vraiment aller à la faculté de droit. Pourquoi est-ce que ça te fait si peur ?

Il attrapa la main libre de Max, serrant ses doigts.

— Tu peux tout me dire.

La pomme d'Adam s'agitant, Max chuchota :

— J'ai peur de décevoir tout le monde. C'est mon plan depuis que je suis gamin. Je l'ai dit à tous ceux que je connais à un moment ou à un autre.

— Les plans changent. Quand j'avais quinze ans, j'étais sûr que j'allais être médecin. Mais j'ai réalisé que je préférerais être dans un laboratoire. Tu ne te penses pas moins bon, n'est-ce pas ?

— Bien sûr que non. Mais c'est différent.

Il agrippa la main de Jeremy, le regard sur le feu qui couvait, son téléphone à nouveau noir.

— Quand ma mère est morte, j'ai promis que je serais avocat comme elle.

Tout se mit en place et Jeremy souffrit pour lui. Il se rapprocha, leurs genoux se pressant alors qu'il caressait les cheveux de Max.

— Changer d'avis ne signifie pas que tu ne l'aimais pas. Ça ne diminue rien.

Max le regarda avec espoir.

— Tu penses vraiment que c'est acceptable ?

Jeremy hocha la tête. Son esprit tourbillonnait, cherchant les mots justes.

— Je sais que suivre ses traces est une sorte d'hommage, mais tu peux continuer à l'admirer et te souvenir d'elle sans être avocat. Tu peux toujours honorer sa mémoire. Tu le fais déjà. Elle comprendrait.

— Vraiment ?

La voix de Max trembla.

— Absolument. Quoi que tu fasses, elle serait si fière. Tu es incroyable.

Les yeux de Max brillaient lorsqu'il croisa le regard de Jeremy.

— Même si je ne respecte pas ma promesse ?

— *Oui.*

— Quand elle est morte, j'ai fait toutes sortes de vœux à elle et à Dieu. Je ne sais même plus si je crois en Dieu. Je ne suis définitivement pas un bon catholique.

— Est-ce que quelqu'un l'est ?

Il rit doucement.

— Probablement pas tant que ça. Ma mère me semblait parfaite, mais je sais qu'elle ne l'était pas. Mais l'école de droit était le plan depuis presque aussi longtemps que je me souviens. Changer d'orientation fait peur. J'aime les plans.

— Tu peux en créer un nouveau. As-tu réfléchi à ce que tu pourrais faire d'autre ?

— Je crois que je veux être enseignant.

— Oh, tu serais super pour ça. Ça te va si bien.

— Vraiment ?

Les épaules de Max se détendirent, son visage s'anima.

— Je me vois dans une salle de classe. Quand je pense aux salles d'audience… ça ressemble à une obligation. Ça ne m'excite pas. Mais je ne sais pas. Je ne veux pas faire le mauvais choix.

— Tu devras probablement attendre un an pour postuler à l'université des enseignants, pas vrai ? Si tu entres dans une école de droit, tu pourras reporter ta candidature. Postule pour devenir enseignant et accorde-toi le temps de bien y réfléchir.

Max éclata de rire.

— Je suppose qu'on peut être logique et raisonnable à ce sujet au lieu d'être énervé et stressé.

— C'est juste une idée.

Jeremy sourit alors que Max le serrait dans ses bras.

— Merci. Je crois qu'on avait tous les deux besoin de sortir de notre route.

Il s'écarta et ajouta :

— Je devrais regarder l'e-mail, pas vrai ?

— Tu regardes l'e-mail, et j'avoue à mes parents que nous sommes plus que des amis.

Il n'avait pas prévu de le dire, n'avait même pas pensé à l'avouer à ses parents après l'explosion de sa mère. Mais maintenant que les mots étaient sortis, il savait que c'était ce qu'il devait faire. Ce n'était pas une phase. Il n'allait pas se cacher, et si cela signifiait que sa famille lui coupait les vivres, qu'il en soit ainsi.

Max hocha la tête.

— Ça marche. C'est parti.

Il tapota son téléphone, son visage éclairé par la lumière crue. Il marmonna :

— Cliquez ici. Puis là. Chargement…

Son dos se redressa.

— Waouh. J'ai réussi.

— Félicitations ?

— Ouais. Tu sais quoi ? Ça fait du bien. J'ai travaillé dur pour ça.

Il regarda Jeremy.

— Et je ne pense pas que je veuille aller à l'école de droit.

— Ce n'est pas grave.

— Tout à fait, n'est-ce pas ?

Ils se tenaient devant le foyer en silence, respirant simplement ensemble. Jeremy imaginait qu'il pouvait sentir le stress de Max fondre pour laisser place à l'acceptation.

Il y eut un léger bourdonnement et Max regarda à nouveau son téléphone.

— Merde, un texto de mon père. Nous ferions mieux de rentrer pour le dîner.

Il tapota une réponse et ils finirent précipitamment de rassembler leurs affaires et de se préparer.

Sans ses lunettes et son casque, le monde n'était qu'un flou de neige et d'ombres. Il s'accrocha à Max alors qu'ils revenaient le long de la route sinueuse, Max conduisant lentement dans l'obscurité, une neige légère tombant. Les fesses de Jeremy étaient sensibles et il s'en délectait.

La maison et la grange brillaient de lumières de Noël colorées, les éclats d'étoiles de rouge, vert, bleu, jaune et rose étaient magnifiques. Pendant que Max rangeait la motoneige dans le garage, Jeremy remit ses lunettes, les lumières n'en furent pas moins belles avec une bonne mise au point. Il inspira profondément.

— Ça ressemble à la paix sur Terre.

— Et la bonne volonté pour les hommes ?

— Je crois qu'il y a un truc à propos des cloches ?

— On peut demander à Valerie. C'est une encyclopédie ambulante concernant les chants de Noël.

Leurs bottes crissèrent dans la neige alors qu'ils se dirigeaient vers la maison. Le porche était inondé de couleurs provenant des ampoules extérieures et du sapin illuminé d'or par la fenêtre de devant. Jeremy sortit son téléphone et le leva.

— On fait un selfie ?

Passant son bras autour de Jeremy, Max brandit le téléphone et les positionna, tournant de-ci de-là jusqu'à ce qu'il soit satisfait.

— Souris.

Il baissa le téléphone en ajoutant :

— Ouais. Il est génial. Peux-tu me l'envoyer ?

Jeremy regarda la photo. Lui et Max avaient la tête collée, les pompons de leurs bonnets se touchant. Leurs sourires étaient brillants à la lueur des lumières de Noël flatteuses. Avant qu'il ne puisse s'en dissuader, il tapa un texto à ses parents et joignit la photo.

J'espère que vous avez passé une excellente journée à Honolulu. C'est Max. Maman, tu avais raison, nous sommes plus que des amis. Ce n'est pas une phase que je traverse. Je suis gay. J'espère que vous pouvez l'accepter. S'il te plaît, dis à Sean qu'il me manque. Vous me manquez tous. Je vous aime.

Il pencha le téléphone vers Max.

— Est-ce que ça te paraît bien ?

Sa bouche était soudain sèche.

Max hocha la tête.

— Ça me semble parfait. Es-tu sûr d'être prêt ? Il n'y a pas de pression. Si tu veux y réfléchir davantage, prends ton temps.

Il avait passé tellement de temps à réfléchir, encore et encore. Son doigt plana sur l'écran.

La porte d'entrée s'ouvrit et Meg sortit la tête.

— Vous voilà ! Entrez, bande d'idiots. Le dîner est prêt.

Jeremy relut le message une fois de plus, puis appuya sur *envoyer*.

Chapitre quatorze

MAX JURA DANS sa barbe lorsque le scotch sur son pouce s'accrocha à un autre morceau et se tordit alors qu'il essayait de garder le papier d'emballage droit. Il allait faire une blague sur le fait qu'il avait deux mains gauches, mais quand il regarda Jeremy sur la causeuse en face de la table basse, il se mordit la langue.

Cela faisait deux jours que Jeremy avait envoyé la photo d'eux ensemble à ses parents. Pas de réponse. C'était la veille de Noël, et Jeremy était resté calme pendant tout le dîner, se contentant de picorer sa tourtière. Il avait proposé d'aider Max à emballer des cadeaux, mais il était assis avec une boîte de bonbons à la menthe à moitié emballée sur ses genoux, les yeux rivés sur le feu.

La chaîne de télévision diffusait de la musique de Noël, et le triste « In the Bleak Midwinter » semblait approprié. Max aurait voulu dire à Jeremy pour la centième fois que tout irait bien, quoi qu'il arrive. Il voulait tout *arranger*. Il avait envie d'appeler le bateau de croisière, faire biper les Rourke et leur en faire voir de toutes les couleurs.

— Tu n'as pas besoin de rester debout pour aider, dit tranquillement Max. C'est ma faute si j'attends toujours la dernière minute.

Jeremy se redressa, clignant des yeux devant la boîte de bonbons comme s'il était surpris de la trouver sur ses genoux.

— Non, ça ne me dérange pas.

Il plia le papier avec des bonshommes de neige sur la boîte.

Max avait encore le cadeau de Jeremy à emballer, mais il pouvait rapidement le mettre dans un sac cadeau si tout le reste échouait. Pendant que Jeremy rencontrait Levi, Max lui avait acheté un nouvel étui pour ses lunettes. C'était probablement stupide, puisque les lunettes étaient livrées avec un étui. Mais celui-ci était en cuir doux et marqué de ses initiales. Un kiosque dans le centre commercial avait proposé toutes sortes d'articles en cuir personnalisés, et cela avait semblé parfait. Il l'espérait.

— Celui-ci est pour Meg ? demanda Jeremy.

— Ouais. C'est une vieille blague au sujet de son haleine puante. Ce n'est vraiment pas le cas, mais une fois, elle a mangé tellement d'ail qu'elle en transpirait. Son haleine était une arme mortelle.

Souriant distraitement, Jeremy écrivit l'étiquette et se leva pour placer la boîte sur l'une des branches épaisses de l'arbre. Les lumières dorées de l'arbre se reflétaient sur ses lunettes. Il se dirigea vers le feu, ajoutant une autre bûche, puis regarda les photos qui couvraient le mur.

Remarquant que Max le regardait, il demanda :

— Est-ce ta mère ?

— Ouais.

Sa gorge se serra soudain, mais Max força un ton égal en rejoignant Jeremy et pointant les quatre photos dans le grand cadre.

— Son mariage avec mon père. Elle a toujours voulu une robe princesse Diana avec des manches bouffantes, même si elle n'était plus à la mode à ce moment-là. Son diplôme en droit. Avec moi quand j'étais un bébé poilu. Nous trois en vacances à Goa à la plage. J'ai un vague souvenir d'elle dans ce maillot de bain rouge m'aidant à construire un château de sable.

— Elle était belle.

— Merci.

Son rire était tendu.

— Je ne sais pas pourquoi j'ai dit ça. Ce n'est pas comme si j'avais quelque chose à voir avec ça.

Jeremy sourit et regarda les autres photos encadrées de la famille – Valerie, John, Meg, Mamy et Papy, Max, et diverses tantes, oncles et cousins. Souriant, Jeremy pointa la photo d'école, en uniforme avec des boutons, de neuvième année de Max, les cheveux lissés avec une demi-bouteille de gel.

— Je n'aurais jamais imaginé que tu as eu une phase embarrassante.

— Content de l'entendre, mais clairement inexact, comme tu peux le voir.

Jeremy éclata de rire, et Max sortirait volontiers ses annuaires embarrassants si cela pouvait lui remonter le moral. Il marcha lentement le long du mur, les yeux parcourant les photos. Max resta figé devant celles de sa mère avec une douleur familière. Comme toujours. Son sourire était un peu tordu et elle plissait les yeux à cause du soleil sur la photo de plage.

— Je connais si bien toutes ces photos. Par exemple, si je ferme les yeux, je peux voir les images d'elle dans mon esprit comme si je les regardais directement. Mais je ne me souviens pas de la vraie femme. Pas vraiment.

Jeremy lui prit la main.

— Tu étais jeune, n'est-ce pas ?

— Ouais.

Il s'éclaircit la gorge en regardant la photo de la plage.

— J'ai vécu la plus grande partie de ma vie sans elle. Treize ans.

— Cela ne semble pas juste.

— Non, admit-il en serrant la main de Jeremy. Mais la vie n'est pas toujours juste. Surtout quand il s'agit de la famille.

— Vrai. Je ne devrais pas me plaindre. Comparé à ce que tu as traversé…

— Pas de comparaison. Tu as le droit d'être bouleversé. D'accord ?

Jeremy hocha la tête. Son regard erra sur le mur.

— Est-ce que c'est ta mère au tribunal ?

— Ouais, sa première affaire à la Cour supérieure de justice portant la robe.

Max observa la photo : sa mère avec ses cheveux ondulés tirés en chignon, le gilet noir traditionnel et la longue robe noire un peu trop grande pour elle, le col blanc et les pattes autour du cou. Elle aurait dû avoir l'air tout à fait sérieuse, mais sur la photo, elle avait les mains sur les hanches et un sourire illuminait son visage.

— Son amie l'a pris dans les toilettes avant d'entrer dans la salle d'audience.

— Comment tu te sens en la regardant maintenant et en sachant que ce ne sera peut-être jamais toi ?

Max regarda le sourire arrogant de sa mère.

— Plutôt bien, en fait. Je crois qu'elle me dirait déjà de m'en remettre.

Il rit et cela fit vraiment du bien. Mais quand il se retourna vers Jeremy à côté de lui, son sourire s'évanouit.

Rigide, Jeremy fixait son téléphone.

— Mon père a envoyé un texto, croassa-t-il.

Les mains tremblantes, il déverrouilla le téléphone et lut le message.

S'il vous plaît, soyez des humains décents, supplia Max en s'adressant mentalement aux Rourkes. *S'il vous plaît, voyez à quel point votre fils est incroyable. S'il vous plaît, n'ayez pas attendu la veille de Noël pour l'écraser encore plus.*

Jeremy s'éclaircit la gorge et lut à haute voix :

— Bonjour, fils. Honolulu était trop peuplé à notre goût. Nous avons vraiment apprécié Maui. Sean t'envoie son amour. Nous le faisons tous. Max a l'air d'un gentil jeune homme. Nous avons hâte de le rencontrer un jour. Joyeux Noël.

Expirant le souffle qu'il retenait, Max demanda :

— Comment te sens-tu ?

Jeremy ravala ses larmes.

— Bien, je crois ? Mieux, au moins.

— Viens là.

Max le serra fort dans ses bras et Jeremy pressa son visage contre son torse avec un sanglot étouffé.

Les escaliers grincèrent et Valerie questionna :

— Vous êtes toujours debout tous les deux ? Le père Noël va…

Vêtue d'un pyjama assorti décoré de rennes, elle s'arrêta dans le salon, ses pantoufles faisant un bruit de souffle. Sa queue de cheval se balançait.

— Mon Dieu. Est-ce que tout va bien ?

Jeremy essuya son visage et hocha la tête, glissant hors des bras de Max.

— Euh, ouais ! Désolé.

Valerie lui adressa un gentil sourire.

— Ne le sois pas, mon chou.

— Je vais juste…

Jeremy fit un signe vers les escaliers.

— Je reviens.

— Prends ton temps, dit Max en lui souriant.

Valerie le regarda partir, puis chuchota :

— J'espère que ses parents sont toujours « *polis* ». Oh, j'aimerais vraiment leur dire un mot un jour.

— Fais la queue. Mais je pense qu'ils commencent à s'y faire. Je l'espère.

— Heureuse de l'entendre. Bon, je ne compte pas rester debout toute la nuit, alors tu n'auras qu'à faire comme si tu ne me voyais pas mettre les cadeaux du père Noël sous le sapin.

Elle se rendit dans la salle à manger et récupéra un sac poubelle noir à moitié rempli au fond d'un buffet rustique.

Max serra sa poitrine.

— Enfance. Illusions. Brisées.

— Oui, j'ai bien peur de devoir t'annoncer que ton père et moi sommes le père Noël.

Elle fit claquer sa langue, puis poursuivit :

— Nous avons essayé de vous protéger des dures réalités de la vie du mieux que nous le pouvions.

En riant, Max la rejoignit près de l'arbre. Adolescent, il avait levé les yeux au ciel devant l'insistance de Valerie à toujours mettre les cadeaux du père Noël sous le sapin la veille de Noël, mais maintenant il aimait cette tradition. Il attrapa des cadeaux dans le sac, rattachant un nœud à l'un d'eux. Il vérifia l'étiquette.

— Attends, celui-ci dit « Jeremy ».

Valerie jeta un coup d'œil de l'endroit où elle fourrait des cadeaux dans la chaussette de son père.

— Je lui ai acheté des chaussettes de Noël, de belles chaussettes épaisses, un col roulé et quelques-uns de ces super chauffe-mains de Canadian Tire. Il ne doit pas être habitué au véritable hiver s'il a grandi à Victoria. Oh, et j'espère que vous, les enfants, utilisez toujours Spotify. La petite boîte pour lui, c'est un abonnement d'un an.

Max la fixa tandis qu'elle chantonnait « Up on the Rooftop » avec la télévision et remplissait les chaussettes, y compris celle de l'invité sans nom, qui était clairement pour Jeremy. Quand elle se retourna vers le sac poubelle, elle sursauta.

— Max ? Qu'est-ce qu'il y a ?

— Est-ce que ça te dérange que je ne t'appelle pas « maman » ?

Oh, mon Dieu. Il l'avait finalement demandé à voix haute.

Valerie cligna des yeux, les sourcils haussés.

— Quoi ? Non, mon cœur.

Il s'agita, essayant de s'exprimer correctement maintenant qu'il l'avait évoqué après si longtemps.

— C'est juste que parfois j'ai l'impression que je le devrais. Mais ça ne me semble pas juste parce qu'elle était ma mère et c'est comme ça que je l'appelais.

— Bien sûr.

Valerie utilisa sa voix la plus apaisante, et cela aida Max à respirer.

— Mais Meg appelle papa comme ça, argua Max en grimaçant. Tu sais ce que je veux dire.

— Oui. Et c'est son choix.

Elle sourit ironiquement.

— Comme tu le sais, son père biologique n'est pas resté assez longtemps pour qu'elle puisse l'appeler d'une quelconque manière, donc c'est plus facile pour Meg. Mais tu peux m'appeler comme tu veux.

À l'unisson, ils dirent :

— Tant que tu ne m'appelles pas en retard pour le dîner.

C'était sacrément bon de rire. Valerie sourit tendrement.

— Tu avais l'habitude de lever les yeux au ciel chaque fois que ma mère le disait, mais tu as toujours secrètement aimé ses dictons ringards.

— C'est vrai, admit Max.

Il sourit de toutes ses forces, au bord des larmes, sans même savoir pourquoi.

— Max, ta mère était une femme merveilleuse. J'aurais aimé pouvoir la connaître, ce qui semble probablement un peu drôle puisque je suis mariée à ton père. Je ne pourrais jamais prendre sa place. Mais nous pouvons aimer les gens de différentes manières. Il y a tout un monde d'amour à donner.

La gorge nouée, il hocha la tête, les larmes brûlant ses yeux.

— Tu as été…

Il montra les bas et les cadeaux sous le sapin et reprit :

— Tu as toujours été une mère incroyable pour moi. Et merci d'avoir pensé à Jeremy.

Elle sourit, essuyant ses propres larmes.

— Tu as été le fils le plus merveilleux que je pouvais demander. Et nous ne pouvons pas laisser le pauvre Jeremy assis là à tous nous regarder ouvrir des cadeaux. C'est juste être une bonne hôtesse.

— C'est plus que ça. Merci.

Elle écarta le remerciement d'un geste en disant :

— Oh, ne sois pas stupide.

Elle renifla et arbora un sourire éclatant.

— Voici Jeremy. Comment vas-tu, mon chou ?

Jeremy entra dans le salon avec hésitation.

— Je vais bien. Est-ce que… vous allez bien ?

— Ouais ! répondit Valerie. Que diriez-vous d'une collation de minuit ? C'est Noël, après tout. Jeremy, il y a une carafe du cidre de Papy au fond du frigo. Peux-tu la faire chauffer sur le poêle ? Sais-tu comment faire fonctionner une cuisinière à gaz ?

Jeremy hocha la tête avec impatience et se dépêcha de sortir. Valerie dit :

— Finissons ça rapidement et intelligemment.

Elle prit le menton de Max et embrassa sa joue de manière bruyante comme elle le faisait quand il était encore enfant.

Bientôt, tous les cadeaux furent en place, le cidre fumait et les restes de *pets-de-nonne* d'un lot que Papy avait fait ce matin-là réchauffaient. La porte de sa pièce s'ouvrit avec un grincement, des pas traînants se rapprochant de la cuisine.

— Papa, tu es censé dormir profondément ! le réprimanda Valerie.

— Je devais pisser, et j'ai senti ce que tu fais ici.

— Nous l'avons tous senti ! dit le père de Max en entrant dans la cuisine. C'est pour le père Noël ?

Meg le suivit.

— Je regardais YouTube, mais je ne rate rien.

Valerie souffla d'exaspération.

— Il est minuit passé !

— Et puisque nous avons sauté la messe cette année, on peut se recueillir sur l'autel des friandises de Papy, affirma Meg en souriant et en se signant. Amen.

Elle fit un clin d'œil à Jeremy et le conduisit hors de la cuisine.

Max resta pour aider Valerie et son père à verser le cidre dans des tasses pendant que les autres se détendaient dans le salon, chantant faux sur le « Jingle Bells » qui passait.

Que Jeremy ait dit à ses parents qu'ils sortaient ensemble l'avait tracassé, et comme c'était apparemment la nuit des aveux, il laissa échapper :

— Jeremy et moi… Eh bien, je crois que nous nous aimons bien.

Après un moment de silence, Valerie et John échangèrent un regard.

— Sans blague ! s'exclama Valerie, ayant du mal à garder un visage impassible.

Max fut obligé d'en rire.

— D'accord, vous aviez compris. Ou Meg a cafardé.

— Ta sœur n'a pas cafardé, affirma son père. Ce n'était pas nécessaire. Pas du tout.

Valerie sourit.

— Jeremy te regarde comme si tu avais décroché la lune, les étoiles et Pluton en supplément. Et tu le lui rends bien.

— Pauvre Pluton, commenta son père en secouant la tête solennellement. J'ai toujours dit qu'on ne lui rendait pas justice.

— Oui, oui, justice pour Pluton. Mais revenons à moi et à Jeremy.

Max n'avait soudain aucune idée de ce qu'il fallait dire ensuite.

— Euh…

Valerie lui serra le bras.

— C'est un jeune homme adorable. Pourquoi diable penses-tu que nous aurions un problème avec lui ?

— Ce n'est pas le cas. Mais c'est encore récent et je suppose que j'ai paniqué. Je l'aime vraiment beaucoup. Mais vous avez la règle des chambres séparées si nous ramenons quelqu'un à la maison. Alors j'ai pensé que c'était une bonne excuse pour ralentir. D'être simplement amis pendant quelques semaines et apprendre à se connaître.

Le front de son père se fronça.

— Nous avons une règle ?

Valerie semblait tout aussi perplexe.

— Mon cœur, tu es adulte. Bien sûr, nous apprécions toujours la discrétion, mais ce n'est pas comme si nous pensions que toi et Meg alliez rester chastes jusqu'au mariage.

— Attendez, quoi ? bafouilla-t-il. *Quoi* ? C'est pas possible. Vous en avez fait toute une histoire ! Rappelez-vous ? Quand Meg était en première et qu'elle sortait avec ce Craig ? Elle l'a ramené à la maison pour Thanksgiving, et vous étiez tous les deux super bizarres à ce sujet.

— Oh !

Valerie éclata de rire.

— Nous ne pouvions pas supporter ce Craig ! Dieu merci, Meg a retrouvé ses esprits assez vite. Mais quoi qu'il en soit, ce petit homme gras et obséquieux n'allait pas coucher avec notre fille sous notre toit.

John grimaça.

— Qu'est-ce qu'elle lui trouvait ?

Max resta bouche bée.

— Ouais, il était le pire. Mais vous me dites qu'en réalité, vous n'avez aucune règle puritaine étrange selon laquelle nous ne partageons pas de chambre avec notre partenaire à moins que nous ne soyons mariés ?

Ils rirent un peu trop fort.

— On n'est plus dans les années 70, Max.

Valerie s'essouffla, son visage pâle, virant au rouge.

— Oh, mon Dieu. Je ne peux pas croire que vous pensiez que c'était une vraie règle. Imaginez si ça avait duré des années !

— Attends qu'on le dise à Meg, s'esclaffa son père, ses épaules tressautant. Attends, attends. Peut-être qu'on devrait patienter qu'elle ait un autre petit ami, puis ajouter *d'autres* règles obscures.

Max secoua la tête.

— Vous êtes des idiots. Je vous aime.

Ils l'attirèrent dans une étreinte de groupe.

— Nous t'aimons aussi, murmura Valerie, et ils se séparèrent en riant, tandis que le contingent du salon – en particulier Papy – réclamait à grands cris des rafraîchissements.

Il était très tard lorsqu'ils finirent par aller se coucher. John et Valerie avaient avoué à Meg que la règle de non-sexe avait été spécifique à son mauvais choix de petit ami, et après l'indignation de Meg, ils avaient tous ri tant et plus. Max fit un signe de tête à sa chambre dans le couloir, attrapant la main de Jeremy.

— Tu as l'autorisation maintenant. Si tu le veux.

Jeremy sourit, jetant un coup d'œil dans le couloir vide.

— Est-ce que je peux quand même rester dans la chambre d'amis ? Sinon, je me sentirais bizarre.

Il baissa la tête, visiblement embarrassé, et Max pouvait le comprendre.

— Bien sûr, répondit Max en se penchant pour lui chuchoter à l'oreille. En plus, c'est amusant de se faufiler en douce dans le couloir.

Il embrassa Jeremy d'un baiser doux. Lentement. Le cidre et la pâtisserie au beurre s'attardaient sur leurs langues, et ça avait vraiment le goût de Noël.

Épilogue

Un an plus tard

JEREMY RETIRA SON casque, respirant profondément l'air frais. Il cherucha dans sa poche l'étui en cuir doux, ses doigts effleurant ses initiales avant d'en sortir ses lunettes et de les replacer sur son nez.

Valerie lança :

— Le sentier est prêt ?

Max lui adressa un pouce levé avant de pousser la motoneige dans le garage. Jeremy n'avait pas vraiment eu besoin d'y aller, mais c'était la première fois qu'il avait la chance de partir en promenade depuis début mars. Cela lui avait manqué de rouler à toute vitesse, de se tenir à Max, le cœur battant.

La matinée avait été un tourbillon d'activités alors qu'ils se préparaient pour la dernière journée portes ouvertes avant Noël. Jeremy aidait Max à mettre en place le stand de bonbons tandis que les premiers véhicules arrivaient. Ils avaient une file régulière de clients et Jeremy était tellement occupé à distribuer des bâtons de glace qu'il ne se rendit pas compte que Levi était là jusqu'à ce qu'il lui remette des bâtons à lui et à ses nièces.

— Hé !

Jeremy se pencha sur la jardinière enneigée et serra Levi dans ses bras.

— Je ne savais pas que tu venais.

— Elles ne manqueraient ça pour rien au monde.

Il désigna les filles qui tournaient avidement du sirop chaud sur leurs bâtons.

— Salut, Max !

Il tendit sa main.

Max la serra avec un sourire sincère, le pompon de son vieux bonnet de l'université de Toronto se balançant.

— C'est super de te voir, mec. Désolé, je n'ai pas pu venir au show. J'ai dû remplacer l'autre barman à la dernière minute.

— Pas de soucis. Si vous pouvez venir la prochaine fois, le groupe a un autre concert à Toronto grâce à notre spectacle lors de la soirée arc-en-ciel sur le campus. Merci encore de nous avoir suggérés au comité, Jer.

Jeremy rougit de plaisir.

— C'est génial ! Nous serons là. Je suis sûr que Honey, Alicia et les gars viendront aussi. En fait, j'aide aussi à organiser un événement pour la Saint-Valentin pour le club queer. Je ne sais pas encore si nous aurons des groupes, mais si c'est le cas, je vous inscrirai. Ils m'ont demandé de prendre la relève en tant que trésorier, et j'ai mon mot à dire sur les activités.

Max sourit.

— Il sera président l'année prochaine. J'en suis sûr.

Jeremy haussa les épaules, mais ne put dissimuler son sourire. Et pourquoi le devrait-il ? Il avait travaillé très dur après avoir rejoint le club.

— Nous verrons. Marjorie pourrait se présenter pour le poste, et je ne veux pas concourir contre une bonne amie.

— Hé, si nous venons pour un autre concert, est-ce que ça te convient si on s'installe à nouveau dans ton dortoir ? Ton colocataire n'y verra pas d'inconvénient ?

— Ça me va totalement. Je dormirai chez Max, et Doug n'est jamais là le week-end.

Maintenant qu'il avait une vie, Jeremy appréciait que Doug soit souvent absent.

— Au fait, nous venons de revenir de la ferme d'arbres de Noël, déclara Levi avant de siffler doucement. *Bon sang*, c'est un sacré bûcheron. Son petit partenaire est sexy aussi.

Max rit en remuant le sirop bouillonnant sur le réchaud de camping.

— Oh, ouais. C'est toujours un régal pour les yeux à la ferme Spini.

Il fit un clin d'œil à Jeremy.

— La ferme Nadeau, c'est pas mal non plus.

Rougissant, Jeremy leva les yeux au ciel, définitivement incapable d'arrêter son sourire cette fois.

La journée s'écoula, des centaines de visiteurs passèrent. Le téléphone de Jeremy sonna alors qu'il montait sur le porche avec Max, le soleil se couchant derrière la cime des arbres enneigés.

— Mes parents, annonça-t-il.

Respirant profondément, Jeremy répondit à l'appel vidéo.

— Comment va la Jamaïque ?

Le visage de sa mère remplit l'écran.

— Bonjour, Jeremy. Nous passons un bon moment.

Elle déplaça le téléphone et le visage boutonneux de Sean apparut.

— Hé, frangin ! Comment ça va ? demanda Sean, se délectant clairement de la grimace de dégoût de leur mère.

— Je vais bien. Beaucoup de neige à la ferme. Dites bonjour à Max.

Max glissa son bras sur les épaules de Jeremy et les salua. Le père de Jeremy apparut également et ils discutèrent du complexe, détaillant les options de restauration pendant que Jeremy et Max hochaient la tête et souriaient.

— Nous aurions aimé que tu sois là, déclara sa mère après quelques minutes. On se rappelle bientôt.

Jeremy mit fin à l'appel, s'appuyant contre l'épaule de Max.

— Eh bien, ça s'est bien passé.

— Ça devient de plus en plus poli, convint Max.

Il déposa un baiser sur la tempe de Jeremy sous le bord de son bonnet.

— Peut-être que Noël prochain, nous devrions braver Victoria, à moins qu'ils ne partent pour d'autres vacances.

— Hum. Peut-être.

Jeremy était rentré seul à la maison pendant quelques semaines avant de commencer les cours d'été, et cela avait été plutôt gênant avec ses parents. Mais ils essayaient, et ils ne lui avaient pas coupé les vivres. Il avait dit à Sean qu'il était gay, et celui-ci avait levé les yeux au ciel en disant :

— *Sans blague. Qui s'en soucie ?*

— Noël ici est plutôt parfait, songea Max. Le pays des merveilles de l'hiver.

— Victoria ne peut pas rivaliser, à bien des égards.

— Si je suis admis à l'école des enseignants, je ne pourrai probablement pas me permettre de partir de toute façon. Nous verrons.

— Tu vas y aller.

Max gémit.

— Je ne sais pas. Peut-être.

— Sans aucun doute.

Jeremy n'avait vraiment aucun doute. La candidature de Max était excellente. Il serait accepté. Jeremy lui avait acheté une pomme en verre soufflé pour le moment où il serait reçu, mais il ne voulait pas lui porter la poisse en la lui donnant jusqu'à ce que ce soit officiel. Il espérait que Max apprécierait le cadeau d'un kit de mixologie de luxe que Jeremy avait placé sous le sapin, avec les cadeaux pour le reste de la famille. Être barman était temporaire, mais Max s'était vraiment mis à la conception des cocktails.

Tard dans la nuit, alors que tout le monde était au lit, Jeremy aida Max à emballer les cadeaux, car celui-ci était déterminé à ne pas attendre la toute dernière minute cette année. Le feu crépitait et des chants de Noël passaient à la télé. Jeremy remarqua quelque chose près de la cheminée qu'il n'avait pas repéré plus tôt. Il s'approcha, passant son doigt sur les lettres cursives scintillantes sur le feutre rouge.

— Il y a une chaussette pour moi.

Max se concentrait sur le ruban adhésif du papier d'emballage fermé à une extrémité de la boîte.

— Ouais, bien sûr. Tu en as eu une aussi l'année dernière. Tous ceux qui sont ici pour Noël reçoivent une chaussette.

— Mais mon nom est dessus.

Il gratta timidement l'une des lettres.

— Comme, de façon permanente.

Max s'approcha, le regardant avec un sourire. Il serra les épaules de Jeremy.

— Ça me semble normal. Comme si c'était sa place.

La gorge de Jeremy était trop nouée, ses yeux brûlaient.

— Je t'aime.

— Je t'aime aussi, bébé.

Ils échangèrent un baiser près du feu crépitant, « Silent Night » remplissant le silence chaleureux.

À l'étage, Jeremy ferma la porte de la chambre de Max derrière lui. C'était toujours étrangement important même s'ils avaient partagé le lit de l'appartement de Max à de nombreuses reprises, et parfois le lit jumeau étroit de son dortoir. Le Jeremy effrayé et solitaire d'il y a un an lui semblait bien loin.

Max enleva son pull près du grand lit. De vieux trophées de football brillaient sur la bibliothèque dans la pénombre. Leurs regards se rencontrèrent, et la chaleur se précipita à travers Jeremy face à la faim dans les yeux de Max.

— Tu crois que nous pouvons être suffisamment silencieux ? murmura Max.

Jeremy sourit, puis porta son doigt à ses lèvres.

— Chut.

FIN

À propos de l'auteur

Keira cherche le parfait mélange de personnages, d'intrigue et de fougue dans ses romances MM. Elle écrit de tout, des pirates flamboyants aux escapades bouillantes et émouvantes. Ses sujets préférés sont les ennemis qui deviennent amants, la différence d'âge, la proximité forcée, et les vierges passionnés. Bien qu'elle aime une angoisse délicieuse en cours de route, Keira garantit les fins heureuses !

Découvrez plus sur son site :

keiraandrews.com